阅读之前 没有真相

午 夜 文 库

阿加莎·克里斯蒂

其他系列及非系列

阿加莎·克里斯蒂

Agatha Christie（1890—1976）

无可争议的侦探小说女王，侦探文学史上最伟大的作家之一。

阿加莎·克里斯蒂原名为阿加莎·玛丽·克拉丽莎·米勒，一八九〇年九月十五日生于英国德文郡托基的阿什菲尔德宅邸。她几乎没有接受过正规的教育，但酷爱阅读，尤其痴迷于歇洛克·福尔摩斯的故事。

第一次世界大战期间，阿加莎·克里斯蒂成了一名志愿者。战争结束后，她创作了自己的第一部侦探小说《斯泰尔斯庄园奇案》。几经周折，作品于一九二〇年正式出版，由此开启了克里斯蒂辉煌的创作生涯。一九二六年，《罗杰疑案》由哈珀柯林斯出版公司出版。这部作品一举奠定了阿加莎·克里斯蒂在侦探文学领域不可撼动的地位。之后，她又陆续出版了《东方快车谋杀案》《ABC谋杀案》《尼罗河上的惨案》《无人生还》《阳光下的罪恶》等脍炙人口的作品。时至今日，这些作品依然是世界侦探文学宝库里最宝贵的财富。根据她的小说改编而成的舞台剧《捕鼠器》，已经成为世界上公演场次最多的剧目；而在影视改编方面，《东方快车谋杀案》为英格丽·褒曼斩获奥斯卡大奖，《尼罗河上的惨案》更是成为几代人心目中的经典。

阿加莎·克里斯蒂的创作生涯持续了五十余年，总共创作了八十余部侦探小说。她的作品畅销全世界一百多个国家和地区，累计销量已经突破二十亿册。她创造的小胡子侦探波洛和老处女侦探马普尔小姐为读者津津乐道。阿加莎·克里斯蒂是柯南·道尔之后最伟大的侦探小说作家，是侦探文学黄金时代的开创者和集大成者。一九七一年，英国女王授予克里斯蒂爵士称号，以表彰其不朽的贡献。

一九七六年一月十二日，阿加莎·克里斯蒂逝世于英国牛津郡沃灵福德家中，被安葬于牛津郡的圣玛丽教堂墓园，享年八十五岁。

波洛系列

1920 The Mysterious Affair at Styles《斯泰尔斯庄园奇案》
1923 Murder on the Links《高尔夫球场命案》
1924 Poirot Investigates《首相绑架案》
1926 The Murder of Roger Ackroyd《罗杰疑案》
1927 The Big Four《四魔头》
1928 The Mystery of the Blue Train《蓝色列车之谜》
1932 Peril at End House《悬崖山庄奇案》
1933 Lord Edgware Dies《人性记录》
1934 Murder on the Orient Express《东方快车谋杀案》
1935 Three—Act Tragedy《三幕悲剧》
1935 Death in the Clouds《云中命案》
1936 The ABC Murders《ABC 谋杀案》
1936 Murder in Mesopotamia《古墓之谜》
1936 Cards on the Table《底牌》
1937 Dumb Witness《沉默的证人》
1937 Death on the Nile《尼罗河上的惨案》
1937 Murder in the Mews《幽巷谋杀案》
1938 Appointment with Death《死亡约会》
1938 Hercule Poirot's Christmas《波洛圣诞探案记》
1940 Sad Cypress《H 庄园的午餐》
1940 One, Two, Buckle My Shoe《牙医谋杀案》
1941 Evil Under the Sun《阳光下的罪恶》
1943 Five Little Pigs《五只小猪》
1946 The Hollow《空幻之屋》
1947 The Labours of Hercules《赫尔克里·波洛的丰功伟绩》
1948 Taken at the Flood《致命遗产》
1952 Mrs. McGinty's Dead《清洁女工之死》
1953 After the Funeral《葬礼之后》
1955 Hickory Dickory Dock《山核桃大街谋杀案》
1956 Dead Man's Folly《弄假成真》
1959 Cat Among the Pigeons《鸽群中的猫》
1960 The Adventure of the Christmas Pudding《雪地上的女尸》

1963 The Clocks《怪钟疑案》
1966 Third Girl《第三个女郎》
1969 Hallowe'en Party《万圣节前夜的谋杀》
1972 Elephants Can Remember《大象的证词》
1974 Poirot's Early Stories《蒙面女人》
1975 Curtain—Poirot's Last Case《帷幕》

马普尔小姐系列

1930 The Murder at the Vicarage《寓所谜案》
1932 The Thirteen Problems《死亡草》
1942 The Body in the Library《藏书室女尸之谜》
1943 The Moving Finger《魔手》
1950 A Murder Is Announced《谋杀启事》
1952 They Do It with Mirrors《借镜杀人》
1953 A Pocket Full of Rye《黑麦奇案》
1957 4.50 from Paddington《命案目睹记》
1962 The Mirror Crack'd from Side to side《破镜谋杀案》
1964 A Caribbean Mystery《加勒比海之谜》
1965 At Bertram's Hotel《伯特伦旅馆》
1971 Nemesis《复仇女神》
1976 Sleeping Murder《沉睡谋杀案》
1979 Miss Marple's Final Cases《马普尔小姐最后的案件》

其他系列及非系列

1922 The Secret Adversary《暗藏杀机》
1924 The Man in the Brown Suit《褐衣男子》
1925 The Secret of Chimneys《烟囱别墅之谜》
1929 Partners in Crime《犯罪团伙》
1929 The Seven Dials Mystery《七面钟之谜》
1930 The Mysterious Mr. Quin《神秘的奎因先生》
1931 The Sittaford Mystery《斯塔福特疑案》
1933 The Witness for the Prosecution《控方证人》
1934 Why Didn't They Ask Evans?《悬崖上的谋杀》
1934 The Listerdale Mystery《金色的机遇》

阿加莎·克里斯蒂 侦探作品年表

1934 Parker Pyne Investigates《惊险的浪漫》

1939 Murder Is Easy《逆我者亡》

1939 And Then There Were None《无人生还》

1941 N or M?《桑苏西来客》

1944 Towards Zero《零点》

1945 Sparkling Cyanide《死亡的怀念》

1945 Death Comes as the End《死亡终局》

1949 Crooked House《怪屋》

1950 Three Blind Mice and Other Stories《三只瞎老鼠》

1951 They Came to Baghdad《他们来到巴格达》

1954 Destination Unknown《地狱之旅》

1958 Ordeal by Innocence《奉命谋杀》

1961 The Pale Horse《灰马酒店》

1967 Endless Night《长夜》

1968 By the Pricking of My Thumbs《煦阳岭的疑云》

1970 Passenger to Frankfurt《天涯过客》

1973 Postern of Fate《命运之门》

1997 While the Light Lasts《灯火阑珊》

出版前言

纵观世界侦探文学一百七十余年的历史，如果说有谁已经超脱了这一类型文学的类型化束缚，恐怕我们只能想起两个名字——一个是虚构的人物歇洛克·福尔摩斯，而另一个便是真实的作家阿加莎·克里斯蒂。

阿加莎·克里斯蒂以她个人独特的魅力创造了侦探文学史上无数的传奇：她的创作生涯长达五十余年，一生撰写了八十余部侦探小说；她开创了侦探小说史上最著名的"黄金时代"；她让阅读从贵族走入家庭，渗透到每个人的生活中；她的作品被翻译成一百多种文字，畅销全球一百五十余个国家，作品销量与《圣经》《莎士比亚戏剧集》同列世界畅销书前三名；她的《罗杰疑案》《无人生还》《东方快车谋杀案》《尼罗河上的惨案》都是侦探小说史上的经典；她是侦探小说女王，因在侦探小说领域的独特贡献而被册封为爵士；她是侦探小说的符号和象征。她本身就是传奇。沏一杯红茶，配一张躺椅，在暖暖的阳光下读阿加莎的小说是一种生活方式，是惬意的享受，也是一种态度。

午夜文库成立之初就试图引进阿加莎的作品，但几次都与版权擦肩而过。随着午夜文库的专业化和影响力日益增强，阿加莎·克里斯蒂的版权继承人和哈珀柯林斯出版公司主动要求将版权独家授予新星出版社，并将阿加莎系列侦探小说并入午夜文库。这是对我们长期以来执着于侦探小说出版的褒奖，是对我们的信任与鼓励，更是一种压力和责任。

新版阿加莎·克里斯蒂作品由专业的侦探小说翻译家以最权威的英文版本为底本，全新翻译，并加入双语作品年表和阿加莎·克里斯蒂家族独家授权的照片、手稿等资料，力求全景展现“侦探女王”的风采与魅力。使读者不仅欣赏到作家的巧妙构思、离奇桥段和睿智语言，而且能体味到浓郁的英伦风情。

阿加莎作品的出版是一项系统工程，规模庞大，我们将努力使之臻于完美。或存在疏漏之处，欢迎方家指正。

新星出版社

午夜文库编辑部

Agatha Christie

Over the next few years, we plan to celebrate two very important Agatha Christie anniversaries. In 2015, it is the 125th anniversary of her birth in Torquay, South Devon, England, and in 2020 it will be 100 years after her first book, THE MYSTERIOUS AFFAIR AT STYLES, featuring her famous detective, Hercule Poirot, was published. This is therefore a very appropriate moment to publish a new edition of her works, and I am delighted that HarperCollins has chosen to work with New Star on these new editions. New Star is China's top crime publisher, and has a strong and dedicated editorial staff and a confirmed passion for Agatha Christie, making them the ideal partner. It is the right time to make these classic books available in modern translations and so to bring Agatha Christie's books anew to her many fans in China, giving them a new reason to re-read these much-loved stories, as well as introducing them to a whole new audience. How delighted Agatha Christie would have been that her stories (as she called them) are still giving so much pleasure to so many people all over the world!

I think there are two very remarkable things about Agatha Christie's stories. The first is that they are so adaptable. It doesn't really matter which language they appear in, the stories and the plots still give the same thrill, still provide the same puzzles, and the characters still have the same attraction. Readers in China will I am sure enjoy Hercule Poirot and Miss Marple just as much as we do in England, and readers in China will still be transfixed by the surprises and horrors of AND THEN THERE WERE NONE, one of the great classics of 20th century detective fiction, as we are here.

Agatha Christie

The second is that the stories give a wonderful picture of England, particularly rural England, at the time Agatha Christie lived. She wrote books from 1920 until 1970 but it is sometimes hard to tell which part of her life each book was written in. Her characters and the life they lived were very much the same. The life we all live is changing very quickly these days but "the Agatha Christie world" stays the same. Perhaps the Miss Marple stories provide the best example of this, and in some ways THE BODY IN THE LIBRARY and NEMESIS are quite similar, despite the fact that thirty years elapsed between the time they were written.

Perhaps I might end by mentioning three Agatha Christies (other than the ones mentioned above) which I think demonstrate why she is so popular, even in the twenty-first century. The first is MURDER ON THE ORIENT EXPRESS, one of the most famous with one of the most ingenious and human plots. Read this on one of your long train journeys in China! Next is A MURDER IS ANNOUNCED, a Miss Marple which was her 50th book. It has my favourite murderer in it! And last is ENDLESS NIGHT a story about evil and how it affects three young people, written at the time when I knew her best, and understood how deeply she cared and sympathised with young people and the world they lived in.

Whichever are your favourites I hope you enjoy these stories that New Star are introducing to you again. I think it is a great publishing event.

Mathew

Grandson of Agatha Christie

Chairman of Agatha Christie Ltd

致中国读者

（午夜文库版阿加莎·克里斯蒂作品集序）

在接下来的几年中，我们一直在筹备两个非常重要的关于阿加莎·克里斯蒂的纪念日。二〇一五年是她的一百二十五岁生日——她于一八九〇年出生于英国的托基市；二〇二〇年则是她的处女作《斯泰尔斯庄园奇案》问世一百周年的日子，她笔下最著名的侦探赫尔克里·波洛就是在这本书中首次登场。因此新星出版社为中国读者们推出全新版本的克里斯蒂作品恰逢其时，而且我很高兴哈珀柯林斯选择了新星来出版这一全新版本。新星出版社是中国最好的侦探小说出版机构，拥有强大而且专业的编辑团队，并且对阿加莎·克里斯蒂的作品极有热情，这使得他们成为我们最理想的合作伙伴。如今正是一个良机，可以将这些经典作品重新翻译为更现代、更权威的版本，带给她的中国书迷，让大家有理由重温这些备受喜爱的故事，同时也可以将它们介绍给新的读者。如果阿加莎·克里斯蒂知道她的小故事们（她这样称呼自己的这些作品）仍然能给世界上这么多人带来如此巨大的阅读享受，该有多么高兴啊！

我认为阿加莎·克里斯蒂的作品有两个非常重要的特征。首先它们是非常易于理解的。无论以哪种语言呈现，故事和情节都同样惊险刺激，呈现给读者的谜团都同样精彩，而书中人物的魅力也丝毫不受影响。我完全可以肯定，中国的读者能够像我们英国人一样充分享受赫尔克里·波洛和马普尔小姐带来的乐趣；中国读者也会和我们一样，读到二十世纪最伟大的侦探经典作品——比如《无人生还》——的时候，被震惊和恐惧牢牢钉在原地。

第二个特征是这些故事给我们展开了一幅英格兰的精彩画卷，特别是阿加莎·克里斯蒂那个年代的英国乡村。她的作品写于上世纪二十年代至七十年代间，不过有时候很难说清楚每一本书是在她人生中的哪一段日子里写下的。她笔下的人物，以及他们的生活，多多少少都有些相似。如今，我们的生活瞬息万变，但"阿加莎·克里斯蒂的世界"依旧永恒。也许马普尔小姐的故事提供了最好的范例：《藏书室女尸之谜》与《复仇女神》看起来颇为相似，但实际上它们的创作年代竟然相差了三十年。

最后，我想提三本书，在我心目中（除了上面提过的几本之外）这几本最能说明克里斯蒂为什么能够一直受到大家的喜爱。首先是《东方快车谋杀案》，最著名，也是最机智巧妙、最有人性的一本。当你在中国乘火车长途旅行时，不妨拿出来读读吧！第二本是《谋杀启事》，一个马普尔小姐系列的故事，也是克里斯蒂的第五十本著作。这本书里的诡计是我个人最喜欢的。最后是《长夜》，一个关于邪恶如何影响三个年轻人生活的故事。这本书的写作时间正是我最了解她的时候。我能体会到她对年轻人以及他们生活的世界关心至深。

现在新星出版社重新将这些故事奉献给了读者。无论你最爱的是哪一本，我都希望你能感受到这份快乐。我相信这是出版界的一件盛事。

阿加莎·克里斯蒂外孙
阿加莎·克里斯蒂有限责任公司董事长
马修·普理查德
二〇一三年二月二十日

阿加莎·克里斯蒂侦探作品集56

暗藏杀机

The Secret Adversary

Agatha Christie®

(英)阿加莎·克里斯蒂 著
黄夏青 译

新 星 出 版 社 NEW STAR PRESS

目录

目 录

序幕

一九一五年五月七日下午两点，卢西塔尼亚号接连被两枚鱼雷击中，正在迅速下沉。救生艇被快速放下，妇女和儿童们正排队等候上船。她们有的死命拉着自己的丈夫或父亲不放，有的则把孩子紧紧地抱在怀里。一个女孩儿独自站着，和其他人稍微隔开了一点距离。她很年轻，不会超过十八岁。她似乎并不害怕，严肃、坚定的目光直视着前方。

“请原谅。”

一个男人的声音从她身旁传来，她吃了一惊，转过身来。她已经不止一次注意到这个说话的头等舱乘客了。他身上有一种神秘色彩，引起她无限的遐想。他从不和任何人说话，如果有人跟他说话，他也会很快结束谈话。他神情紧张，总是多疑地匆匆扫视四周。

她注意到他此刻非常不安，额头上已经渗出了密密的汗水。他显然正处于极度的恐惧中。然而，他给她的印象却并不是那种害怕面对死亡的人！

"有什么事？"她严肃的眼神回应着他的询问。

他站在那里，有点孤注一掷却又犹豫不决地看着她。

"只能这么办！"他自言自语道，"是的，这是唯一的办法。"然后，他突然大声地说，"你是美国人吗？"

"是的。"

"一个爱国的美国人？"

女孩儿满脸通红。

"我想你没有权利问我这样的问题！我当然是！"

"请别生气。如果你知道事情有多紧急重要就不会生气了。我必须要找一个信得过的人——而且必须是一个女人。"

"为什么？"

"因为'妇女儿童优先'。"他环顾四周，压低了声音，"我带着一份文件——非常重要的文件，它们可能会完全扭转协约国在战争中的局势。你明白吗？必须要保护这些文件！你会比我有更多的机会幸存。你愿意带着它们吗？"

女孩儿伸出手。

"等等——我必须警告你，可能会有危险。如果我被人跟踪了。虽然我认为没有，但谁知道呢？如果是这样，将会有危险。你有胆量完成任务吗？"

女孩儿笑了。

"我会完成任务的。我真的很自豪能被选中做这件事！接下来我要怎么做？"

"看报纸！我会在《泰晤士报》的寻人启事栏刊登一则以'水手'开头的广告，如果三天内报纸上什么都没有登，就说明我完蛋了。那么你就把包裹送到美国大使馆，亲自交到大使的手中。听清楚了吗？"

“非常清楚。”

“那么就做好准备吧，该说再见了。”他握着她的手。

“再见。祝你好运。”他大声说。

她的手抓紧他手里的油布包。

卢西塔尼亚号势不可挽地加速向右倾斜。在急促的号令声下，女孩儿走向前，登上了救生艇。

第一章　年轻冒险家有限公司

“汤米，老东西！”

“塔彭丝，老家伙！”

两个年轻人热情地互致问候，一度堵住了多弗街地铁的出口。形容词“老”容易让人误会，其实他们俩的年龄加起来都不超过四十五岁。

“好像有一百年没见你了。”年轻男子继续说，“你上哪儿去啦？跟我去吃点心吧，我们在这里好像太招人嫌了，挡住通道了。我们走吧。”

女孩儿同意了，他们开始沿着多弗街向皮卡迪利大街走去。

“那么，我们去哪儿呢？”汤米问。

他语气中有一丝焦虑，没有躲过普鲁登丝·考利小姐那敏锐的耳朵，出于某些神秘的原因，她亲密的朋友们都叫她“塔彭丝”。她一眼就看穿了对方。

“汤米，你身无分文吧！”

“才不是呢，”汤米很难令人信服地宣称，“我有得是钱。”

“你一直是个坏透了的骗子。”塔彭丝严厉地说，“你还记得吗？你有一次骗格林班克护士说医生开了啤酒给你当营养品，却忘了写到病历上。”

汤米哈哈一笑。

“我得承认我的确干过这事！那只老猫发现之后气坏了吧？格林班克老妈妈，她倒不是个坏人！那是所多好的医院啊，我想，和其他一切机构一样，已经遣散了吧？”

塔彭丝叹了口气。

“是的。你也是吧？”

汤米点点头。

“两个月了。”

“退役金呢？”

“花掉了。”

“哦，汤米！”

“不，老东西，我没有乱花钱，也没那个运气！日常花销。普普通通的，如今随便过日子都要花大钱，我告诉你，如果你不了解——”

“我亲爱的孩子，”塔彭丝打断他，“日常花销的事没人比我更了解。莱昂饭店到了，我们各付各的，先说好了！”塔彭丝领头上了楼。

饭店里坐满了人，他们只好四处找空桌子，一路上听到了不少别人的谈话。

“你知道吗，当我告诉她不能得到那套公寓时，她坐下来哭了。”“这只是讨价还价，亲爱的！就像梅贝儿·李维斯从巴黎带回来的那位——”

“总是能无意间听到些有趣的闲言碎语。”汤米喃喃道，“今天我在街上听到两个路人在谈论某个叫简·芬恩的人。你听说过这个名字吗？”

就在这时，有两位老夫人起身收拾东西走了，塔彭丝立刻机灵地占了位置。

汤米点了茶和小面包，塔彭丝点了茶和黄油吐司。

“记得茶要分开放在两个茶壶里。”她点单的时候特意交待侍者。

汤米坐到她对面。他光洁的脑袋上顶着一头精心向后梳的红头发。他的脸长得相当丑——很难形容，不过仍算一张绅士和运动员的面孔。他身上的棕色西装剪裁得当，不过已经旧得该淘汰了。

他们坐在那儿，是时髦的一对可人儿。塔彭丝也称不上漂亮，但那张小脸蛋有精灵般的线条，下巴坚定，直黑的眉毛下是一对灰色滚圆的大眼睛，透着迷蒙的眼神，看起来很有个性与魅力。她留着黑色的短发，戴一顶鲜绿色的无边女帽，过短又寒酸的裙子底下露出一对异常美丽的脚踝。总之，她的外表透露着一股勇敢精明的劲儿。

茶终于上来了，塔彭丝从沉思中回过神来，把茶倒到杯子里。

“现在，让我们从头说起。”汤米说着咬了一大口面包，“别忘了，我可是从一九一六年在医院之后就一直没再见过你了。”

“听好了，”塔彭丝自顾自地吃起了黄油面包，“萨福克小米森德尔的考利副主教的第五个女儿，普鲁登丝·考利小姐的小传如下。考利小姐在战争初期告别了她快乐——也单调的家庭生活，来到了伦敦，在这里，她进了一家军官医院。第一个月，每天洗六百四十八个盘子；第二个月，获得晋升，工作是擦干上述提到的这些盘子；第三个月，晋升去削土豆；第四个月，晋升去切面包和奶油；第五个月，晋升为在一楼负责拖把和水桶的病房女佣；第六个月，晋升到餐桌女侍者；第七个月，因为赏心悦目的外表和良好的举止，获得提拔去服侍护士们！第八个月，职业生涯受到小小挫折。邦德护士吃了韦斯特海文护士的鸡蛋！大闹一通！显然都是病房女佣惹的祸！做这么重要的事情时怎么能注意力不集中呢，再怎么谴责她都不为过。再次与拖把水桶为伍！何其堕落！第九个月，荣升去打扫病房，在那里见到了童年时候的朋友托马斯·贝雷斯福德中尉——鞠躬，汤米！——他们已经五年没见了，重逢的场景非常感人！第十个月，被护士长责骂，因为和一个病人去看电影，也就是上面提到的托马斯·贝雷斯福德中尉。第十一和第十二个月，作为客厅女佣取得了全面成功。该年年底，在荣耀的包围中离开医院。在此之后，天才的考利小姐接连驾驶过运货汽车、机动卡车和将军的车！最后这项工作最讨人喜欢。他是位相当年轻的将军！"

"那有什么了不起？"汤米问，"这些大人物只知道坐车从国防部到萨伏伊饭店，从萨伏伊饭店到国防部，真是令人作呕！"

"我已经忘记他的名字了。"塔彭丝坦白道，"话说回来，在某种程度上，那是我职业生涯的顶峰。接下来我进入了政府机关，参加过几次非常愉快的茶话会。我本来打算去做地面工作，邮递员、公交车售票员之类来结束我的职业生涯。但是突然停战了！我在办公室里又坚持了几个月，但是，唉，我最终还是被清理出来了。从那以后，我一直在找工作。现在——轮到你了。"

"我的职业生涯没有那么多升职。"汤米遗憾地说，"种类也比较少。我后来去了法国，这你是知道的。然后，他们把我派到美索不达米亚，我第二次受伤，进了那里的医院。然后就一直困在埃及，直到停战，在埃及又待了一段时间，然后就像我告诉你的，被遣散了。之后漫长、疲惫的十个月里我一直在找工作！根本没有工作！而且，就算有，他们也不会给我。我有什么本事？我知道怎么经商吗？一无所知。”

塔彭丝同情地点点头。

“殖民地怎么样？”她问道。

汤米摇摇头。

“我不喜欢殖民地——我确信那里也不喜欢我！”

“有钱的亲戚呢？”

汤米再次摇摇头。

“哦，汤米，你连个姨婆什么的都没有吗？”

“我有一个老伯父多多少少有点钱，但他也没用。”

“为什么没用呢？”

“他一度想收养我，我拒绝了。”

“我想我听说过这事，”塔彭丝慢慢地说，“你拒绝了，因为你的母亲……”

汤米脸红了。

“是的，那样对母亲不公平。你知道的，我是她的一切。老家伙讨厌她，想让我离开她。他们有点小过节。”

“你母亲已经去世了，是不是？”塔彭丝轻轻地说。

汤米点点头。

塔彭丝灰色的大眼睛蒙上了一层雾气。

“你是个好人，汤米，我一直都知道。”

“瞎说！”汤米草草地应声，“嗯，这就是我的处境。我已经走投无路了。”

“我也是！我在死命撑着，到处打听，应征广告，尝试各种糟糕的工作。我尽力节衣缩食！但都没有用。再这么下去我只好回家了！”

“你不想回家？”

“当然不想！多愁善感有什么用？父亲是个可爱的人，我非常喜欢他，但你不知道我有多担心他！他保持着维多利亚早期的观点，认为穿短裙和吸烟都是不道德的。你可以想象我对他来讲就是眼中钉、肉中刺！当初战争让我离开家，他可以说是松了一口气。你瞧，我们家有七个人。这太可怕了！在家里除了做家务就是家庭妇女聚会！做这些事我一直是个低能儿。我不想回去，可是……哦，汤米，还有什么办法呢？”

汤米伤心地摇摇头。二人陷入了沉默，然后塔彭丝脱口说出：“钱，钱，钱！我早也想晚也想！我满脑子想的都是钱，问题就在这里！”

“我也是。”汤米感慨地同意。

“我想过每一个可以搞到钱的办法。”塔彭丝继续说，“只有三个办法！要么继承，要么结婚，要么自己挣。第一个首先排除，我没有任何有钱的长辈。我所有的亲戚都是家境破落的老太太！我总是主动帮老太太过马路，帮老先生提包裹，万一他们是什么古怪的百万富翁呢。但他们没一个人问过我的名字，许多人连句‘谢谢’都没讲。”

停顿了一会儿，塔彭丝接着说：“当然，结婚是我最好的选择。我很小的时候就决心要嫁给有钱人，任何有头脑的女孩儿都会这么想！我可不多愁善感，你知道的。”她又顿了顿，“对吧，你不能说我多愁善感。”她尖声补充。

“你当然不。”汤米连忙表示赞同，“没人会把多愁善感和你联系到一起。”

“这么说不是很礼貌。”塔彭丝说道，“但是，我敢说你是一片好意。嗯，我下定决心了！我已经准备好并且愿意——但我从来没有碰到过什么有钱的男人！我认识的男生差不多都过得跟我一样艰难。”

“那位将军怎么样呢？”汤米问。

“我想他在和平时期开了一家自行车店。”塔彭丝解释道，“不，我的事没戏！不过你应该可以娶个有钱的姑娘。”

“我跟你一样，不认识任何有钱的姑娘。”

“这没什么关系，你总有机会认识一个的。你瞧，如果我看到一个穿着裘皮大衣的男人走出丽兹饭店，我不能贸然冲过去对他说：‘看这里，你很有钱，我想认识你。’”

“你觉得我应该这样对待一个同样穿着的女孩儿吗？”

“别傻了。你可以踩她的脚，或者捡起她的手帕，或者类似的小把戏。如果她认为你想认识她，她会受宠若惊，并且会设法为你安排好。”

“你高估了我的男性魅力。”汤米喃喃道。

“而另一方面，”塔彭丝继续说，“我的百万富翁会继续过他的日子！不，结婚困难重重。只剩下……自己赚钱了！”

“这个我们已经试过了，并且失败了。”汤米提醒她。

“不错，我们尝试了所有正统的方法。但是，让我们试试非正统的。汤米，让我们当冒险家吧！”

“好啊，”汤米高兴地回答，“我们怎么开始？”

“万事开头难。如果我们能够出名，人们就会雇我们帮他们犯罪。”

“听起来真令人兴奋。”汤米评论道，“尤其这话是出自一个牧师的女儿之口！”

“道德上的罪恶感，”塔彭丝指出，“是他们的——不是我的。你必须承认，为自己去偷钻石项链和受雇去偷是不一样的。”

“要是你被抓住了，就没什么不一样！”

“也许是没什么不一样，但是我不会被抓。我很聪明。”

“你总是当谦虚是罪过。”汤米说。

“别瞎说，看着我，汤米，认真点好吗？我们要不要结成商业伙伴关系？”

“成立一家偷钻石项链的公司？”

“这只是一个想法。咱们取个名字——你记账的时候怎么称呼自己的？”

“不知道，我从没记过账。”

“我记，但我总是搞混，把贷方写成借方，要不就反过来，所以他们解雇了我。哦，我知道了，一家合伙公司！在一堆发霉的数字中，这个浪漫的词语突然冒出来，很有伊丽莎白时代的味道吧——让人想到大帆船和西班牙金币。一家合伙公司！”

“在年轻冒险家有限公司的名下做生意吗？这是你的想法吗，塔彭丝？”

“这一切听起来也许好笑，但我觉得是有名堂可做的。”

“那你打算如何与你潜在的雇主取得联系？”

“广告。”塔彭丝立刻回答，“你有纸和铅笔吗？男人似乎通常都随身带着这些东西，就像我们女人带着发夹和粉扑。”

汤米拿出了一本相当破旧的绿色笔记本，塔彭丝飞快地写起来。

“我们应该这样开始。‘年轻军官，在战争中受过两次伤——’”

“这不行。”

“哦，好吧，亲爱的。但我可以向你保证，这种事情也许会打动某个老处女的心，她可能会收养你，然后你就根本没有必要当年轻的冒险家了。”

“我不愿被收养。”

“我忘了你对此事的态度了。我只是跟你开个玩笑！报纸上充斥着这类东西。现在听听这个怎么样？‘两个年轻的冒险家待聘。愿意做任何事情，去任何地方。只要报酬优厚。’我们不妨一开始就说清楚，然后可以补充一句：‘只要提议合情理，来者不拒’——就像公寓和家具广告。”

“我觉得我们可能得到的工作都会是非常不合情理的！”

“汤米！你是个天才！这样一来就更时髦了。‘不拒绝不合情理的提议，只要报酬优厚。’这样如何？”

“不应该一再提报酬，给人感觉相当缺钱。”

“再怎么写都表达不了我缺钱的急迫心情！不过你也许是对的。现在，我从头再念一遍。‘两个年轻的冒险家待聘。愿意做任何事情，去任何地方，只要报酬优厚。不拒绝任何不合情理的提议。’要是你看了这样的广告，会心动吗？”

“在我看来这要么是一个骗局，要么写广告的人是个疯子。”

“比起我今天早上读到的那篇用‘矮牵牛’开头，并署名‘最棒男孩’的广告来说，我们还不及人家一半疯狂。”她把纸撕下来，递给汤米，“给你，去登《泰晤士报》吧，回复某某信箱什么的。我想大概要五先令。这是半克朗，算我的那份。”

汤米拿着纸片，若有所思。他的脸已经烧成了深红色。

“我们真的要这么做吗？”最后他说，“要来真的吗，塔彭丝？只是为了好玩？”

“汤米，你是个斗士！我知道你会同意的！让我们为成功干杯。”她把已经冷掉的茶倒到两个杯子里，“为了我们的合伙公司，愿它兴旺发达，干杯！”

“为了年轻冒险家有限公司，干杯！”汤米回应道。

他们放下杯子，笑得有些没有把握。塔彭丝站了起来。

“现在我必须回我旅馆的皇家套房了。”

“也许我也该漫步回丽兹饭店了。”汤米笑着表示同意，“我们之后在哪里碰面？什么时候？”

“明天中午十二点，皮卡迪利地铁站。你方便吗？”

“悉听尊便。”贝雷斯福德先生礼貌地回答。

“那么，再见了。”

“再见，老东西。”

两个年轻人朝相反的方向走了。塔彭丝的旅馆位于南贝尔格莱瓦，出于经济的原因，她没有搭乘公共汽车。

她一路步行穿过圣詹姆斯公园，半路上，一个男人的声音从她身后传来，吓了她一跳。

“对不起，”那个声音说，“能打扰你一下吗？”

第二章　惠廷顿先生的提议

塔彭丝迅速转过身，本想脱口而出的话又硬生生吞了下去，因为该名搭讪的男子的外貌和举止并未如她所料。她犹豫了一下，那人仿佛看出了她的想法，急忙说：“我向你保证，我绝无恶意。”

塔彭丝相信了他。虽然她直觉不喜欢也不信任他，但还是打算先观察一下，看他会不会如她推断的那样，有不轨的图谋。她上下打量对方，这是一个高大的男人，胡子刮得干干净净，颧骨突出，眼睛小而狡黠，在她的注视之下闪烁不定。

“嗯，什么事？”她问。

那人笑了。

“我凑巧听到了你与那位年轻的绅士在里昂饭店的谈话。”

“哦，你听到了什么呢？”

“没什么，只是我觉得可能对你们有帮助。”

另一种推断在塔彭丝的脑海里冒出来。

“于是你就跟踪我到了这里？”

"我无法否认这一点。"

"你凭什么说会对我们有帮助呢？"

男人从口袋里掏出一张名片，鞠个躬，递给她。

塔彭丝接过来仔细地看。上面写着"爱德华·惠廷顿先生"，名字下面有一行字——"爱沙尼亚玻璃制品公司"——和市区的一个办公地址。惠廷顿先生又开口了。

"如果明天上午十一点你能来我公司，我会当面告诉你我的具体提议。"

"十一点钟？"塔彭丝拿不准地说。

"十一点钟。"

塔彭丝下定了决心。

"好吧，我会准时到的。"

"谢谢。晚安。"

他略显浮夸地抬帽告别，然后走开了。塔彭丝留在原地，注视着他的背影几分钟。然后她的肩膀古怪地耸了耸，就像一只小猎犬甩动着自己的身体。

"冒险开始了。"她自言自语道，"不知道他要我做什么？我可不喜欢你身上的某种东西，惠廷顿先生，不过我一点儿也不怕你。正如我之前说过的，而且毫无疑问我要再说一遍，小塔彭丝能照顾好自己，谢谢！"

她坚定地迅速点了点头，迈着轻快的步子朝前走去。思考了一会儿后，她离开了原来的路线，转身进了一间邮局。在那里，她拿着一张电报单沉吟了一会儿。一想到可能要浪费五先令，她便决定采取行动——宁可浪费九便士。

塔彭丝看不上慷慨的邮局提供的细头钢笔和浓黑的墨水，她拿出汤米留给她的铅笔，迅速写道："不要登广告。明天再解释。"把电报发到了汤米所在的俱乐部的地址——他暂时住在那里，不过如果一个月内他还没钱续交会费的话，就必须离开。

"应该能赶上，"她喃喃地说，"无论如何，值得一试。"

把电报递到柜台后，她便迈着轻快的步伐回家了。路上在一家面包店花三便士买了一个新烤的小圆面包。

晚些时候，在位于顶楼的小阁楼里，塔彭丝嚼着面包，展望未来。爱沙尼亚玻璃制品公司是做什么的，到底有什么事需要她效劳？一阵兴奋的愉悦感使得塔彭丝激动不已。无论如何，乡间牧师宅邸再次从未来的选项中退隐。明天大有希望。

这天晚上塔彭丝久久不能入睡，等到她终于睡着，又梦到惠廷顿先生让她洗一大堆爱沙尼亚玻璃制品，那些玻璃器皿和医院的盘子极为相似！

差五分十一点，塔彭丝抵达爱沙尼亚玻璃制品公司所在的大楼。在约定时间之前到会显得过于急切，所以塔彭丝决定走到街的尽头，然后再折返。十一点一到，她立即走进大楼的门厅。爱沙尼亚玻璃制品公司在顶楼，有电梯，但塔彭丝选择爬楼梯。

她来到落地玻璃门外，稍微有点气喘。门上横印着传说中的"爱沙尼亚玻璃制品公司"字样。

塔彭丝敲敲门。听到门内回应的声音，她转动把手，走进一个小而肮脏的办公室外间。

一位在靠窗的桌子旁坐着的中年雇员从高凳上下来，向她走来，询问她有何事。

“我和惠廷顿先生有约。”塔彭丝说。

“请走这边。”他走到一个门上写着“私人”的隔间前，敲了敲门，然后打开门，站在一边让她进去。

惠廷顿先生坐在一张宽大的办公桌后，桌上堆满了文件。塔彭丝觉得她之前的判断得到了证实。惠廷顿先生肯定有什么不对劲的地方，他圆滑的举止和躲躲闪闪的眼神很不协调。

他抬头一看，点了点头。

“这么说，你已经打定主意了？很好。坐下吧，好吗？”

塔彭丝在他对面的椅子上坐了下来。今天上午她看上去格外娇小娴静。她乖乖地坐在那里，眼帘低垂，而惠廷顿先生在整理他的文件，发出簌簌的声响。最后，他把文件推开，俯身在办公桌上。

“现在，我亲爱的小姐，让我们来谈正事。”他的大脸上绽开笑容，“你想要工作吗？嗯，我有份工作想给你。你觉得一百镑现金加报销所有花费怎么样？”惠廷顿先生向后靠在椅子上，大拇指插进背心的袖孔里。

塔彭丝警惕地看着他。

“工作的性质是什么？”她问道。

“非常轻松，真的非常轻松。是一趟愉快的旅行，仅此而已。”

“去哪儿？”

惠廷顿先生又笑了。

“巴黎”。

“哦！”塔彭丝若有所思地应了一声。她心想：当然了，如果父亲听到这话，一定会大发雷霆！但不知怎的，我看不出惠廷顿先生想故意骗人。

“是的，”惠廷顿继续说道，“还有什么比这更愉快的安排吗？让时光倒流几年——我相信用不了多少年——重新进入一所迷人的少女寄宿学校[①]，里面充满巴黎盛产的——”

塔彭丝打断他的话。

“一所寄宿学校？”

“没错。科隆比耶夫人的寄宿学校，在纳伊大街。”

塔彭丝很熟悉这个名字。那儿无可挑剔，她有几个美国朋友曾待在那里。但她更加迷惑了。

“你要我去科隆比耶夫人那里？多长时间？”

“要看情况。可能三个月。”

“就这样吗？没有其他要求？”

“没有其他要求了。当然，你要扮演我的被监护人的角色，还不能和你的朋友联系。我要求你暂时保密。顺便问一句，你是英国人吧，是不是？”

“是的。”

“可是你说话带一丝美国口音。”

“我在医院里的好朋友是个美国小姑娘，我大概是受了她的影响。我可以很快把口音改掉。”

“恰恰相反，要是你能冒充美国人，一切可能会更简单。否则你过去在英国的生活可能有点难以自圆其说。是的，我觉得这样肯定更好。那么——”

“等一等，惠廷顿先生！你似乎已经理所当然地认为我同意了。”

惠廷顿看上去很惊讶。

“当然，你不会想要拒绝吧？我可以向你保证，科隆比耶夫人的寄

①原文为法语。本书中多次出现法语，为区别，所有法语部分均用仿宋。

宿学校是最高档和正规的，我给的报酬也是极为优厚的。”

“没错，”塔彭丝说，“就是因为这样。报酬可以说过于优厚了，惠廷顿先生。我不明白我哪里值得你付这样一大笔钱。”

“不明白吗？”惠廷顿轻声说，“好吧，我会告诉你的。毫无疑问，我可以花少得多的钱去雇其他什么人。但我花这笔钱是希望雇一位有足够的智慧和头脑的年轻女士，能够扮演好她的角色，并且有足够的自知，不会问太多问题。”

塔彭丝笑了一下。她觉得惠廷顿已经占了上风。

“还有另一件事。到目前为止，你一直没提到贝雷斯福德先生，他从哪里插手呢？”

“贝雷斯福德先生？”

“我的搭档，”塔彭丝庄重地说，“你昨天看到我们在一起的。”

“哦，是的。但恐怕我们不需要他的服务。”

“那就没什么好谈的了！”塔彭丝起身，“要么两个一起，要么一个都不雇。抱歉，但就是这么回事。再见，惠廷顿先生。”

“等一下。让我们再看看有没有什么办法。坐下吧，呃……”他顿了一下，不知道怎么称呼塔彭丝。

塔彭丝想起了副主教，良心一阵刺痛。她赶紧抓住第一个浮现在脑海中的名字。

“简·芬恩。”她脱口而出，然后被这两个简单的词所引发的效果吓得目瞪口呆。

惠廷顿脸上的和颜悦色全都不见了，换上一副怒气冲天、青筋直冒的表情。而这一切的背后潜藏着一种不可置信的惊愕。他倾身向前，从牙缝里恶狠狠地挤出一句。

“这就是你的小把戏，对吗？”

塔彭丝虽然被吓了一大跳，但理智尚存。她完全不理解他的意思，但她天生机智，觉得必须要保持气势，用她自己的话来说，就是要“输人不输阵”。

惠廷顿继续说：“你一直在耍我，对吗，就像猫捉老鼠？你一直都知道我想要你干什么，但故弄玄虚。是不是这样，是吗？”他镇定了一些，脸上的红潮也褪了。但眼睛依旧尖锐地盯着她。“是谁泄露了消息？丽塔？”

塔彭丝摇摇头。她不知道还能糊弄多久，但她知道不能把一个完全不认识的丽塔牵涉进来，这很重要。

“不，”她的回答可以说真实不虚，“丽塔对我一无所知。”

他的眼睛还是像锥子一样盯着她。

“你知道多少？”他突然问。

“确实很少。”塔彭丝回答，并且很高兴地发现惠廷顿的不安不但没有消除反而加强了。如果吹嘘自己知道很多反而可能会引起他的怀疑。

“无论如何，”惠廷顿吼道，“你知道的已经够多了，至少知道来这里抛出这个名字。”

“这可能是我自己的名字。”塔彭丝指出。

“有可能，是不是。会有两个女孩儿恰巧同名吗？”

“也许我只是偶然想到了这个名字。”塔彭丝继续说道，陶醉在实话实说的成功里。

惠廷顿先生握起拳头，朝书桌重重一捶，发出一声巨响。

“不要再耍我了！你知道多少？你要多少钱？”

最后五个字击中了塔彭丝的心坎，特别是在一顿寒酸的早餐和前一天晚上以小圆面包当晚饭的处境下。她当下的角色是冒险家，而不是冒险家的替身，但她并没有否认其可能性。她坐直身子，带着一种大局在握的神色微微一笑。

“我亲爱的惠廷顿先生，”她说，“让我们摊牌吧。不要这么生气。你昨天听到我说的了，我要依靠自己的聪明才智谋生，现在看来我已经证明了我有一些赖以为生的智慧！我承认我知道一些特定的事实，但也许我知道的仅止于此。”

“也许是……也许不是。”惠廷顿咆哮道。

“你坚持错误地估计我。”塔彭丝轻轻地叹了口气。

“正如我所说过的，”惠廷顿生气地说，“不要再耍我了，开门见山吧。你别想糊弄我。你知道的比你愿意承认的要多得多。”

塔彭丝顿了一会儿，暗自佩服自己的聪明才智，然后轻声说：“我不想反驳你，惠廷顿先生。”

“那我们还是回到常规问题吧。多少钱？”

塔彭丝进退两难。到目前为止，她已经成功唬住了惠廷顿，但提出一笔明显不合理的金额可能会引起他的怀疑。一个念头闪过她的大脑。

“要不先付一点，以后再详细讨论此事如何？”

惠廷顿狠狠地瞪了她一下。

“敲诈，是吗？”

塔彭丝甜甜地笑了。

“当然不是！我们把它称作订金怎么样？”

惠廷顿哼了一声。

“你瞧，”塔彭丝依旧甜甜地解释道，“我很喜欢钱！”

“你是贪得无厌。”惠廷顿咆哮道，带着几分不甘心的钦佩之情，“你骗过了我。我还以为你只是一个有点小聪明，可以为我所用的温顺的小姑娘呢。”

“生活，”塔彭丝语重心长地说，“充满了惊喜。”

“老生常谈。”惠廷顿继续说，“你说不是丽塔，那是不是——哦，进来。”

雇员谨慎地敲门后走进了房间，将一张纸放在主人的手肘边。

“刚刚接到的消息，先生。”

惠廷顿拿起纸看了一下，眉头皱了起来。

“我知道了，布朗，你可以走了。”

雇员退出房间，关上了门。惠廷顿转向塔彭丝。

“明天同一时间再来吧。我现在很忙。这是五十镑。”

他迅速数出一沓钱，从桌面上推给塔彭丝，然后站了起来，显然是表示送客的意思。

姑娘以公事公办的方式数了数钱，确保好好地放进了手提包，然后起身。

“再见，惠廷顿先生。”她很有礼貌地说，“或者，我应该说，再会了。”

“没错。再会！”惠廷顿看上去几乎又和之前一样和蔼可亲了，这引起了塔彭丝些许的担忧，“再会，我聪明迷人的姑娘。”

塔彭丝轻快地下楼。狂喜攫住她全身，邻近的时钟显示时间为差五分十二点。

“让我们给汤米一个惊喜！”塔彭丝喃喃自语，并叫了一辆出租车。

车子停在地铁站外，汤米正好站在出口。当他急匆匆地帮助塔彭丝下车时，不禁瞪大了眼睛。她深情款款地微笑着看他，并装腔作势地说：“能帮我付一下车钱吗，老家伙，我没有比五镑更小的钞票！”

第三章　挫折

但这一刻没有取得应有的效果，因为汤米囊中羞涩。最后车费终于凑齐了，女士自己还贡献了两便士。司机手里拿着一堆面额不等的硬币，并没有离开的意思，他哑着嗓子问，这位先生付一堆零钱是什么意思?

“我想你给的太多了，汤米。”塔彭丝若无其事地说，“我看他是想退给你一些钱。”

可能是这句话的作用，司机离开了。

“好吧。”贝雷斯福德先生终于能抒发他的看法了，“究竟是怎么回事，你竟然坐出租车来？”

“我怕迟到让你久等。”塔彭丝轻轻地说。

“怕——迟——到！主啊，我投降了！”贝雷斯福德先生说。

“而且真真切切，”塔彭丝瞪大了她无辜的双眼，“我没有比五镑更小的钞票。”

“你刚才那一下演得非常好，老家伙，不过那家伙并没有上当。一点都没有！”

“是的，”塔彭丝沉思着说道，“他不相信。奇怪的正是这点，人们不相信真话。今天早上我就明白了这一点。现在，我们去吃午饭吧。萨伏伊饭店怎么样？”

汤米笑了。

“丽兹饭店怎么样？”

“再想一想，我更喜欢皮卡迪利，那里近一点。我们不用叫出租车了，走吧。”

“这是什么新的幽默方式吗？还是你的脑袋真的错乱了？”汤米问。

“你的后一个假设是正确的。我得到了一大笔钱，受到了过度惊吓！对于这种特定的心理困扰，一位著名的医生建议用无穷的小吃拼盘、龙虾、鸡肉汉堡和桃子冰淇淋来治疗！让我们去大快朵颐吧！”

“塔彭丝，大姐，你到底怎么啦？”

“哦，不相信人的家伙！”塔彭丝猛地打开她的包，“看这里。这里、这里！”

“老天爷！我亲爱的姑娘，请不要挥舞一沓一英镑！”

“它们可不是一英镑。他们比一英镑好上五倍，而这一张要好上十倍！”

汤米呻吟了一声。

“我一定是喝醉了！我是在做梦吗，塔彭丝？还是我真的看见有人用危险的方式挥舞着一大堆五英镑的钞票？”

“就是这么回事！现在，你愿意去吃午饭了吗？”

“去哪儿都可以。不过，你究竟干了什么？抢银行了吗？”

“时机刚好。皮卡迪利广场是个多么可怕的地方啊。有一辆庞大的公交车向我们开来了，要是他们把五英镑钞票毁了就太可怕了！”

“烧烤店吗？”汤米问，他们已经走到对面安全的人行道上。

“另一家更贵。”塔彭丝提出异议。

“这是纯粹的恶意挥霍。去下面吧。”

“你确定那里有我想吃的东西？”

“你刚才列的那张非常不健康的菜单吗？当然有，反正你想吃的应有尽有。”

“现在赶快告诉我。”当他们在塔彭丝梦想的许多开胃菜的团团包围中坐定，汤米再也不能克制自己压抑已久的好奇心了。

考利小姐把经过告诉了他。

“最奇怪的地方是，”她最后说，“简·芬恩真的只是我编的名字！我不想告诉他自己的真名，考虑到我可怜的父亲，担心万一卷进什么不明不白的事情里去。”

“也许是这么回事。”汤米慢慢地说，“但你并不是胡编了个名字。”

“什么？”

“嗯，那是我告诉你的。难道你不记得了，我说昨天我无意中听到两个人在谈论一个叫简·芬恩的女人？这个名字就是这样进入你的大脑的。”

“是你告诉我的！我想起来了。多么不同寻常啊……”塔彭丝说着，陷入了沉默。突然，她提高了声音叫道：“汤米！”

“怎么了？”

“他们长什么样，你昨天看到的那两个人？”

汤米皱着眉头，努力地回忆。

“一个是大块头的胖子，胡子刮得干干净净，我记得……他皮肤黝黑。”

“就是他！”塔彭丝激动地尖叫道，“那就是惠廷顿！另一个男人长什么样？”

“我不记得了。我没有特别留意他们，只是那个古怪的名字引起了我的注意。”

“人们还说巧合不会发生！”塔彭丝愉快地解决掉了她的桃子冰淇淋。

但汤米严肃起来。

“留神，塔彭丝，大姐，这会带来什么后果呢？”

“更多的钱。”他的同伴回答。

“我知道，现在你的脑子里就只有这一个想法。我的意思是，下一步怎么办？你怎么把这个游戏玩下去？”

“哦！”塔彭丝放下勺子，“你说得对，汤米，这是个问题。”

“毕竟，你知道的，你不能一直糊弄他，你迟早会露馅的。而且，我不能肯定这么做会不会惹上官司。敲诈，你知道的。”

“胡说。敲诈是跟人要钱，不给你就会把什么秘密说出去。但我现在没什么可说出去的，因为我真的什么都不知道。”

“嗯。”汤米也拿不准，“好了，反正，接下来我们该怎么办？今天早上惠廷顿急着打发你，但下一次他给钱的时候会想知道更多事情。他会想知道你知道多少，从哪里得到的信息，还会有很多你应付不了的其他要求。你打算怎么办呢？”

塔彭丝严肃地皱起了眉头。

“我们必须想一想。点杯土耳其咖啡吧，汤米，刺激一下大脑。哦，天哪，我吃了那么多东西！”

“你把自己当成猪了！我也差不多，不过我认为我点的菜比你明智。两杯咖啡。”后一句是对服务员说的，“一杯土耳其咖啡，一杯法式咖啡。”

塔彭丝呷着咖啡，貌似陷入深深的思考中，汤米跟她说话她也不搭理。

“安静。我在思考。”

“佩尔曼思维训练！”汤米说完也陷入了沉默。

“有了！”塔彭丝终于说，“我有一个计划。显然，我们所要做的就是找出更多与这件事有关的情报。”

汤米鼓掌。

“不要嘲笑我。我们只能通过惠廷顿找出线索。我们必须弄清楚他住在哪里、是干什么的——其实就是跟踪他！但我不能这样做，因为他认识我。不过他只在里昂饭店见过你一两分钟，不可能认得出你。毕竟年轻人看起来都一个样。”

“我完全不敢苟同你的话。我敢肯定，我赏心悦目的外貌和卓尔不群的仪态使得我鹤立鸡群。”

“我的计划是这样的。”塔彭丝冷静地继续，“明天我一个人去。我会像今天一样敷衍过去。如果没有搞到更多钱也没关系，五十英镑够我们维持几天了。”

“很长时间！”

“你先在外面转悠，我出来后不会和你说话，以防他看到。但我会留在附近某处，等他走出大楼，我会丢个手帕什么的，然后你就行动！”

“我去哪儿？”

“当然是跟踪他，傻瓜！你觉得这个主意怎么样？”

“有点像书上写的那种事情。我总觉得在现实生活中一个人在街头晃荡几个小时却什么都不做有点蠢，人们会奇怪我在那儿干什么。”

“城里人不会注意这一点的，每个人都急匆匆的，大概甚至没人会注意到你。”

“这是你第二次说这样的话伤我自尊了。没关系，我原谅你。不管怎么样，这挺好玩的。今天下午你要做什么？”

“嗯，”塔彭丝苦思道，“我在考虑帽子！或者丝袜！或者——”

“打住，”汤米规劝道，“五十英镑毕竟有限！不过，先别管其他的，我们晚上去吃顿好的，再去看场演出。”

“妙极了。”

一天愉快地过去了，晚上更加快活。两张五英镑钞票无可挽回地一去不返了。

第二天早上他们依约碰面，朝市区走去。汤米留在马路的一旁，而塔彭丝进入大楼。

汤米慢慢地逛到街道的尽头，再逛回来。就在他来到大楼对面时，看到塔彭丝穿过马路冲过来。

“汤米！”

“怎么啦？”

“这个地方关闭了，我叫门也没人应。”

“这可真奇怪。”

“可不是吗！跟我来，我们再试试。”

汤米跟在她后面。当他们经过三楼楼梯平台时，一个年轻的工作人员从一间办公室走出来，他犹豫了一下，然后对塔彭丝说：“你是要找爱沙尼亚玻璃制品公司吗？”

“是的，麻烦了。”

“它倒闭了。昨天下午公司关门了。我听说的，也并不清楚。但无论如何，这个办公室要出租了。”

“谢……谢谢你，”塔彭丝颤声说道，“我想，你应该不知道惠廷顿先生的住址吧？”

“恐怕我不知道。他们走得很突然。”

“非常感谢，”汤米说，“走吧，塔彭丝。”

他们重又回到街道上，面面相觑，一片茫然。

“没辙了。”汤米最后说。

“我想你说得没错。”塔彭丝哀号道。

“振作起来，老东西，情绪低落于事无补。”

“于事无补吗！”塔彭丝尖尖的下巴挑衅似的一抬，“你觉得这就结束了吗？你这么想就错了，这仅仅是个开始！”

“什么开始？”

“我们的冒险！汤米，你不明白吗，如果他们是被吓跑的，那就说明简·芬恩的事里一定有不可告人的秘密！好了，我们要一查到底。我们要搞个一清二楚！我们要认真查探！”

“好的，可是这里已经没东西可查了。”

“是的，所以我们必须从头开始。铅笔借我用一下。谢谢。等一下……别打岔。看！”塔彭丝交还铅笔，并满意地打量着自己刚刚写好的字。

“是什么？”

“广告”。

“你不会还在盘算那件事吧？”

“不，这是个不一样的广告。”她把纸条递给他。

汤米大声地读出上面写的字：

“征求任何有关简·芬恩的消息。知情者联络Y.A.”

第四章　谁是简·芬恩？

第二天，日子格外漫长。有必要削减开支，精打细算的话，四十英镑可以维持很长时间。幸运的是，天气晴朗，而“走路比较经济”，塔彭丝这样决定。一所偏远的电影院让他们打发了晚上的休闲时光。

星期三是一个让人灰心丧气的日子。星期四广告如期登出。预计星期五信件就会寄到汤米的住处。

汤米必须遵守诺言，如果有信寄到，他不能单独打开，而要把信带到国家美术馆，他与搭档约好十点钟在这里碰面。

塔彭丝先到。她安坐在一张红色天鹅绒座椅上，眼神空洞，目不转睛地瞪着特纳的画作，直到她看到熟悉的身影进入房间。

“怎么样？”

“嗯，”贝雷斯福德先生的回答令人恼怒，“哪幅画你最喜欢？”

“不要这么讨厌。有没有什么回信？”

汤米摇摇头，带着一副略显浮夸的懊恼表情。

“我不想让你失望，老东西，告诉你真相，太糟糕了。花了冤枉钱。”他叹了口气，“不过，给你。广告登出了，而且——有两封回信！”

“汤米，你这个坏东西！”塔彭丝几乎尖叫道，“快给我。你怎么这么可恶！”

“注意言辞，塔彭丝，注意言辞！在国家美术馆可要注意言行得体。国家颜面，你知道的。而且千万要记住，正如我多次向你指出的，作为一个牧师的女儿——”

“我真该当演员！”说完塔彭丝打了个响指。

“这可不是我的本意。但是，如果你确定已经充分享受了我一片好意免费向你提供的先忧后喜的惊喜，那就让我们踏踏实实地看信吧。”

塔彭丝毫不客气地从他手中抢走那两个珍贵的信封，并仔细检查它们。

“这个厚厚的，看起来比较有料，我们留到后面看，先打开另一封。”

“你说得对。一、二、三，开始！”

塔彭丝用纤小的手指撕开信封，取出信纸。

亲爱的先生，

关于今早报纸上的广告，我也许能提供有用的信息。你可以明天上午十一点到上述地址与我会面。

敬上

A. 卡特

“卡沙尔顿花园二十七号。”塔彭丝指着地址说，“是在格洛斯特道上。如果我们搭地铁，得花不少时间。”

“接下来，”汤米说，“是行动计划。轮到我来出任务。我走进卡特先生的办公室，和他互道早安。他接着说：'请坐，呃，怎么称呼？'对此我迅速回答：'爱德华·惠廷顿！'于是卡特先生脸庞变成酱紫色，喘着粗气怒吼：'多少钱？'我按惯例把五十英镑收入囊中，然后和等在外面的你会合，我们去往下一个地址，并故伎重演。"

"别傻了，汤米。现在，我们看另一封信吧。哦，是从丽兹饭店寄出的！"

"我们应该要一百镑，而不是五十镑！"

"我来念：亲爱的先生，回复你的广告，如果你能在午饭时间来访，我将不胜感激。敬上，朱利叶斯·P. 赫谢默。"

"哈！"汤米说，"我怎么闻到德国佬的味道了？或者是个身世不幸的美国百万富翁？不管怎样，我们会在午餐时间去拜访。这是个好时间，通常会有一份两人的免费午餐。"

塔彭丝点头同意。

"现在先去找卡特，我们得抓紧时间。"

卡沙尔顿街上坐落着一排被塔彭丝称为"贵妇范儿"的无可挑剔的房子。他们按响了二十七号的门铃，一位衣着整洁的女仆开了门。她看上去是那么体面，让塔彭丝的心一沉。汤米求见卡特先生，女仆领他们来到一楼的一间小书房，然后就离开了。几乎不到一分钟，门又开了，一个长着一张老鹰一样精干的面容、神态疲惫的高个子男人走进了房间。

"是Y.A.先生吗？"他笑着问道，那微笑十分具有吸引力，"两位请坐。"

他们依言坐下。男人自己搬了一把椅子坐在塔彭丝对面，带着鼓励的神情对她微笑。他的笑容里有某种力量，使得塔彭丝失去了平常的镇定。

由于他似乎并不打算切入主题，塔彭丝只好先开口了。

“我们想知道，就是，你能好心告诉我们你所知道的有关简·芬恩的事情吗？”

“简·芬恩？啊！”卡特先生似乎才回过神来，“嗯，问题是，你们对她有什么了解？”

塔彭丝挺直了身子。

“我看不出这有什么关系。”

“没有关系吗？是有关系的，你知道，确实有关系。”他又以那种疲惫不堪的样子笑了笑，沉思了一会儿，又说道，“又回到这个问题上来了，关于简·芬恩，你们知道些什么？”

但塔彭丝还是不肯开口，于是他继续说道：“说吧。你们肯定知道些什么才会登广告。”他的身体微微前倾，疲惫的声音里有一种具有说服力的暗示意味，“假如你告诉我……”

卡特先生身上有种特别的魅力。塔彭丝似乎要很费力才能摆脱它，她说：“我们不能这样做，是不是，汤米？”

但令她吃惊的是，她的搭档并没有支援她。他双眼盯着卡特先生，说话的语气中有种不同寻常的尊重意味。

“我敢说，我们知道的那一点事情对您没什么用处，先生。但无论如何，我们保证知无不言。”

“汤米！”塔彭丝吃惊地喊道。

卡特先生从他的椅子上转过身来，以眼神表示询问。

汤米点点头。

“是的，先生，我立刻就认出您了。我在法国情报部门服役时见过您。您一走进房间，我就知道——”

卡特先生举起了手。

“请不要说名字，在这里人们都叫我卡特先生。顺便说一句，这是我表妹的房子。她愿意把房子借给我从事一些非官方的活动。好了，现在……”他看看这个又看看那个，“谁来告诉是怎么回事？”

“你来吧，塔彭丝。”汤米下令道，“这是你的故事。”

“是的，小姑娘，说来听听吧。”

塔彭丝乖乖地照做了，她从年轻冒险家有限公司成立开始，原原本本地一一道来。

卡特先生以他那种慵懒的神态默默地听着。时不时把手放在嘴唇上，似乎是为了掩饰笑意。当她说完，他严肃地点点头。

“不多。但有启发。相当有启发。你们是一对有趣的年轻人，请原谅我这么说。我不知道……你们也许能够做成别人办不到的事情……我相信运气，你知道的，总是有……”

他停了一下，然后继续开口道：“好了，你们看这样如何？你们是出来冒险的，那为我工作怎么样？所有工作都是非官方的，费用全包，还有合理的报酬。”

塔彭丝盯着他，嘴巴张开，眼睛越瞪越大。

“让我们做什么？”她喘着气说。

卡特先生笑了。

“继续做你们正在做的事情。找到简·芬恩。”

“好的，但是……谁是简·芬恩？”

卡特先生严肃地点了点头。

“是的，我想你们有权知道。”

他往椅子上一靠，翘起腿，两手指尖抵着指尖，用低沉的声调开始说话。

“秘密外交——顺便说一句，这一招几乎总是下策！你们应该不大清楚。这么说吧，早在一九一五年，出了一份文件，是一个秘密协议的草案，你们也可以把它叫做条约。当时条约已经拟好，只待各方代表签字生效。是在美国拟订的，当时美国还是中立国。文件由一位特使送往英国，一个叫丹弗斯的小伙子。当局希望整件事情保持绝密，不泄露一丝风声。这种希望通常都会让人失望，总是有人喜欢到处夸夸其谈！

“丹弗斯搭乘卢西塔尼亚号前往，贴身携带着用油布包裹的珍贵文件。在这趟航程中，卢西塔尼亚号被鱼雷击沉，丹弗斯在失踪人员名单上。最终，他的尸体被冲上岸，并确认了身份。但油布包不见了！

“现在的问题是，文件是被人从他身上拿走了，还是他自己把它交给了别人保管？后来一些目击者的证言加强了后一种设想的可能性。在轮船沉没前几分钟，有人看见丹弗斯和一个年轻的美国女孩儿说过话。没人看见他交给她任何东西，但他有可能这样做。依我看来，他很有可能把文件托付给了这个姑娘，毕竟作为一个女人，有更大的机会把文件安全带上岸。

“但即便如此，那个姑娘在哪里，她把文件怎么样了？美国方面事后的情报显示，丹弗斯一路都被人跟踪。这个女孩儿会不会是敌人的同党？或者换做她被跟踪，要么被骗要么被迫交出了珍贵的包裹？

“我们着手追查她，却出乎意料的困难。她的名字叫简·芬恩，并且适时出现在幸存者名单之中，但这个女孩儿似乎凭空消失了。追查她的来历也没多少收获。她是一个孤儿，在美国西部的一所小学校做过我们这里叫做小学教师的工作。她的护照显示她要前往巴黎，去那里的一家医院工作。她自愿去做义工，经过几次书信往来，医院接受了她的申请。医院的工作人员看到她的名字出现在卢西塔尼亚号幸存者的名单上，但她既没来报到，也没有任何音信，自然大惑不解。

“总之，我们尽了一切努力追查这位年轻的姑娘，但一切都是徒劳。我们找遍了爱尔兰，但自打她踏足英国，就再没有任何音讯。那份条约草案也没有现身——这件事本来不难的——因此，我们得出这样的结论，丹弗斯已经毁掉了它。战争进入到另一个阶段，外交形势相应改变，条约也没再重新起草。当局对存在这份条约的传言进行了坚决否认。简·芬恩的失踪事件被遗忘了，整个事件都被遗忘了。”

卡特先生停顿了一下，塔彭丝迫不及待地插嘴。

“但是，为什么这一切又被翻出来了呢？战争已经结束了。”

卡特先生的态度中有了一丝警觉。

“因为文件并没有被销毁，而一旦现在被发现，就会带来极其严重的后果。”

塔彭丝瞪大了眼睛。卡特先生点点头。

“是的，五年前，这份条约草案是我们手中的武器，而今天，它成了对付我们的武器。这是一个重大的失误。如果条约的条款公之于众，将意味着一场灾难……有可能会带来另一场战争，这次的对手不是德国！这是极有可能的，虽然我不相信它真的会发生，但这份文件无疑牵涉到很多政治家，在当前形势下，我们无论如何都不能让他们的声名受损。现在工党执政的呼声似乎很高，在我看来，这个时候工党执政可能会严重妨碍英国的贸易，但这和真正的危险比起来可以说不值一提。”

他停顿了一下，然后平静地说：“你也许听说过或在报纸上看到过，当前的劳工骚乱背后有布尔什维克的势力介入吧？”

塔彭丝点点头。

“事实就是如此。布尔什维克的黄金正涌入这个国家，为的是一个特定的目的——发动一场革命。而且还有一个躲在暗处的人，真实姓名我们尚不知晓，但他有他自己的目的。劳工骚乱的幕后是布尔什维克，而布尔什维克的幕后是这个人。他是谁？我们不知道。他有个不起眼的代号，‘布朗先生’。不过有一点可以肯定，他是这个时代的犯罪大师。他控制着一个了不得的机构。战争期间，大部分的和平宣传都由他策划并提供资金。他的间谍无处不在。”

“归化的德国人？”汤米问。

“恰恰相反，我有充分的理由相信他是一个英国人。他过去是亲德的，而且会一直亲布尔什维克。我们不知道他的目的是什么，也许是为自己谋求空前绝后的至高权力。我们对他的真正个性一无所知，据说甚至连他的追随者也对他一无所知。在我们碰到的有他牵涉其中的事件中，他始终扮演着次要角色，主角由别人承担。但事后我们总是发现一些无足轻重的人，一个用人或雇员，一直隐藏在被我们忽视的背景中。难以捉摸的布朗先生一次次从我们的手中溜走。”

“哦！”塔彭丝跳了起来，“我想起来了……”

“什么？”

“我记得在惠廷顿先生的办公室，有个雇员……他叫他布朗。你不觉得……”

卡特若有所思地点了点头。

“很可能。奇怪的是，这个名字十分普通，大概是天才的怪癖。你能形容一下他吗？”

“我还真没注意。他很普通……就像其他人一样。”

卡特先生疲惫地叹了口气。

“这是对布朗先生一成不变的描述！他给惠廷顿汇报了一通电话留言，是不是？你在外面的办公室有看到电话机吗？”

塔彭丝想了想。

“不，我想我没看到。”

“没错。这个‘留言’是布朗先生给他的下属下达命令的方式。他肯定偷听了你们的谈话。在那之后，惠廷顿就把钱给你，叫你第二天再来，对吗？”

塔彭丝点点头。

“是的，毫无疑问，这是布朗先生的手段！”卡特先生停顿了一下，“嗯，就是这么回事，你知道要跟什么人作对吗？有可能是这个时代最厉害的犯罪头脑。要知道，我不喜欢这种事情，你还这么年轻，你们两个都是。我不想你们发生什么不测。”

“不会的。”塔彭丝干劲儿十足地向他保证。

“我会照顾她的，先生。”汤米说。

“我会照顾你。”塔彭丝反驳，不满他大男子主义的断言。

“好吧，那么，相互照应。”卡特先生微笑着说，“现在让我们谈回正事。关于这个条约草案，有些方面我们还没有搞清楚。我们一直受它威胁，那些直白明确的条款。革命势力宣称条约草案在他们手中，他们打算找到合适的时机再公之于众。但另一方面，他们又明显理解错了许多条款。政府认为他们纯粹是在虚张声势，而且，不管他们透露的信息是对是错，政府一概否认。我则不那么肯定，有些蛛丝马迹和轻率的暗示，似乎都表明威胁是真实存在的。表现出来的情况好像是他们已经得到了一份可以作为罪证的文件，但不能解读，因为文件是用密码写成的。但我们知道，条约草案不是用密码写的，绝对不是。所以这事不对劲。但是，还是有什么东西让人放心不下。当然，大家都觉得简·芬恩已经死了，但我不这么认为。奇怪的是，他们似乎试图从我们这里获得有关这个姑娘的情报。”

“什么？”

“是的。发生了一两件小事情。而你的故事，小姑娘，证实了我的想法。他们知道我们正在寻找简 · 芬恩。看起来，他们打算自己制造一个简 · 芬恩——在巴黎的一间寄宿学校。”塔彭丝倒吸了一口冷气，卡特先生笑了，“没人知道她长什么样，所以没关系。她只需要编个故事，而她真正的任务是从我们这里搞到尽可能多的情报。明白这个主意了吗？”

“所以你认为……”塔彭丝顿了顿，想彻底理清头绪，“他们要我去巴黎，是假扮成简 · 芬恩？”

卡特先生笑容里的倦意更加明显了。

“我相信无巧不成书。”他说。

第五章　朱利叶斯·P. 赫谢默先生

"嗯，"塔彭丝恢复了平静，"的确好像是这么回事。"

卡特点了点头。

"我明白你的意思。我自己就很迷信，相信运气等诸如此类的事情。似乎命运选择了你们，将你们卷入其中。"

汤米陶醉地一笑。

"哎呀！我确信惠廷顿听到塔彭丝说出那个名字时就感受到风声了！我应该早点想到的。不过先生，我们已经占用了您太多的时间，在离开之前，您还有什么忠告给我们吗？"

"我想没有了。我的专家们的常规工作方式都失败了，你们给这个任务带来了想象力和开放的心态。如果不成功也不要气馁，因为对方可能会提前行动。"

塔彭丝皱起了眉头，表示不解。

"你和惠廷顿会面时，他们还有的是时间。我收到情报说，他们计划在明年年初发动大政变。但政府正在考虑立法，这将有效地应对罢工威胁。就算他们还不知道，也很快会听到风声，这有可能会让他们提前行动。我自己倒希望如此。让他们筹备计划的时间越短越好。我只是要警告你们，你们的时间不多，而如果你们失败了，也不需要太泄气。毕竟这不是一个简单的任务。就这样。”

塔彭丝站起来。

“我想我们应该务实一点。你可以为我们提供什么，卡特先生？”

卡特先生的嘴角微微抽搐了一下，他简明扼要地回答：“合理范围内的经费和详尽的情报。但没有官方的认可。我的意思是，如果你们在警方那里惹了麻烦，我不能出面帮助你们解决。你们得靠自己。”

塔彭丝一本正经地点点头。

“我很清楚这一点。等我有时间思考，会列一张单子出来，写清我想知道的事情。现在……关于钱……”

“是的，塔彭丝小姐，你要多少？”

“说不准。目前我们还有足够的经费，但是等到我们需要更多的时候——”

“我随时恭候。”

“好的，但是……要和政府打交道——我不该对政府无礼，但是要知道，一个人如果想从政府那儿得到点东西，花的时间简直要命！我们要填一份蓝色的表格并寄过去，然后，三个月后，他们会寄给我们一份绿色的表格，等等……嗯，而且这样也起不了多大的作用，是吧？”

卡特先生放声大笑。

“别担心，塔彭丝小姐，你把个人需求寄到这里给我，钱会以现金的方式通过邮局寄给你。至于工资，我们定一年三百镑如何？当然，贝雷斯福德先生也是同等待遇。”

塔彭丝眉开眼笑地望着他。

“太棒了。您真是好人。我确实爱钱！我会把我们的所有费用记好账，收入和支出记到正确的位置，划条红线，底部一栏是总数。我真的懂怎么做账。”

“我相信你懂。好了，再见吧，祝你们好运。”

他和他们握手道别，下一分钟，汤米和塔彭丝已经走下卡沙尔顿街二十七号的台阶，但仍然有些晕头转向。

“汤米！马上告诉我，‘卡特先生’是谁？”

汤米在她耳边轻轻地说了一个名字。

“哦！”塔彭丝深受震动。

“我可以告诉你，老家伙，他可是个大人物！”

“哦！”塔彭丝又哦了一声。她沉吟了片刻，补充道：“我喜欢他，真的。他表面看上去有些萎靡不振，但你能感觉到他的内心如钢铁般坚毅，而且敏锐犀利。哦！”她轻快地一跃，“掐我，汤米，掐我一把。我简直不敢相信这是真的！”

贝雷斯福德先生遵命行事。

“哦！够了！是的，我们不是在做梦。我们找到工作了！”

“多么棒的工作啊！我们的合资公司正式开张了。”

“而且比我想象的要体面。”塔彭丝若有所思地说。

“幸运的是我没有向你的犯罪渴望妥协！现在几点钟啦？我们去吃午餐吧——哦！”

同样的想法不约而同地从两个人的脑中冒出。汤米首先开口。

“朱利叶斯 · P. 赫谢默！”

“我们忘了告诉卡特先生他的来信。”

“算了，也没多少可说的，等我们见过他再说吧。来吧，我们最好坐出租车。”

“看看现在是谁奢侈啦？”

“所有费用报销，还记得吗？快上车。”

“无论如何，这样可以早点到。”塔彭丝往出租车豪华的椅背上一靠，“我敢肯定，敲诈者从来不搭公交车！”

“我们不再是敲诈者了。”汤米指出。

“我不敢说我不是。”塔彭丝沉声道。

通报求见赫谢默先生后，他们立即被带到他的套房。侍者敲门后，只听见一个不耐烦的声音说“进来”，小伙子退到一边，让他们进去。

朱利叶斯·P. 赫谢默先生比汤米和塔彭丝想象的要年轻得多。塔彭丝估计他大约三十五岁，中等身材，宽阔的身形和下巴十分相衬。他的脸上带着一副好斗的表情，却讨人喜欢。尽管他说话没什么口音，但一眼就可以看出他是个美国人。

“收到我的信了？坐下来，马上告诉我，你们知道多少关于我表妹的事情。”

“你的表妹？”

“当然了。简·芬恩。”

“她是你的表妹？”

“我的父亲和她的母亲是兄妹。”赫谢默先生一板一眼地解释道。

“哦！”塔彭丝欢呼一声，“那么你知道她在哪里了？”

“不！”赫谢默先生的拳头在桌上重重一锤，发出一声巨响，“该死的我不知道！你们知道吗？”

“我们登广告是为了得到她的消息，而不是提供消息。”塔彭丝严肃地说。

“我想也是。我又不是不识字。但我想也许你们是想知道她过去的历史，那么你们就应该知道她现在在哪里了。”

“嗯，我们也不介意听一听她的过去。”塔彭丝谨慎地表示。

但赫谢默先生似乎突然起了疑心。

“听好了，”他厉声说道，“这儿可不是西西里！想要大把的赎金或者威胁，我要是拒绝就割掉她的耳朵什么的可行不通。这是在不列颠群岛，因此赶快停止你们的可笑勾当，否则我就要叫警察了，我看见皮卡迪利街上有个高大帅气的英国警察。”

汤米赶紧解释。

“我们没有绑架你的表妹。恰恰相反，我们正在努力找她。我们受雇这样做。”

赫谢默先生往他的椅子里一靠。

“说清楚。”他简洁地说。

汤米向他解释了简·芬恩失踪情况的一个保守版本，提及她可能在不自觉的情况下卷入了“某个政治事件”，汤米为自己的高明措辞而有些得意。他暗示塔彭丝和他本人是受人委托去找简·芬恩的“私家侦探”，并补充说，如果赫谢默先生可以给他们提供任何细节，他们将十分高兴。

那位先生赞许地点了点头。

“我想这没问题。我刚才太冒失了，但是伦敦让我恼火！我只对老纽约略知一二。你们问吧，我知无不言。”

眼前这状况不禁让年轻的冒险家措手不及，不过塔彭丝很快恢复了平静，她赶快回忆侦探小说里的情节，来应付眼前的脱节。

“你最后一次见到目标——我是说你的表妹，是什么时候？”

“我从来没有见过她。”赫谢默先生回答。

“什么？”发问的是汤米，他一脸震惊。

赫谢默转向他。

“是的，先生。正如我刚才说过的，我的父亲和她的母亲是兄妹，大概就像你们俩的关系。”——汤米没有纠正关于他们之间关系的说法——“但他们并没有一直在一起生活。当我姑姑打定主意要嫁给阿莫斯·芬恩，一个西部的穷教书匠的时候，我父亲气疯了！说如果他发了财——因为他看起来有的是机会——她一分钱也别想得到。好了，结果是，姑妈去了西部，而我们再也没有她的消息。

“老头子确实发了财。他搞石油，搞钢铁，还投资铁路，我可以告诉你们，他让华尔街刮目相看！”他顿了顿，“后来，他去世了——去年秋天——我继承了财产。嗯，你们相信吗，我的良心一直不安！不停地扪心自问：你的简姑妈怎么样了，在西部生活得如何？这让我放心不下。你瞧，我断定阿莫斯·芬恩不会成功。他不是那种人。后来，我雇了一个人去找她。结果发现她已经死了，阿莫斯·芬恩也死了，但他们留下了一个女儿，简。她搭乘的卢西塔尼亚号在去巴黎的途中被鱼雷击沉，但她获救了，只是这边的人似乎没能联系到她。我猜他们没上心，所以我想我应该亲自来一趟，催促催促。我一来就首先打电话给苏格兰场和海军部。海军部想堵住我的嘴，但苏格兰场非常客气，说他们会调查，今天早上还派了一个人来取她的照片。我明天要去巴黎，看看那边在做什么。我想，如果我来来回回地催着他们，他们总该忙起来！”

赫谢默先生干劲儿十足，让塔彭丝他们十分佩服。

“不过话说回来，”他最后说，“你们找她不是另有所图吧？藐视法院，或是别的什么英国的规矩？一个骄傲的美国姑娘可能会觉得你们战争期间的一些法规相当讨厌，因而与之作对。如果是这样的话，要是这个国家有贪污受贿的事情，我会出钱为她买通关系。”

塔彭丝让他放心。

“那就好。那么我们可以一起合作。吃午饭吗？我们在这里吃，还是到楼下的餐厅？”

塔彭丝表示更喜欢后者，朱利叶斯对她的决定表示赞赏。

刚刚吃完牡蛎，他们正在谈论索尔·科尔伯特时，一张名片送到赫谢默面前。

“贾普警督，刑事调查局。又是苏格兰场的，这次是另一个人。难道他认为我有什么没有告诉第一个人的事情可以告诉他吗？我希望他们没有弄丢那张照片。那位西部摄影师的房子被烧了，他所有的底片都毁了，这是唯一保存下来的，我从学院的校长那里要来的。”

莫名的恐惧掠过塔彭丝心头。

“你……你知不知道今天早上来的那个人的名字？”

“不，我不知道。等等，我有他的名片。哦，有了！布朗警督。一个安静、不张扬的人。”

第六章　作战计划

接下来的半个小时，一切都昭然若揭。很显然，苏格兰场并没有一位所谓的“布朗警督”。简·芬恩的照片，本该是警方寻找她时最有价值的东西，如今却已经失去，不可再得。“布朗先生”又赢了一次。

这次折戟沉沙的直接结果是，让朱利叶斯·赫谢默和年轻冒险家之间达成了统一战线。所有的心防都卸下了，汤米和塔彭丝觉得他们像是认识这位年轻的美国人一辈子了。他们放弃了“私家侦探”的保守和谨慎，透露了年轻冒险家有限公司的全部细节，来自美国的年轻人宣称自己“高兴死了”。

说完他转向塔彭丝。

“我一直有种想法，觉得英国女孩儿是落伍的。你知道，就是那种既传统又甜美，但是没有仆人或女伴就不敢出门的娇小姐。看来是我跟不上时代了！”

这种共享秘密关系的结果是，汤米和塔彭丝随即住进了丽兹饭店，按塔彭丝的说法，是为了与简·芬恩唯一在世的亲戚保持联系。“而且这样一来，”她悄悄对汤米说，“就没人会对花销说三道四了！”

令人高兴的是，根本没人过问此事。

“现在，工作吧！”入住饭店的翌日早上，年轻的女士宣称。

贝雷斯福德先生放下正在看的《每日邮报》，带着几分不必要的活力热情地鼓掌。他的搭档礼貌地要求他不要这么讨厌。

“真讨厌，汤米，我们得做点什么才对得起给我们的钱。”

汤米叹了口气。

“是的，我怕连亲爱的政府都不会赞成我们永远无所事事地待在丽兹饭店。”

“所以，就像我说的，我们必须做点什么。”

“好吧，”汤米说，再次拿起《每日邮报》，“做吧。我不会拦着你的。”

“你瞧，”塔彭丝继续说，“我一直在想——”

她又被一阵掌声打断。

“你坐在那里打趣倒是不错，汤米。但是动动脑子对你也没有什么坏处。”

“我的工会，塔彭丝，我的工会！它不允许我上午十一点以前上班。”

“汤米，你想要我拿东西丢你吗？我们应该刻不容缓地制订作战计划，这是绝对必要的。”

“说得好，说得好！”

“好了，让我们开始吧。”

汤米终于把他的报纸放在一边。“精神可嘉，塔彭丝。继续说吧，我听着呢。”

“首先，”塔彭丝说，“我们手头有什么线索？”

“一无所有。”汤米兴高采烈地说。

“错！”塔彭丝使劲儿摇摇指头，“我们有两条明显的线索。”

“什么线索？”

“第一条线索，我们认识该团伙中的一个人。”

“惠廷顿？”

“是的。我到哪儿都能认出他来。”

“哼，”汤米迟疑地说，“我不觉得那算得上线索。你不知道去哪里找他，而你能碰巧遇到他的机率是千分之一。”

“这可不一定。”塔彭丝沉思道，“我常常注意到，巧合一旦发生，就会一而再再而三地发生。我敢说那是我们尚未发现的某种自然法则。但正如你说的，我们不能单单依赖这一点。不过，在伦敦，确实有些地方是每个人迟早都会去的。比如说皮卡迪利广场。我有个主意，我每天端着一托盘旗子站在那里守株待兔。”

“那吃饭问题怎么解决？”现实的汤米问。

“真是典型的男人！吃饭问题有什么要紧的？”

“说得倒容易。你刚胡吃海喝了一顿丰盛的早餐。没人胃口比你好，塔彭丝，等到下午茶时间，你就会把旗子、别针什么的都吃掉的。说实话，我不看好这个主意，惠廷顿说不定都不在伦敦了。”

“这倒是真的。我觉得第二条线索更有希望。”

“说来听听。”

“没多少好说的，只有一个教名——丽塔。惠廷顿那天提到的。”

“你的意思是登第三则广告：寻人启事，女骗子，名叫丽塔吗？”

“我不是这个意思。我要运用逻辑推理。那个人，丹弗斯，不是一路被人跟踪吗？我觉得跟踪他的人更可能是一个女人而不是男人……”

“我一点也不明白。”

“我十分肯定是一个女人，而且是一个漂亮的女人。”塔彭丝从容地回答。

“在这些技术方面的问题上，我对你佩服得五体投地。”贝雷斯福德先生喃喃道。

“所以，这个女人，不管她是谁，很显然也得救了。”

“你是怎么知道的呢？”

“如果她没有得救，他们怎么会知道简·芬恩拿到了文件？”

“有道理。继续说，福尔摩斯！”

“现在有一个可能性，我承认这个可能性不大，这个女人也许就是‘丽塔’。”

“如果是的话怎么样？”

“如果是的话，我们就找遍所有卢西塔尼亚号的幸存者，直到找到她为止。”

“那么，第一件事就是拿到幸存者名单。”

“我已经拿到了。我列了一张长长的清单，写明我想知道的事情，然后寄给了卡特先生。今天早上我收到了他的回复，其中就有一份卢西塔尼亚号幸存者名单的官方文件。聪明的小塔彭丝干得如何？”

“勤劳满分，谦虚零分。关键是，名单里有‘丽塔’吗？”

“我不知道。”塔彭丝坦白道。

“不知道？”

“是的。看这里。”他们一起俯身看名单，“你看，很少有填教名的。几乎都是某某太太或某某小姐。”

汤米点点头。

“这是个棘手的问题。”他沉思着嘟囔。

塔彭丝像只小猎犬般地抖了抖身子，这是她特有的动作。

“好了，我们必须查下去。先从伦敦地区开始。我去戴帽子，你把住在伦敦或附近地区的女乘客的地址抄下来。”

五分钟后，这对年轻人出现在皮卡迪利大街，几秒钟后一辆出租车载着他们前往格伦道尔路七号，月桂屋。那是埃德加·凯斯夫人的住所，汤米记在笔记本上的七个名字里，她名列第一。

月桂屋是幢破旧的房子，离马路有一点距离，前面种着一些无精打采的灌木，勉强维持着有个前庭院的假象。汤米付了出租车费，陪塔彭丝来到前门。她正要按门铃，他抓住了她的手。

“你要怎么说？”

“我要怎么说？嗯，我会说……哦，天哪，我不知道要怎么说，这可真尴尬。”

“我想也是。”汤米得意地说，“真是典型的女人！没有先见之明！现在站到一边儿去，见识一下男人处理这种情况是多么得心应手。”他按了门铃，塔彭丝识相地退到一边。

一个邋遢的女仆来应门，她长着脏兮兮的脸和一双不对称的眼睛。

汤米拿出笔记本和铅笔。

“早上好，”他轻松愉快地说，“我是汉普斯特德区议会的，来做新的投票登记。埃德加·凯斯太太是住在这里吧？”

“是的。”女仆说。

“教名呢？”汤米问，他的铅笔停在那里。

“太太吗？埃莉诺·简。”

“埃莉诺。”汤米拼写着名字，“家里有二十一岁以上的儿子或女儿吗？”

“没有。”

“谢谢。”汤米轻快地合上笔记本，“再见。”

女仆主动说了一句话："我还以为你是来查煤气的。"说完她就关上了门。

汤米回到他的搭档身边。

"你瞧，塔彭丝，"他说，"对于男人的头脑，这就像儿戏一般容易。"

"我不介意承认这一点，你干得很漂亮。我从来没想到这个办法。"

"很好的说辞，不是吗？而且我们可以即兴发挥。"

午餐时间，这对年轻人在一个不起眼的饭店大吃牛排和薯条。他们已经拜访了格拉迪斯·玛丽和马乔，因为一个地址变动而搞得莫名其妙；还被迫听一位活泼的美国女士发表了一番关于普选的长篇大论，而她的教名是萨迪。

"啊！"汤米说着，喝下一大口啤酒，"感觉好多了。下一站去哪里？"

笔记本就放在他们之间的桌子上，塔彭丝把它拿起来。

"范德迈耶太太。"她念道，"南奥德利大厦二十号。惠勒小姐，巴特西区克莱平敦路四十三号。我记得她是一位夫人的女仆，所以大概不会在家，而且，不管怎么说，不太可能是她。"

"因此，显然应该先去拜访住在梅费尔区的女士。"

"汤米，我越来越沮丧了。"

"振作起来，老家伙。我们本来就知道这个机会不大。而且，不管怎么说，我们才刚刚开始。如果在伦敦扑了个空，还有整个英格兰、爱尔兰和苏格兰呢，正好可以好好旅行一趟。"

"不错，"塔彭丝说，她精神大振，"而且所有花费报销！但是，哦，汤米，我喜欢事情进展得迅速一点。到目前为止，冒险是一个接一个，但今天上午太乏味沉闷了。"

“你一定要遏制对这种庸俗刺激的渴望，塔彭丝。别忘了，如果布朗先生真像人们说的那样，他没有将我们置之死地已经是奇迹了。这是个好句子，颇有文学气息。”

“你真是越来越会自夸了，借口都不用，我要甘拜下风了！咳咳！不过这的确是件奇怪的事，布朗先生为什么还没有将他的复仇烈焰烧向我们——你瞧，我也很有文学气息。我们这一路毫发无损。”

“也许他认为我们还不值得理会。”小伙子干脆地回答。

塔彭丝对此说法十分不满。

“你怎么能这么说呢，汤米。好像我们微不足道似的。”

“对不起，塔彭丝。我的意思是，我们的工作就像躲在暗处的间谍，他没有察觉我们的邪恶计划。哈哈！”

“哈哈！”塔彭丝站起身来，赞许地一笑。

南奥德利大厦是一幢外观宏伟的公寓楼，就在帕克巷的岔道上。二十号在二楼。

汤米这时已经驾轻就熟，把那套说辞练得十分流利。前来开门的老妇人看上去更像是一个管家而不是一个仆人。

“教名呢？”

“玛格丽特”。

“M-a-r-g-a-r-e-t。”汤米逐字拼读，但对方打断了他。

“不对，是g-u-e。”

“哦，Marguerite，法语拼法，我明白了。”他顿了顿，然后大胆地问道，“但我们登记的是丽塔·范德迈耶，是哪里错了吗？”

“平时大家都这么叫她，先生，但她的名字是玛格丽特。”

“谢谢。这样就行了。再见。”

汤米几乎无法难掩心中的激动，他匆匆下楼，塔彭丝等在转角处。

“你听到了？”

“是的。哦，汤米！”

汤米紧握着她的双臂，表示同感。

“我知道，老东西。我也是这么觉得的。”

“这真是……这真是太妙了！你想到什么事情，然后它就真的发生了！”塔彭丝忘情地喊道。

他们牵着手离开，来到门厅时，上头的楼梯间传来脚步声。

突然，塔彭丝把汤米拖进了电梯旁边的小隔间，把他吓了一跳，这里光线很暗。

“干什么——”

“嘘！”

两个男人下了楼，从大门走了出去。塔彭丝的手把汤米的手臂抓得更紧了。

“快！跟着他们。我不敢去，他可能会认出我。我不知道另一个男人是谁，但那个比较高大的是惠廷顿。”

第七章　索霍区的房子

惠廷顿和他的同伴都走得很快。汤米立即开始追赶，正好看到他们在街角拐弯。他健步如飞，很快就跟上了他们，走到街角的时候，之间的距离已经缩小了。梅费尔区狭窄的街道比较冷清，他明智地决定与他们保持视线可及的距离。

这项活动对他来说是新鲜事，虽然通过小说熟悉了相关的技术问题，但他以前从来没“跟踪”过任何人。他立刻发现实际操作起来困难重重。比如说，要是他们突然叫了一辆出租车怎么办？在书中，你只需跳进另一辆出租车，答应给司机一个金币——或者价值相当的现代钞票——就行了。但实际上，汤米觉得，到时候极有可能根本找不到第二辆出租车。那么他就不得不跑着追了。一个年轻人在伦敦的大街小巷间跑来跑去会有什么后果呢？要是在大路上，他还有可能给别人造成一种错觉，就是他在赶公共汽车。但在这些僻静的高档小区间的小路上这么做的话，好管闲事的警察可能会拦下他要求解释。

就在他这么想的时候，一辆插着旗子的出租车出现在前面的街角。

汤米屏住了呼吸。他们会叫车吗？

他们任由出租车开过去了，汤米松了一口气。他们走的路线左转右拐，为的是尽快走到牛津街。到达牛津街后，他们继续向东南方向走，汤米稍稍加快了速度。渐渐地，他离他们越来越近。在人群拥挤的道路上，他们不大可能注意到他，他现在很着急，希望能偷听到一两句他们的谈话。令他大失所望的是，他们说话的声音很低，被马路上的喧闹声彻底淹没。

他们在邦德街地铁站穿过马路，没有察觉汤米亦步亦趋地跟在后面，接着走进了里昂大饭店。他们上到二楼，选了靠窗的座位坐下。时间不早了，这个地方的客人不多。汤米选了近旁的一张桌子，正好在惠廷顿的背后，以免被认出。而且这样一来，他就可以清清楚楚地观察另一个男人了。那人一头金发，长着一张虚弱、不讨人喜欢的脸，汤米猜测他不是俄国人就是波兰人。男人大概五十岁，说话的时候肩膀略微后缩，狡猾的小眼睛不停地转来转去。

因为午餐吃得很饱，汤米只点了一份威尔士干酪和一杯咖啡。惠廷顿为自己和同伴点了分量可观的午餐。等到女侍者离开，他把自己的椅子稍微拉近桌子，开始专注地低声跟另一个人说话。汤米竭力竖起耳朵，但也只能断断续续地听到一两个字。不过给他的印象是，这个大块头的男人正在对他的同伴下达指示，而后者似乎时不时地表示反对。惠廷顿管那个人叫鲍里斯。

汤米好几次听见“爱尔兰”这个词，还有“宣传”，但他们没有提到简·芬恩。突然有一会儿餐厅里特别安静，他听到了一整句话。惠廷顿说：“啊，不过你不认识弗洛西，她真了不起，大主教见了她都要喊亲娘。她每次说话都能一语见地，这真是最重要的。”

汤米没有听到鲍里斯的回答，不过后面惠廷顿说了几句话，听起来像是："当然，只有在紧急情况下……"

然后他又失去了线索。不过很快对话又变得清晰起来，不知道是说话的两人不知不觉提高了声音，还是汤米的耳朵越来越适应了，他也说不清楚。但有几个字对他而言犹如醍醐灌顶，是从鲍里斯嘴里说出的"布朗先生"。

惠廷顿似乎在劝阻鲍里斯，但他只是笑了笑。

"为什么不呢，我的朋友？这是一个最值得尊敬的名字，也是最普通的名字。这不就是他选择这个名字的原因吗？嗯，我想见见他，这个布朗先生。"

惠廷顿语气警惕，应道："谁知道呢？你可能已经见过他了。"

"呸！"对方反驳道，"这是骗孩子的话，拿来对付警察吧。你知道我有时候怎么对自己说吗？我认为他是上头的人编出来的人物，用来吓唬我们的妖怪。我觉得就是这么回事。"

"也可能不是。"

"我不知道……也许他是真的，就在我们中间，除了少数几个人以外，谁都不知道他是谁？如果是这样的话，他的秘密藏得真好。这是个好主意，我们永远都不会知道。我们看着彼此——我们中有一个人是布朗先生——是谁呢？他是元帅，也是士兵，混在我们中间，是我们中的一员。没有人知道他是哪个人……"

俄国人努力甩开头脑中的奇思妙想。他看了看手表。

"是的，"惠廷顿说，"我们该走了。"

他叫来侍者，要求买单。汤米也照做，片刻之后又跟着两个男人下了楼。

来到外面，惠廷顿叫了一辆出租车，并指示司机前往滑铁卢车站。

这里出租车很多，惠廷顿的车还没走，另一辆车就已经遵照汤米坚定的手势停到了路边。

“跟住那辆出租车，”年轻人指示，“不要跟丢了。”

老司机没有表现出一丝兴趣。他只是哼了一声，猛地把空车的标志按下来。一路平安无事。汤米的出租车紧跟着惠廷顿的车子到达了火车站的月台。汤米跟在他身后在售票处排队。他买了一张去伯恩茅斯的头等车厢单程票，汤米也买了一张。惠廷顿买票回来，鲍里斯抬头望了望时钟，对他说：“你来早了，还有将近半个小时。”

鲍里斯的话引起了汤米脑海里一连串新的思考。很显然，惠廷顿要单独旅行，而鲍里斯留在伦敦。因此，他必须决定继续跟哪一个。很明显，他不可能同时跟着他们两个，除非——他像鲍里斯一样，抬头看了看时钟，又看了看列车时刻表。去伯恩茅斯的火车将在三点半发车，现在是三点十分。惠廷顿和鲍里斯在书摊旁闲逛，他狐疑地看看他们，然后匆匆走进相邻的电话亭。他不敢浪费时间试图联系塔彭丝，因为她很可能还在南奥德利大厦附近。但是他们还有其他盟友。他打电话到丽兹饭店，要求朱利叶斯·赫谢默接电话。几声嘟嘟声——哦，要是那位年轻的美国人在房间就好了！又是嘟的一声，然后电话线那头传来“喂”，那口音绝对错不了。

“是你吗，赫谢默？我是贝雷斯福德，我在滑铁卢车站。我跟踪惠廷顿和另一个男人到了这里。没时间解释了。惠廷顿要搭三点半的火车去伯恩茅斯，你能在这之前赶到这里吗？”

得到的回答是令人欣慰的。

“当然可以，我马上去。”

电话挂了。汤米放回听筒，松了一口气。他对朱利叶斯的干劲十足感到钦佩，他直觉认为美国人会及时赶到。

惠廷顿和鲍里斯还在原地。如果鲍里斯留在这里给他的朋友送行，那一切都好办。接着，汤米摸摸口袋，若有所思。尽管卡特授权允许他自由调度经费，他却还是不习惯随身带一大笔钱。刚才买去伯恩茅斯的头等车厢的票花去了很大一部分钱，现在口袋里只剩几先令了。只希望朱利叶斯来的时候能多带点钱。

三点一刻，三点二十，三点二十五，三点二十七，时间一分一秒过去。要是朱利叶斯不能及时赶到呢？三点二十九分……车门就要关上了。汤米感到绝望袭上心头。这时一只手搭到了他的肩膀上。

“我来了，小子。你们英国的交通糟透了！告诉我那个恶棍是哪个。”

“那个是惠廷顿，在那里，他要上车了，大块头、黑皮肤的那个。另一个是跟他说话的外国人。”

“我会盯住他的。两个中哪个是我的目标？”

汤米已经想过这个问题了。

“你身上带钱了吗？”

朱利叶斯摇摇头，汤米的脸沉了下来。

“我想这会儿身上顶多只有三四百美元。”美国人说。

汤米松了一口气。

“哦，老天，你们这些百万富翁，说的不是人话吧！上车吧。这是你的票。惠廷顿交给你了。”

“惠廷顿交给我！”朱利叶斯阴沉地说。他刚上车，火车就开动了。“再见，汤米。”火车驶出了车站。

汤米深深地吸了一口气。鲍里斯沿着月台朝他这边走来，汤米让他先经过，然后继续跟踪。

鲍里斯从滑铁卢车站乘地铁到皮卡迪利广场，然后走到沙夫茨伯里大道，最后拐进索霍区周边迷宫似的穷街陋巷里。汤米跟着他，保持着适度的距离。

最后他们来到一个破旧的小广场。周围的房子又霉又旧，透着一股阴森的气息。鲍里斯环顾四周，汤米找了一个方便藏身的门廊躲起来。这地方几乎空无一人，而且前方已经没路了，也没有车子会经过。对方鬼鬼祟祟、东张西望的样子激发了汤米的想象力。从门廊的遮棚下望出去，他看见鲍里斯走上一段台阶，来到一栋看起来特别阴森的房子前，用一种奇特的节奏敲了敲门。门迅速打开了，他跟开门的人说了一两句话，然后就进到里面去了。门再次关上。

在这种关键时刻，汤米失去了理智。他应该做的，也是任何头脑清醒的人应该做的，是保持耐心，在原地等待他跟踪的人出来。然而他所做的事却与他一向自夸的理性与清醒背道而驰。有什么东西，正如他事后说的，弄掉了他脑子里的链条。几乎不假思索，他也走上台阶，尽量模仿那种奇特的方式敲了敲门。

门像刚才一样迅速打开了。一个一脸凶相、头发剪得很短的男人出现在门口。

“干什么？”他哼了一声。

这一刻，汤米才意识到自己的愚蠢。但他不敢犹豫。他抓住脑海中浮现的第一句话。

“布朗先生？”他说。

令他惊讶的是，那个男人让到了一边。

“楼上，”他说，拇指越过肩膀往上一指，“左首第二个门。”

第八章　汤米历险记

虽然被看门人的话吓了一跳，但汤米并没有犹豫。如果说鲁莽让他成功地取得了目前的进展，那么他希望鲁莽继续奏效。他默默地进了屋，走上摇摇欲坠的楼梯。房子里的一切东西都污秽不堪，脏得难以形容。墙纸剥落，花纹已经模糊得没法辨认，每个角落都布满了灰蒙蒙的蜘蛛网。

汤米不慌不忙地走着。当他到达楼梯的拐弯处时，听到楼下的看门人走进后面的房间里去了。显然他没有引起对方的怀疑，来这所房子求见“布朗先生”看来是一件合情合理的事情。

走到楼梯顶部，汤米停下来思考他的下一步行动。在他面前有一条狭窄的过道，两侧房间的门都开着。从离他最近的左边的房间里传来低低的谈话声。这就是看门人让他进去的房间。但是引起他注意的是，右边的墙壁上有一个陷进去的凹槽，有一半被一块破烂的天鹅绒帘子遮着。这个地方正对着左边的房门，并且由于角度的关系，这里也能看清楚楼梯上部的情况。凹槽约为两英尺深三英尺宽，给一个人——或紧要关头两个人——作为藏身之处非常理想。它吸引了汤米的注意。他以他一贯稳扎稳打的思考方式想了想，认为“布朗先生”并不是专指某个人，而是这个团伙的暗语。他幸运地用对了暗语，这才获准进入。到目前为止，他尚未引起怀疑。但他必须赶快决定下一步该怎么做。

假如他大胆地走进过道左侧的那个房间，会怎么样呢？难道进入这所房子就意味着可以一路畅通无阻吗？也许有新的通关暗语，或者，需要某种身份证明。看门人显然不认识团伙的所有成员，但是楼上可能不一样。总体上他似乎到目前为止运气都很好，但这样的事不能光凭运气。进入这个房间要冒巨大的风险，他不能指望自己能永远假装下去，早晚会露馅，他会因为鲁莽丧失一个重要的机会。

楼下再度响起敲门的暗号，汤米下定决心，迅速溜进凹槽，小心地拉好帘子，这样就能挡住自己而不被人发现了。这块古老的窗帘布上有几处破洞和开口，正好给他提供了一个很好的窥视点。他可以监视现场，而且随时可以加入到他们中间，只要模仿新来的人的举止就行了。

走上楼的这个人脚步很轻，带着鬼鬼祟祟的神情，汤米不认识他。这人显然是个社会渣滓，倒吊的眉毛、恶狠狠的下巴，整个面容都透露着粗野。虽然不是汤米熟悉的人，却肯定是苏格兰场一眼就能辨识的角色。

那人喘着粗气走过凹槽，在对面的门前停下，又重复按暗号敲了敲门。里面有个声音喊了一声，那人打开门进去，汤米趁机向房间里瞥了一眼。他估计里面有四五个人，围坐在一张几乎占了房间大部分空间的长桌旁，不过他的注意力全在一个高个子男人身上。那人理着平头，胡子修得像海军军人那样又短又尖，坐在桌子的首位，面前放着一堆纸。新来的人进来后，他抬起头看了一眼，用一种一板一眼但听起来很奇怪的口吻发话，引起了汤米的注意，他问：“您的号码，同志？”

“十四，老板。”对方声音嘶哑地回答。

“正确。”

门又关上了。

“这人如果不是德国佬，我就是荷兰人！”汤米对自己说，“操控局势有条不紊，德国人向来如此。幸亏我没进去，我一定会报错号码的，那可就完蛋了。嗯，我就躲在这儿好了。听，又有人敲门了。”

这回的访客和上一个是完全不同的类型。汤米认出他是个爱尔兰新芬党成员。当然了，布朗先生的团伙是一个深谋远虑的组织。臭名昭著的罪犯、有教养的爱尔兰绅士、脸色苍白的俄国人、高效的德国主持人！真是一个古怪邪恶的聚会！这些奇形怪状的人被不为人所知的锁链连接在一起，而这锁链掌握在谁的手中呢？

这回的程序是完全一样的。敲门暗语，报数，还有回答“正确”。

楼下的敲门声接二连三地响起。首先进来的人汤米完全不认识，看起来是个城市里的小职员。一个安安静静、聪明英俊的男人，不过衣着寒酸。第二个来的是个工人，看着挺面熟。

三分钟后又来了一个人，这人一副趾高气扬的样子，穿着讲究，显然出身上流社会。虽然汤米一时想不起他的名字，但他的脸并不陌生。

这人来后很长时间再没有人来。实际上汤米觉得他们的人已经到齐了，当他正想小心翼翼地从藏身的地方出来时，又响起一声敲门声，他赶忙又躲回了凹槽。

最后上楼的这个人悄无声息的，汤米几乎没有察觉到他的存在，差点儿迎面碰上。

来者是一个小个子男人，脸色异常苍白，表情温和，带着点女性的阴柔。他颧骨的棱角暗示了他的斯拉夫血统，除此之外没有别的特征可以判断他的国籍。经过凹槽时，他慢慢地转过头来，眼睛里射出的奇异光芒似乎要把帘子烧穿。汤米不禁觉得这个男人知道他躲在那里，他不能自已地颤抖起来。汤米跟大多数英国年轻人一样，不爱疑神疑鬼，但此时他就是无法摆脱一种感觉——那个男人身上散发着某种异常强大的力量，让人联想到一条毒蛇。

片刻之后，他的感觉得到了证实。新来的人敲敲门，和其他人的方式一样，但他受到的接待却大不相同。留胡子的男人站了起来，其他人也照做。那个德国人迎上前来和他握手，脚后跟咔哒一并。

“我们很荣幸，”他说，“真是不胜荣幸。我一直担心这事是不可能办到的。”

对方用低沉的嘶嘶声回答：“确实很难。恐怕以后是不可能了。但是这次会议至关重要——要阐述我的政策。要是没有布朗先生，我什么都做不了。他来了吗？”

德国人的声音听起来有点变化，因为他回答的时候略微迟疑了一下。

“我们已经收到消息，他本人不能亲临现场。”他停下来，留给人一种话犹未尽的奇怪印象。

一个笑容缓慢地浮现在对方脸上，他四下环顾那些不安的脸。

“啊！我明白了。我听说过他的风格。他总是在暗处工作，不信任任何人。不过，都一样，他可能现在就在我们中间……”他再次环顾四周，恐惧的气氛再次席卷这群人。每个人都把怀疑的目光投向他旁边的人。

俄国人拍了拍自己的脸颊。

“就这样吧。让我们继续。”

德国人似乎在努力使自己镇定下来。他指了指先前坐的地方，俄国人表示反对，但他却坚持。

“一号理应坐这里，”他说，“十四号，你把门关上吧。”

片刻后，汤米再次面对光秃秃的门板，里面的声音也再次细不可辨。汤米变得躁动不安，无意中听到的对话刺激了他的好奇心。他觉得无论如何都要多探听一些。

楼下没有动静，看门人似乎不会到楼上来。凝神细听了一两分钟后，汤米把头探出帘外。过道上没有人。汤米弯下腰，脱下鞋子，把它们藏在帘子后，只穿着袜子蹑手蹑脚地走了出来。他跪在紧闭的门前，把耳朵小心翼翼地贴在门缝上。但让他更加恼怒的是，还是听不清楚，只能偶尔听到一两个说得大声一点的字，这愈加加重了他的好奇心。

他没有把握地看看门把手。他可以把它轻轻地、一点一点地转开，而不让那些在房间里的人发现么？他觉得如果万分小心是可以办到的。于是他屏住呼吸，小心翼翼地、慢慢地、一点一点地转动着把手。再转一点，还要再转一点，还有完没完啊？啊！转到头了。

他等了一两分钟，然后深深地吸了一口气，把门向里非常轻微地一推。但门纹丝不动。汤米很恼火。如果用力过猛，门肯定会吱吱作响。他等听到里面人说话的声音略微提高时又试了一次，但还是什么都没发生。他多用了一点力。是卡住了吗？无奈之下，他彻底使出全力，但门依旧岿然不动。最后他终于明白了，门从里面栓上了。

一时间，汤米怒火中烧。

“唉，真该死！”他说，“多么卑鄙的把戏！”

等到愤慨平息一些，他准备面对现实。很显然，首先要做的是把门把手恢复到原来的位置。如果他突然放手，里面的人肯定会注意到，所以，他要用相同的手法，再次小心翼翼地重复之前的动作。一切顺利，松了一口气的年轻人站了起来。汤米身上有一种斗牛犬般的坚韧意志，使得他不轻易认输。失败的那一刻，他也绝没打算放弃。他还是要想办法听听上锁的房间里到底在商量什么勾当。一个作战计划失败了，他必须另想一个。

他朝四周看了看。过道左侧稍远一点的地方还有一扇门。他悄悄地走到那里，在门口倾听了片刻，然后转动把手。门开了，他溜了进去。

这个房间里没人，从布置上看是一间卧室。同房子里的其他地方一样，这里的家具也都破烂不堪。如果要说有什么不一样的话，就是灰尘更厚一些。

引起汤米兴趣的是他先前就想要找的东西：连通两个房间的门——就在窗户左边。他小心地把通往过道的门关上，然后走到窗边的门那里，仔细地检查了一下。螺栓已经生锈了，显然很久没有使用了。汤米轻轻地扭动门把手，终于使它松动，而且没有发出多少声音。然后，他重复之前转门把手的动作——这一次圆满成功。门开了一条小小的缝，但足以让汤米继续听下去了。这扇门后有丝绒门帘，他无法看到屋里的情况，但能够清晰地辨别出各人说话的声音。

新芬党的那个人在说话，他浓重的爱尔兰口音很好辨认。

“这很好。但是需要更多的钱，没有钱就没有成果！”

汤米认为是鲍里斯的人回答：“你保证会有成果吗？”

“从现在起，一个月，迟早会如你所愿。我向你保证，在爱尔兰会有一次恐怖行动，能撼动大英帝国的根基。”

沉默了一会儿，然后一号那软绵的嘶嘶声说道："好！你会拿到钱的。鲍里斯，你负责这事。"

鲍里斯问了一个问题。"像往常一样通过爱尔兰裔美国人和波特先生吗？"

"我想这没问题！"一个带着大西洋彼岸口音的陌生声音说，"但我想指出的是，最近事情越来越困难了。舆论的同情也不比过去，而且越来越多人倾向于让爱尔兰人解决自己的事务，不要受美国干涉。"

汤米觉得鲍里斯回答的时候耸了耸肩。

"这有什么问题，既然这些钱名义上都来自美国？"

"最主要的困难是搞到弹药，"新芬党人说，"这笔钱转过来倒很轻松，多亏了我们在座的同志。"

另一个声音，汤米猜想是那个他看着有些眼熟、身材高大、仪表堂堂的人，他说："想想贝尔法斯特人如果能听到你说的话会怎么想！"

"那么就这么定了。"嘶嘶声说，"关于给那家英国报纸贷款的事，你把细节都安排好了吗，鲍里斯？"

"我想是的。"

"很好。如有必要，来自莫斯科官方的否认声明随时可以发出。"

停顿了一会儿，然后德国人响亮的声音打破了沉默。

"布朗先生指示我，把不同工会的报告摘要给你们过目。矿工方面最满意。我们必须控制住铁路方面。工程师联合会可能有点麻烦。"

接下来是很长时间的静默，只听见纸张翻动的沙沙声和德国人偶尔解释几句。然后，汤米听到手指轻叩桌面的声音。

"那么……日期呢，我的朋友？"一号说。

"二十九日。"

俄国人似乎有些顾虑。

“时间挺紧的。”

“我知道。但时间是那些工人领袖决定的，我们不好干预过多。必须让他们觉得那完全是他们自己的事情。”

俄国人轻轻笑了一声，仿佛被逗乐了。

“是的，是的，”他说，“是这样的，他们绝对想不到是被我们利用了。他们都是诚实的人，这正是他们的价值。奇怪的是，如果没有诚实的人就发动不了革命。民众的本能是万古不变的。”他停顿了一下，然后又重复了一遍刚才的话，好像这句话让他特别开心，“每一场革命都必须依靠诚实的人。不过他们事后很快就会被干掉。”

他的声音里透着阴险。

德国人接着说：“必须干掉克莱姆。他太有远见了。十四号负责此事。”

一个沙哑的声音低声应道：“没问题，老板。”过了片刻这人又说，“要是我被抓住了怎么办。”

“会有最好的法律人才来保护你。”德国人淡然回答，“不过，你无论如何都要戴着那副印有一个臭名昭著的小偷的指纹的手套。你没什么可担心的。”

“哦，我不怕，老板。一切为了我们的事业。就像他们说的，到时候街道将会血流成河。”他说话时带着邪恶的执迷，“有时候，我会做这样的梦，钻石和珍珠在阴沟里滚动，一些都唾手可得！”

汤米听到椅子移动的声音。然后一号说：“那么一切都安排好了。有信心成功吗？”

“我……想是的。”但是德国人的话里少了他一贯的自信。

一号的声音突然听起来有些危险。

“出了什么事？”

“没什么，只是……”

“什么？”

“那些工人领袖。如果没有他们，就像你说的，我们也没有办法。如果他们二十九日不宣布进行总罢工——”

“他们为什么不做呢？”

“正如你说的，他们都是诚实的人。而且，尽管我们做了那么多抹黑政府的事，但我不敢确保他们对政府已经彻底失去信心。”

“但是……”

“我知道，他们一直在谴责政府。但是，总的来说，如果公共舆论倒向政府一边，他们是不会去对着干的。”

俄国人的手指再次敲打着桌面。

“说到点子上了，我的朋友。我明白了，那份文件的存在将能确保我们的胜利。”

“是这样的。如果这份文件能摆在工人领袖面前，结果将是立竿见影的。他们将会向整个英国公布，并且立即宣布革命。政府将最终被彻底推翻。”

“那你还需要什么？”

“那份文件。”德国人直截了当地说。

“啊！它不在你的身上？那么你知道它在哪里吧？”

“不知道。”

“没有人知道它在哪里吗？”

“一个人那儿……也许吧。我们甚至不能确定这一点。”

“这个人是谁？”

“一个姑娘。”

汤米屏住了呼吸。

“一个姑娘？”俄国人轻蔑地提高了音量，“你们没法让她开口吗？在俄国，我们让一个姑娘开口说话的办法多得是。”

“情况不同。”德国人愠怒地说。

“怎么不同？”他顿了顿，然后接着说，“她现在在哪儿？”

“那个姑娘吗？”

“对。”

“她——”

但是汤米没能听到更多了，他的头被重重地一击，眼前一片黑暗。

第九章　塔彭丝当用人

汤米去跟踪那两个人时，塔彭丝好不容易才克制住自己想要一起去的冲动。不过她安慰自己，这样是最好的安排，她的推测已经得到了证实。那两个男人毫无疑问是从二楼下来的，“丽塔”这个名字提供了隐含的一条线索，使年轻的冒险家再次发现了简·芬恩的绑架者的踪迹。

问题是下一步该怎么办？塔彭丝不愿就这么坐失良机。汤米执行任务去了，她又不能跟着去，一时之间不禁觉得有些失落。她折回大楼的入口大厅，那儿现在有个看电梯的男孩子，正一边擦拭着黄铜配件一边起劲地吹着口哨，是一首流行歌曲，调子还挺准的。

塔彭丝进来时，他抬头扫了一眼。塔彭丝身上有股活泼的神气，大部分时候她都和小男孩相处得很好。一种默契似乎瞬间就在两人之间产生了。她觉得，在敌方阵营中发展一个盟友是十分重要的。

“嗨，威廉，”她以一大早在医院里打招呼的乐呵呵的口吻说，“擦得很亮啊。”

男孩儿咧嘴一笑作为回答。

“是艾伯特，小姐。”他纠正道。

“艾伯特啊。”塔彭丝说。她神神秘秘地扫视了一下大厅，动作夸张得让艾伯特不想注意都不行。接着她俯身靠近男孩，压低声音说：“我要和你谈谈，艾伯特。”

艾伯特停下了手里的活儿，嘴巴微微张开。

“你看！你知道这是什么吗？”伴随着一个戏剧性的手势，她猛地把外套的左边一撩，露出一枚小小的珐琅徽章。艾伯特是绝对不可能认得这枚徽章的——否则的话，对塔彭丝的计划就是一个致命的打击，因为这枚可疑的徽章是战争期间由副主教发起的当地民兵训练团里的东西。它会出现在塔彭丝的外套上，原因是一两天前，她把徽章当别针，把一些花别在了外套上。塔彭丝眼睛很尖，注意到艾伯特的口袋露出一本廉价侦探小说的一角，而他瞬时瞪大的眼睛也告诉她，她的办法对路，鱼儿上钩了。

“美国侦探队！”她低声说。

艾伯特毫不起疑。

“天哪！”他欣喜若狂地低呼。

塔彭丝对他点点头，摆出一副完全了解的神态。

“知道我在调查谁吗？”她亲切地询问道。

艾伯特的两眼还是瞪得大大的，激动得大气都不敢喘。

“住在楼里的？”

塔彭丝点了点头，向上指了指。

“二十号。自称范德迈耶太太。范德迈耶！哈！哈！”

艾伯特将手偷偷放进口袋里。

“一个骗子？”他急切地问。

“一个骗子？可以这么说吧。在美国他们叫她丽塔女士。”

“丽塔女士。”艾伯特激动地复述了一遍名字，“哦，是不是就像电影里的一样！”

是的。塔彭丝是电影院的常客。

“安妮总说她是一个坏蛋。”男孩继续说。

“谁是安妮？”塔彭丝随口问道。

“客厅侍女。她今天就要走了。安妮对我说过很多次：‘记住我的话，艾伯特，要是哪天警察来找她，我不会奇怪的。’就是这样的话。不过她可真是个大美人来着，对不对？”

“她是有些姿色。”塔彭丝漫不经心地附和，“干她这一行的，美貌还是有用的。顺便问一句，她有戴绿宝石吗？”

“绿宝石？就是绿色的石头，是不是？”

塔彭丝点点头。

“这就是我们追踪她的原因。你知道赖斯德尔老头吗？”

艾伯特摇摇头。

“彼得 · B. 赖斯德尔，石油大王？”

“似乎有点儿耳熟。”

“珠宝就是他的。他拥有世界上最好的绿宝石藏品，价值一百万美元！”

“老天！”艾伯特欣喜若狂地喊着，“听起来就像是电影啊。”

塔彭丝笑了，很欣慰她的努力取得了成功。

“我们还没有充分的证据，不过正在跟踪她，而且……”她故意慢慢地眨了眨眼睛，“我想她这次是不会得逞的。”

艾伯特又发出一声惊喜的低呼。

“我得提醒你，小家伙，一个字都不能说出去。”塔彭丝突然说，

“我想我不该告诉你的，不过在美国，我们总是一眼就能看出一个小伙子是不是真的机灵。”

“我不会泄露一个字的。”艾伯特急切地辩解，“有什么我能做的事情吗？比如说，跟踪，或诸如此类的事情？”

塔彭丝装模作样地想了想，然后摇摇头。

“暂时没有，不过我会记得你的，小家伙。你刚才说要走的那个女孩儿是怎么回事？”

“安妮吗？她辞职了，安妮说现在用人紧俏，她应该受到更好的对待。加上她到处说主人的坏话，估计丽塔女士一时半会儿很难找到一个新的女佣接替她。”

“找不到吗……”塔彭丝若有所思地说，“我在想……”

她脑中灵光一现，沉思了一两分钟，然后拍拍艾伯特的肩膀。

“听着，小家伙，我有个主意。如果你去说，你有个年轻的表姐，或者说有个朋友的朋友，可能适合这个工作，会怎么样呢？你明白我的意思吗？”

“我明白。”艾伯特立刻说，“包在我身上，小姐，我会马上把事情办好。”

“好孩子！”塔彭丝赞许地点点头，“你跟她说，这个年轻姑娘可以马上上岗。如果事情办妥了，你通知我一下。明天十一点左右我有空。”

“我去哪里通知你？”

“丽兹饭店，我姓考利。”塔彭丝干脆地回答。

艾伯特羡慕地看着她。

“这一定是一份好工作，我是说侦探这行。”

“没错。”塔彭丝慢吞吞地说，“尤其是账单由赖斯德尔老头负担。

不过不要担心，小家伙，如果这事顺利的话，你就入门了。”

许下这样的承诺后，塔彭丝离开了她的新盟友，迈着轻快的步子走出了南奥德利大厦，对自己上午的工作十分满意。

不过没有时间可浪费了。她径直回到丽兹，给卡特先生写了一封简短的信。寄完信，汤米还没有回来，这点她并不意外。于是她出去买东西，中途去喝了茶、吃了奶油蛋糕，其他时间都在购物，直到六点钟才筋疲力尽地回到酒店，不过对买到的东西十分满意。开始她去了一家平价服装店，之后逛了一两家二手商店，最后在一家知名理发店结束一天。现在，在她卧室的隐秘处，她打开了最后买来的东西。五分钟后，她看着自己在镜子里的样子，满意地笑了。一支女演员用的眉笔稍微改变了她的眉毛线条，蓬松的金色假发则彻底改变了她的样子，现在即使她和惠廷顿面对面，也有把握他认不出她来。她还会在鞋子里垫上增高的鞋垫，再加上帽子和围裙，这些都是非常管用的伪装。在医院工作的经验让她非常清楚，一个护士不穿制服的时候，病人往往认不出来。

“是的，”塔彭丝对着镜子里的自己点点头，大声说，“你能行。”然后，她恢复到原来的模样。

晚餐是一个人孤独地吃的。汤米竟然还没回来，塔彭丝感到非常惊讶。朱利叶斯也不在——不过对此塔彭丝更容易理解。他的“活动”范围并不仅限于伦敦，他的行踪不定已经被年轻冒险家视作家常便饭。说不定朱利叶斯 · P. 赫谢默说走就走去了君士坦丁堡，只要他觉得那里有与他表妹失踪有关的某条线索。这个精力充沛的年轻人已经成功地使苏格兰场的几个警察过不好日子，海军部的接线员姑娘一听到那声熟悉的“喂！”就胆战心惊。他花了三个小时在巴黎纠缠地方官员，然后带回一个想法——可能受到某个疲惫不堪的法国官员的启发，认为解谜的真正线索在爱尔兰。

我敢说他一定是急匆匆地赶到那里去了，塔彭丝心想，一切进展顺利，就是我这里太无聊了！我得到了这么多消息，却没有人可说！汤米可能已经有了线索之类的，不知道他在哪里。不管怎么样，他不可能像俗语说的“人间蒸发”。这让我想起——考利小姐中断了沉思，唤来一个小男孩。

十分钟后，这位女士舒舒服服地躺在床上，抽着烟，沉浸在《加纳比·威廉姆斯——男孩侦探》一书中，这是她刚才让人去买的几本廉价恐怖小说中的一本。她觉得，在进一步和艾伯特打交道之前，让自己充实充实，以便更好地展现美国侦探的特色是很有必要的。

第二天早上她收到了卡特先生的便条：

亲爱的塔彭丝小姐：

调查的开端十分了不起，我向你表示祝贺。不过我觉得还得再提醒你一下，你正在冒很大的风险，尤其是如果你按照目前的思路追查下去的话。那些人都是穷凶极恶之徒，绝对不会有丝毫手软或怜悯。我觉得你可能低估了危险性，因此我要再次提醒你，我无法为你提供任何保护。你给了我们宝贵的信息，如果你选择现在退出，没有人会怪你。无论如何，一定要三思而后行。

如果你不顾我的警告，决心要进行到底，我们也帮你安排好了一切。你和达弗林小姐在莱夫林的牧师住宅一起生活了两年，范德迈耶太太可以向她求证。

允许我再提一两点建议吗？尽可能越真实越好，这样可以最大限度地降低穿帮的危险。我建议你就扮演自己，一位前志愿救护队队员，如今选择了家政服务作为职业。当前有很多这样的情况。这也解释了某些言行举止方面的不协调之处，否则可能会引起怀疑。

无论你怎么决定，都祝你好运。

你真诚的朋友

卡特先生

塔彭丝的精神瞬时一振。卡特先生的警告全被抛到了九霄云外，这位年轻的姑娘太自信了，没有把它们当回事。

她不大情愿地放弃了之前为自己设计的一些有趣的部分。虽然她深信自己能够扮演好这个角色，但她的理智也让她不得不承认卡特先生的建议很有道理。

目前仍然没有收到汤米的任何消息，不过早上邮差送来了一张有点脏的明信片，上面字迹潦草地写着："一切顺利。"

十点半，塔彭丝满意地看着那个稍微有点破旧的锡铁皮箱子，里面装着她新买的东西。箱子用绳子仔细地捆着。她按铃叫人来把箱子搬到出租车上，这么做的时候自己都觉得微微脸红。她坐车前往帕丁顿车站，把箱子留在衣帽间，然后提着手提包进了女士候车室的更衣间。十分钟后，一个改头换面的塔彭丝娴静地走出了车站，上了一辆巴士。

十一点过几分钟，塔彭丝再次进入南奥德利大厦大厅。艾伯特在履行他的职责看门，只是态度有点散漫。他没有立刻认出塔彭丝，等到认出时，简直对她佩服得五体投地。

"我可真没认出你来！这套衣服太棒了。"

"很高兴你喜欢，艾伯特。"塔彭丝谦虚地回答，"顺便问一句，我是你表姐吗？"

“你的声音也变了！”男孩兴奋地喊道，“地地道道的英国腔！不，我跟他们说你是一个朋友的朋友。安妮有点不高兴，她做到今天为止——说是尽职尽责，实际上是想吓唬吓唬你，让你知道这个活儿不好干。”

“好心的姑娘。”塔彭丝说。

艾伯特没听出话里的讽刺意味。

“她有自己的风格，并且把打理银器当成一种享受。不过，要我说，她的脾气可不小。您要现在上去吗，小姐？进电梯吧。您刚才是说二十号，对吧？”他眨眨眼睛。

塔彭丝瞪他一眼，示意他镇静，然后走进了电梯。

当她按响二十号的门铃时，还感觉到艾伯特在楼下慢慢地冲她眨眼。

一个漂亮的年轻女人来开门。

“我是来应聘的。”塔彭丝说。

“这是个烂地方。”年轻女子毫不犹豫地说，“讨厌的老猫，总是指手画脚，指责我乱翻她的信。怪我吗！那封信本来就没封好。废纸篓里从来什么都没有，她总是把信烧掉。她是个坏蛋，绝对不会错。漂亮衣服一大堆，但没有品味。厨娘知道她的一些事情，但不会说的，怕死她了。还有，疑心病很重！如果你和别人说话，她就马上盯着你。我可以告诉你——”

但就算安妮还有很多经验要说，塔彭丝也没有机会学习了，因为这时候，一个十分强硬的声音清楚地在叫：“安妮！”

漂亮的年轻女子跳了起来，像被子弹打中了一样。

“是的，夫人。”

“你在跟谁说话呢？”

“一个来应聘的年轻姑娘，夫人。”

“带她进来。马上。”

“是的，夫人。”

塔彭丝被领进长长的过道右边的一个房间。一个女人正站在壁炉旁。她已不再年轻，而曾经无可否认的美貌也变得冷硬粗粝。但她年轻的时候一定明艳动人。浅金色的头发稍加修饰，在颈部微卷，蓝色的眼睛仿佛有穿透力，可以看穿站在她眼前的这个人的灵魂。玲珑有致的身材在一件漂亮的靛蓝色缎礼服的衬托下显得更加摇曳生姿。然而，尽管她如此风姿绰约、美丽动人，你却本能地感觉到她身上的冷酷和强势，她说话的声调和钻头一样的眼睛里都透着金属般的强硬。

塔彭丝第一次感到了害怕。她不怕惠廷顿，但这个女人不同。仿佛中了邪一样，她看着女人红色的嘴唇上弯曲的纹路，恐慌再次传遍她的全身。她平常的自信消失不见了。她依稀觉得，要想像欺骗惠廷顿那样欺骗这个女人是不可能的。卡特先生的警告浮现在她的脑海里。的确，她绝对不能妄想什么心慈手软。

强行压下想立马夹着尾巴逃跑的本能，塔彭丝以坚定又恭敬的眼神对上范德迈耶太太的目光。

看来这第一关的审查是令人满意的，范德迈耶太太指了指椅子。

“坐吧。你是怎么知道我想找一个客厅女仆的？”

“通过一个朋友，他认识这里看电梯的男孩儿。他觉得这个职务可能适合我。”

蛇蝎一般的目光似乎又一次看穿了她。

“听你说话，像是读过书？”

塔彭丝按照卡特先生的建议，流利地回答了虚构的职业生涯。她觉得，当她这么做的时候，范德迈耶夫人原本紧张的态度放松了不少。

“我明白了。”最后她说道，“有没有什么人，我可以写信去问问你的情况的？”

“我之前在莱夫林牧师住宅的达弗林小姐那里工作。我和她在一起两年了。”

“我想，后来你觉得到伦敦可以赚更多钱，对吗？嗯，钱对我来说不成问题。我会给你五十到六十英镑，随便你开口。你可以马上上工吗？”

“是的，夫人。如果您愿意，今天就可以。我的箱子在帕丁顿车站。”

“那就叫辆出租车去把它拿来吧。活儿很轻松，我经常不在家。顺便问一句，你叫什么名字？”

“普鲁登丝·库珀，夫人。”

“很好，普鲁登丝。去取你的箱子吧。我会出去吃午饭。厨娘会交待你这儿的一切。”

“谢谢您，夫人。”

塔彭丝退下了。漂亮的安妮没有露面。楼下的大厅里，一位相貌堂堂的门房把艾伯特派到后头干活去了。塔彭丝温顺地出门去，从他身边经过时甚至都没看他一眼。

冒险开始了，但她觉得没有早上那么欢欣鼓舞。她心里觉得，如果那位素不相识的简·芬恩已经落入范德迈耶太太的魔掌，那她可能凶多吉少。

第十章　詹姆斯·皮尔·埃杰顿爵士登场

塔彭丝对她的新工作没有任何不适应。副主教的女儿在家务方面有良好的基础，他们在训练“生手”方面也是专家。不过训练“生手”的必然结果是，那些女孩儿一旦完成了训练，都马上辞职到别的地方去了，因为她们学到的知识能让她们赚到更多的钱，那是囊中羞涩的副主教家微薄的薪金不能比的。

因此塔彭丝毫不担心自己的工作效率。范德迈耶太太的厨娘有些令人不解，她显然对自己的女主人怕得要命。塔彭丝觉得她大概有把柄握在女主人手里。除此之外，听说她的厨艺相当于大厨水平，这点塔彭丝当晚就有机会判断。范德迈耶太太今晚要招待客人吃饭，塔彭丝精心布置了两人吃饭的餐桌。对于这位客人，她心里有一点点担心。来的极有可能是惠廷顿。虽然她相当有信心惠廷顿不会认出她来，但如果来的是一个完全陌生的客人，她会更高兴。然而这也是没有办法的事，只能自求多福。

八点过几分钟，门铃响了，塔彭丝战战兢兢地前去应门。她松了一口气，来客是汤米跟踪的两人中的另一位。

他自称是斯捷潘诺夫伯爵。塔彭丝进内通报，范德迈耶太太从她的矮沙发上起身，低声表示欢迎。

“很高兴见到你，鲍里斯·伊万诺维奇。”她说。

“我也是，夫人！”他深深地鞠躬，亲吻她的手背。

塔彭丝退回厨房。

“斯捷潘诺夫伯爵，还是什么的，”她装作毫不掩饰自己的好奇心的样子，大大咧咧地问厨娘，“他是谁？”

“一位俄国绅士吧，我猜。”

“他经常到这儿来吗？”

“偶尔会来。你问这个干什么？”

“我很好奇他是不是太太的情人，就这么回事。”塔彭丝解释说，并装出一副愠怒的样子，“你怎么这么疑神疑鬼！”

“我脑子里只担心我的蛋奶酥。”对方辩解道。

她一定知道些别的事情，塔彭丝心想，不过她嘴上大声说的是：“现在要上菜吗？我马上去。”

塔彭丝在桌旁服侍，同时竖起耳朵听他们的对话。她记得她最后一次见汤米的时候，他就在跟踪这个男人和另一个男人。现在，虽然她不愿意承认，但她开始担心她的搭档了。他在哪里？为什么再没有收到他的只言片语？她离开丽兹前已经安排好，所有送来的信件或消息都会被转送到附近的一家小文具店，艾伯特可以经常去查看消息。的确，她是昨天上午和汤米分手的，现在就这么疑神疑鬼也太可笑了。不过，汤米一点消息也没传回来还是有点不大对劲。

尽管她竖起耳朵听，却没从他们的谈话中听出任何线索。鲍里斯和范德迈耶太太纯粹在闲聊：他们看的戏剧、新的舞蹈、最新的社交圈八卦。晚饭后，他们来到小客厅，范德迈耶太太慵懒地躺在长沙发上，看上去比以往任何时候都更美丽、更邪恶。塔彭丝端来了咖啡和酒，不情愿地离开了房间。出门时她听到鲍里斯说："新来的？"

"她今天刚来。辞职的那个是个恶魔，这个女孩儿看起来还好。做事情挺麻利。"

塔彭丝在门口徘徊了一会儿，刚离开时她故意忘了关门，这时她听见鲍里斯说："安全吧？"

"真是的，鲍里斯，你太疑神疑鬼了。我知道她是楼下门房的表姐妹还是什么的。而且别人做梦也想不到，我和我们共同的朋友，布朗先生，有什么联系。"

"看在上帝的分上，小心点，丽塔。门没关。"

"好了，我去关上它。"女人笑着说。

塔彭丝迅速离开。

她不敢离开厨房太久，不过还是以在医院里练就的惊人速度飞快地洗完了餐具。然后，她悄悄地溜回到了小客厅门口。厨娘比她悠闲一点，还在厨房里忙着，看不到塔彭丝，她也只会认为她是在帮女主人铺床吧。

唉！里面谈话的声音压得太低，她根本听不到。她不敢重新打开门，不管多么轻手轻脚。范德迈耶太太几乎正对着门坐着，塔彭丝对她的女主人那山猫眼睛般锐利的观察力是敬畏不已的。

不过，她觉得还是得想办法偷听事态的进展。要是有什么意外发生，她也许可以得到汤米的消息。她拼命地想了一会儿，一个主意让她的脸上焕发光彩。她沿着过道快步走到范德迈耶太太的卧室，那个卧室有扇法式落地窗，通往整个套房的阳台。塔彭丝快速穿过落地窗，蹑手蹑脚地沿着阳台走到小客厅的窗户边。正如她所料，窗户开着一道小缝，里面的声音听得一清二楚。

塔彭丝聚精会神地听着，但没听到任何可能与汤米有关的内容。范德迈耶太太和俄国人似乎在什么事情上意见不合，后者怒气冲冲地喊道："你的鲁莽固执会毁了我们的！"

"呸！"女人笑道，"合适的恶名是解除嫌疑的最好方式，你迟早会明白这一点的——也许比你想象的还要早！"

"这段时间，你还与皮尔·埃杰顿到处出双入对。他不仅是英国最有名的王室法律顾问，而且他的特殊嗜好就是犯罪学！这太疯狂了！"

"我知道他的口才从绞刑架上救了无数人的性命，"范德迈耶太太平静地说，"这又有什么问题呢？有一天我可能就需要他的帮助。在法院能有一个这样的朋友何其幸运——或者准确地说，在法庭上至关重要。"

鲍里斯站了起来，来来回回地大踏步走着。他非常激动。

"你是个聪明的女人，丽塔，但你也是个傻瓜！听我的，离皮尔·埃杰顿远点。"

范德迈耶太太轻轻地摇摇头。

"我不要。"

"你拒绝吗？"俄国人的声音里带着恶狠狠的意味。

"是的。"

"那么，老天，"俄国人咆哮道，"我们等着瞧。"

范德迈耶太太也站起了身，她的眼睛闪着光。

"你忘了，鲍里斯，"她说，"我不对任何人负责。我只听一个人的命令，布朗先生。"

对方绝望地举起双手。

"你真是不可理喻，"他喃喃地说，"不可理喻！可能为时已晚。他们说皮尔·埃杰顿能嗅出犯罪！我们怎么知道他突然对你感兴趣的真正居心？也许他已经起了疑心。他猜测……”

范德迈耶太太轻蔑地看了他一眼。

“放宽心吧，我亲爱的鲍里斯，他什么也没怀疑。你平时的风度到哪儿去了，你似乎忘了我还是一个公认的美丽女人。我向你保证，皮尔·埃杰顿感兴趣的只是这一点。”

鲍里斯疑心重重地摇摇头。

“在这个国家，没人像他那样把犯罪研究得这么透彻。难道你觉得你可以骗过他？”

范德迈耶太太眯起眼睛。

“如果他真像你说的那样，倒让我更有兴趣试一试了！”

“天哪，丽塔——”

“此外，”范德迈耶太太补充道，“他非常有钱。我可不是一个和钱过不去的人。所谓‘战争的命脉’，你懂的，鲍里斯！”

“钱！钱！那是永远伴随着你的危险，丽塔。我相信你会为钱出卖自己的灵魂。我相信……”他停顿了一下，然后用低沉、阴险的声音缓缓地说，“有时候，我甚至相信你会出卖……我们！”

范德迈耶太太微笑着耸耸肩。

“如果你要这样说，那我想那个价格必须是天价。”她淡淡地说，“但没人付得起这个价钱，除非是百万富翁。”

“啊！”俄国人咆哮道，“你瞧，我说对了！”

“亲爱的鲍里斯，你连玩笑都开不起吗？”

“这是个玩笑吗？”

“当然。”

“那我只能说，你的幽默感太奇特了，我亲爱的丽塔。”

范德迈耶太太笑了。

“我们不要吵了，鲍里斯。拉拉铃，我们喝点东西。”

塔彭丝仓皇撤退。她在范德迈耶太太的穿衣镜前驻足片刻，端详了一下自己的仪表，确保没有什么不对劲的地方，然后端庄地去回应铃声的召唤。

尽管她偷听到的谈话毫无疑问地证明了丽塔和鲍里斯两个人是同谋，但对于眼下的当务之急却没多少帮助。简·芬恩这个名字甚至都没有被提到。

第二天早上，塔彭丝和艾伯特简单地交谈后得知，文具店没有任何给她的消息。这似乎令人难以置信，如果一切顺利，汤米是不可能不给她捎一点消息的。一只冰冷的手似乎攥住了她的心脏……要是……她勇敢地控制住自己的恐惧。担心是没用的，她要抓住范德迈耶太太提供给她的机会。

“你通常星期几休息，普鲁登丝？”

“通常是星期五，夫人。”

范德迈耶太太扬起双眉。

“今天就是星期五！不过，我想你大概不会今天要出去吧，毕竟你昨天才来。”

“我正想问您我能不能出去，夫人。”

范德迈耶太太看了她足足有一分钟，然后笑了。

“我希望斯捷潘诺夫伯爵能听到你说的话。昨天晚上他提了一个关于你的建议。”她的嘴巴咧开来，笑得像只猫，“你的要求非常……典型。我很满意。你什么都不明白……不过今天你可以出去，对我来说没什么区别，因为我不在家里吃饭。”

“谢谢您，夫人。”

一离开对方，塔彭丝就觉得如释重负。她再次对自己承认，她害怕这个有着一双冷酷眼睛的美丽女人，极其害怕。

就在塔彭丝漫不经心地擦拭银器的当口，前门的铃声打断了她，她前去应门。这一次的访客既不是惠廷顿，也不鲍里斯，而是一个相貌堂堂的男人。

虽然比一般人也高不了多少，却给人一种高大魁梧的印象。他脸上的胡子刮得干干净净的，表情灵动，神情透露出异于常人的权威和力量，浑身散发着吸引力。

塔彭丝一时难以判断他是演员还是律师，不过她的疑问很快就解决了，他报上了自己的名字：詹姆斯 · 皮尔 · 埃杰顿爵士。

她饶有兴趣地重新打量了他一番。那么，这就是那位著名的皇室顾问了。他的大名在英国无人不晓。她曾听人说过，他将来有可能会当上首相。相传他为了自己的职业拒绝了官职，宁愿只当苏格兰选区的一名普通议员。

塔彭丝若有所思地回到餐具室。这个大人物令她印象深刻，她明白了鲍里斯的担忧。皮尔 · 埃杰顿可不是一个好骗的人。

大约一刻钟后，铃响了，塔彭丝来到大厅送客人出门。之前他曾用敏锐的目光打量过她。现在，当她递上他的帽子和手杖时，她感到他的目光再次打量了她一遍。她打开门，站在一旁让他出去，他却在门口停下了脚步。

"没做多久，是吗？"

塔彭丝抬起眼，惊讶不已。她在他的目光中看到了和善，以及别的一些更难描述的东西。

他点点头，好像她已经回答了。

"志愿救护队队员，谋生不易，对吗？"

“是范德迈耶太太告诉您的吗？”塔彭丝疑惑地问。

“不，孩子，是你的外表告诉我的。在这里干得还好吗？”

“非常好，谢谢您，先生。”

“啊，不过现在好工作还是很多的，有时候换一换有好处。”

“您的意思是……”塔彭丝问。

但詹姆斯爵士已经走到了台阶上。他转头回看，目光还是那样亲切、敏锐。

“只是一个建议，”他说，“仅此而已。”

塔彭丝回到餐具室，思虑更甚。

第十一章　朱利叶斯的故事

塔彭丝穿着得体，外出休她的“下午假”。艾伯特暂时不在，塔彭丝自己跑到文具店，确认了没有她的任何信件。去过文具店，她就径直回了丽兹饭店。经询问她得知汤米还没有回来。虽是预料中的答案，却还是如又一枚棺材钉，封死了她的希望。她决心向卡特先生求助，告诉他汤米何时何地开始他的跟踪行动，请求卡特先生去追查他的下落。想到能够得到卡特先生的援助，塔彭丝的精神振作了许多。于是她又去询问朱利叶斯·赫谢默是否在，得到的回答是他大约半小时前回来了，但又马上出去了。

塔彭丝的精神更加振奋了。见到朱利叶斯时一定会有收获的，也许可以和他商量制订一个计划，去查明汤米到底发生了什么。她在朱利叶斯的起居室里给卡特先生写信，正在写信封上的地址的时候，门突然打开。

“搞什么鬼！”朱利叶斯怒气冲冲地进来，不过立马控制住自己，“请原谅，塔彭丝小姐。楼下那些傻瓜说贝雷斯福德不住在这儿了，从星期三开始就不在了。这是真的吗？”

塔彭丝点点头。

“你也不知道他在哪里？”她轻声问。

“我？我怎么会知道？我没收到他该死的一点消息，我昨天上午还发电报给他。”

“我想你的电报一定还在酒店前台，原封未动。”

“可是他到底在哪儿？”

“我不知道。我还以为你会知道呢。”

“我告诉你，自从星期三我和他在车站分手，还没有收到他该死的一点消息。”

“什么车站？”

“滑铁卢。在你们伦敦西南路。”

“滑铁卢？”塔彭丝皱起了眉头。

“是啊，他没有告诉你吗？”

“我也一直都没见到他。”塔彭丝不耐烦地回答，“说回滑铁卢。你们在那里干什么呢？”

“他给我打电话，在电话里说让我行动，而且要快。说他在跟踪两个坏蛋。”

“哦！”塔彭丝应道，眼睛瞪得大大的，“我明白了。继续说。”

“我急忙赶过去，贝雷斯福德在那里，他指给我看两个坏蛋。大个子的那个归我，就是被你敲诈的那个家伙。汤米塞给我一张车票，叫我赶紧上车。他要跟踪另一个坏蛋。”朱利叶斯说到这儿停了一下，“我以为这些你都知道。”

“朱利叶斯，”塔彭丝坚定地说，“不要走来走去，看得我头晕。到椅子那儿坐下，把来龙去脉全部都告诉我，尽量不要兜圈子。”

赫谢默先生服从了。

“当然，”他说，“我该从哪儿开始呢？”

“你离开的地方。滑铁卢。”

“好吧。”朱利叶斯开始说，“我刚走进一节你们英国可爱的老式头等车厢，火车就开动了。我碰到的第一件事情就是警卫走过来，礼貌地告诉我，我在的这节车厢不允许吸烟。我递上了半美元，解决了这个问题。我沿着走廊查看下一节车厢，惠廷顿果然在那里。看到这只臭鼬，看着他那张肥头大耳的胖脸，想起可怜的小简在他的魔掌中，我真是气疯了，要是我手里有枪的话，一定要他好看。

“到达伯恩茅斯，惠廷顿叫了一辆出租车，报了一个旅馆的名字。我也照做，我们保持着三分钟车程的距离。他要了一个房间，我也要了一个。到目前为止，一切都很顺利。他一点也没察觉有人在跟踪他。不过，他只是坐在旅馆的休息室里看看报纸之类的，一直到了晚饭时间，他也没急着去吃晚饭。

“我不禁觉得这趟白来了，他也许不过是为了健康原因来旅行。不过我想起，我们住的是一个高档旅馆，他又没有换衣服去吃饭，看起来是打算饭后出去办正事的。

“果然，大约九点钟的时候，他出门了。叫了一辆车穿过城镇。顺便说一句，那地方相当漂亮，等找到简我要带她去那里度假——然后他付了车钱，下车沿着山崖上的松树林往前走。我也在那里，你知道的。我们走了大概半个小时。一路上有很多别墅，不过越来越稀疏，最后我们来到了似乎是路尽头的一幢。那是一座大房子，周围有很多松树。

“那是一个非常黑的夜晚，通往房子的行车道也一片漆黑。我能听到他在前面，但看不见他。我不得不走得非常小心，以免被他听到脚步声而察觉自己被跟踪。我拐了一个弯，刚好看到他在按门铃，并且进了屋。我只好留在原地。天开始下雨，我很快就湿透了，而且还冷得要命。

“惠廷顿没有再出来，我越来越不耐烦了，就开始四处徘徊。一楼所有的窗户都关得严严的，但我注意到二楼——这是一幢两层的房子——有一个窗子的灯亮着，窗帘没有拉。

“正对着窗户的地方有一棵树，离房子大约有三英尺远。于是，我头脑中有了一个主意，要是我爬到那棵树上，也许就能看到这个房间里面的情形了。当然，我知道惠廷顿可能不在那个房间而是在别的房间里——事实上，他更可能在楼下的会客室里。只不过，我在雨中站了那么久，实在有些忍无可忍了，做点什么总比什么都不做好。于是我立即行动了。

“这可不是什么容易的事！树枝被雨淋得滑溜溜的，我只有一个落脚点，不过我一寸一寸往上爬，终于还是爬到了和窗户等高的位置。

“但是，令人大失所望的是，我太靠左了，只能从侧面看房间，最多只看得到一点窗帘和一码宽的墙纸。嗯，这对我来说没什么用处。但就在我打算放弃，往下爬的时候，房间里有人走动，影子投在我能看到的那一码宽的墙上——老天，正是惠廷顿！

“这么一来，我不禁热血沸腾。我一定要看看那屋子里的情形。得想出办法来。我注意到树上有一根很长的树枝，向右边生长，如果我能爬到一半的位置，就差不多能够到了。但是我拿不准这根树枝是否够结实，能否承受我的体重。我决定冒个险，于是就开始了。我小心翼翼地爬着，只敢一点一点地往上爬。树枝发出令人胆战心惊的吱嘎声，摆动得厉害，但我已经顾不上去想掉下来会怎么样了。不过我最后还是安全地爬到了目标位置。

“那个房间中等大小，布置得干净整洁。房间中央有一张桌子，桌上有一盏台灯，坐在那张桌子旁、正对着我的，果然就是惠廷顿。他正和一个衣着打扮像是医院护士的女人说话。那个女人背对着我坐着，因此我看不到她的脸。而且尽管百叶窗拉上去了，但窗户毕竟关着，所以我也听不见他们说的话。似乎一直是惠廷顿在讲话，护士只是听着。她有时点点头，有时无奈地摇摇头，好像在回答问题。惠廷顿似乎很激动，有一两次用拳头在桌子上敲打。雨已经停了，天空一下子突然放晴。

“后来，他似乎说完话了，站起身来，护士也站起来。他朝窗子看了看，问了句话——我猜大概是问是否还在下雨。总之，她就穿过房间来到窗口张望。就在这时，月亮从云层后面露出脸来。我很害怕那女人会看见我，因为我整个人就暴露在月光下。我想退后一点，但我的动作使老朽的树枝承受不住，于是咔嚓一声，树枝断了，而我，朱利叶斯·P. 赫谢默，也一起掉了下来！”

“哦，朱利叶斯，”塔彭丝喊道，“真刺激！接着说。”

“嗯，幸运的是，我一头栽在土质松软的花圃里，但还是暂时失去了知觉。接下来我知道的事情就是我躺在床上，一位医院的护士——不是和惠廷顿在一起的那个——站在一边，另一边是一个戴着金丝眼镜、留着黑色胡子的小个男人，一看就是医生。见我瞪着他，他便搓着双手、抬起眉毛说：‘啊！我们年轻的朋友醒过来了。太好了，太好了。’

“我使出了惯常的伎俩，说：‘发生什么事了？’又问，‘我在哪里？’我当然知道答案，我脑子可没长草。‘我想暂时没事了，护士小姐。’那个小个子男人说，然后护士就迈着训练有素的轻快步子离开了房间，不过我看见她出门的时候看了我一眼，一脸好奇。

“她那一瞥让我有一些纳闷。‘好了，医生。’我说，试图从床上坐起来，但我这么做的时候右脚一阵剧痛。‘轻微扭伤。’医生解释道，‘不严重。过一两天就能下地活动了。’”

“我注意到了，你走路有点瘸。”塔彭丝插嘴道。

朱利叶斯点点头，继续说：“‘这是怎么回事？’我又问。他冷冷地答道：‘你掉下来了，连同我的树的一部分，掉到了我新开垦的一块花圃里。’

“我喜欢这个男人，他似乎很幽默。我觉得最起码他很直爽。‘当然了，医生，’我说，‘关于那棵树，我很抱歉，我想那些新种的花儿我也要负责任。不过，也许你更想知道我在你的花园里干什么吧？’‘我觉得这件事确实需要一个解释。’他回答。‘好吧，首先，我没有吸毒。’我这么说。他笑了。‘这是我的第一个推论，不过我很快就改变了想法。顺便问一句，你是美国人，对不对？’我告诉他我的名字。‘你呢？’‘我是霍尔医生，而这里，你想必知道，是我的私人疗养院。’

“我其实并不知道，不过我不打算让他知道这一点。我很感激他提供的消息，我喜欢这个人，我觉得他挺正直的，但我不打算对他和盘托出。再说他可能根本不会相信。

“我当即就下定了决心。‘哦，医生，’我说，‘我想我真是个大傻瓜，不过我有责任让你知道，我干的不是比尔·赛克斯[①] 的勾当。’然后我支吾着编了一个女孩儿的故事。什么严厉的监护人啊，精神崩溃啊之类的事情，最后解释说，我好像在疗养院的病人里看到她了，所以才有了这夜间探险的事情。

①狄更斯的小说《雾都孤儿》中的盗贼。

“我觉得这比较符合他心里的推测。‘非常浪漫。’听我说完，他亲切地说。‘那么，医生，’我接着说，‘你能坦白告诉我吗？你这里，现在，或是之前，有没有一个叫简·芬恩的年轻姑娘？’他若有所思地念了几遍这个名字。‘简•芬恩？’他说，‘没有。’

“我很懊恼，我想我的表情一目了然。‘你确定吗？’‘非常确定，赫谢默先生。这个名字并不常见，如果我听过，应该不会忘记。’

“嗯，这话倒没错。这也给了我个台阶下。我确实有点希望这段跟踪能先告一段落。‘事情就是这样的。’我最后说，‘不过，还有一件事。刚才我抱着那该死的树枝时，我想我认出了一位老朋友，他在和你的一位护士说话。’我故意没有提名字，是因为惠廷顿可能在那儿编了个完全不同的名字。但医生立刻答道：‘是惠廷顿先生吗？’‘就是那家伙。’我回答，‘他来这儿干什么？可别告诉我他的神经也出了毛病？’

“霍尔医生哈哈大笑。‘不，他是来看望我的一个护士的。伊迪丝护士，是他的侄女。’‘哦，真没想到！’我叫道，‘他还在这里吗？’‘不，他已经回城里了。’‘真可惜！’我大声说，‘不过，也许我可以和他的侄女说几句话。伊迪丝护士，是叫这个名字吗？’

“但医生摇了摇头。‘恐怕也不行，今天晚上伊迪丝护士陪一个病人离开了。’‘我真不走运。’我说，‘您有惠廷顿先生在城里的地址吗？我想回去的时候去拜访他。’‘我不知道他的地址。如果你想要，我可以写信问伊迪丝护士。’我向他道谢，并说：‘不要说是谁想要地址，我想给他一个惊喜。’

“那时候我所能做的也就这些了。当然，如果那个女孩真的是惠廷顿的侄女，她可能会机灵地不落入陷阱，但还是值得一试。接下来的事情是，我给贝雷斯福德发了个电报，告诉他我在哪里，还有我扭伤了脚，并且告诉他如果不忙的话，请他来一趟。我十分注意措辞，力求谨慎。不过我没收到他的回信，我的脚很快就没事了，只是轻微崴到了，不算真正的扭伤。所以今天我就和小个子医生说再见了，麻烦他如果伊迪丝护士有回信就给我捎个信，然后我就马上回城了。我说，塔彭丝小姐，你的脸色怎么那么苍白！”

“因为汤米，”塔彭丝说，“他到底出了什么事呢？”

“振作起来，我想他不会有事的。他能出什么事呢？想想看，他是跟踪一个长得像外国人的家伙。也许他们已经到了国外——波兰，或类似的国家？”

塔彭丝摇摇头。

“他没带护照和其他东西，不可能出国的。再说，我后来见过那个男人，叫鲍里斯什么的。他昨天晚上和范德迈耶太太在一起吃饭。”

“什么太太？”

“哦，我忘了，你还不知道这一切。”

“我在听，”朱利叶斯说出他最喜欢的四个字，“说来听听。”

塔彭丝随即讲述了最近两天发生的事情。朱利叶斯的惊讶和钦佩溢于言表。

“真了不起！想不到你竟然当上了女仆。想想都让人觉得好笑！”接着他又严肃地补充，“不过说真的，我不喜欢这样，塔彭丝小姐，我真的不喜欢。你胆识过人，但我希望你能就此打住。我们面对的这些恶棍杀人不眨眼，他们不会因为你是姑娘而手下留情。”

“你以为我害怕？”塔彭丝气愤地说，努力不去想范德迈耶太太那钢铁般冷酷的眼睛。

“我起先说了你很有胆识。但是，这改变不了事实。”

“哦，烦死我了！”塔彭丝不耐烦地说，“让我们想想汤米可能会出什么事。我已经写信给卡特先生了。”她把信的内容大致说了一下。

朱利叶斯神情凝重地点点头。

“我想目前也只能如此了。不过，我们该采取行动，做点事情了。”

“我们该怎么办呢？”塔彭丝提起了精神。

“我想我们最好盯住鲍里斯。你说他去过你那里，他还会再去吗？”

“可能吧。我真的不知道。”

“我明白了。嗯，我想我最好去买辆车，一辆好车，打扮成司机候在外头。然后，如果鲍里斯来了，你就给我打个暗号，我去跟踪他。你觉得怎么样？”

“绝妙的主意，但是他可能几个星期都不来。”

“我们只能碰运气了。我很高兴你喜欢这个计划。”他站起身。

“你要去哪里？”

“当然是买车去。”朱利叶斯一脸讶异地回答，“你喜欢什么车？我想我们完成任务之前，也许你愿意去兜兜风。”

“哦，”塔彭丝轻轻地说，“我喜欢劳斯莱斯，不过——”

“没问题，”朱利叶斯表示赞同，“你说了算。我去弄一辆。”

“可是你不可能立刻买到，”塔彭丝喊道，“买车通常要等上很久。”

“小朱利叶斯不用等。”赫谢默先生信心十足地回答，“你不用担心，半个小时内我就把车开回来。”

塔彭丝站了起来。

“你真好，朱利叶斯。不过我还是不禁觉得，这样做希望渺茫。我真的还是寄希望于卡特先生。”

“我可不这么认为。”

“为什么？”

“只是我的一个想法。”

“哦，但他必须做点事情，没其他人可指望了。对了，我忘了告诉你，今天早上发生了一件古怪的事情。”

她讲了自己与詹姆斯·皮尔·埃杰顿爵士相遇的经过。朱利叶斯很感兴趣。

“你觉得那家伙是什么意思？”他问。

“我不太明白。”塔彭丝沉思道，“不过我觉得，他是想警告我，用律师那种模棱两可、不偏不倚、合法守法的方式。”

“他为什么要那么做呢？”

“我不知道。”塔彭丝承认，“但他看上去很和气，而且非常聪明。我不介意去找他，告诉他一切。”

有点让她吃惊的是，朱利叶斯坚决反对这个主意。

“听着，”他说，“我们不该让任何律师掺和进来，那家伙不能帮我们什么。”

“嗯，我觉得他能够帮我们。”塔彭丝固执地坚持。

“你想都别想。再见。我马上就回来，半小时。”

三十五分钟后，朱利叶斯回来了。他挽着塔彭丝的手，一起走到窗前。

“在那儿。”

“啊！”塔彭丝低头看见一辆豪华轿车，不禁语带敬佩地喊了一声。

“我可以告诉你，那可是最新款的。”朱利叶斯自鸣得意地说。

“你怎么弄到的？”塔彭丝倒吸一口冷气。

“她正要被送往一位要人的家中。”

“然后呢？”

“我直接去了他家，”朱利叶斯说，“我跟他说，我估计这样一辆车值两万美元。然后我告诉他，如果他愿意把车让给我，我出五万美元。”

“然后呢？”塔彭丝听得入神。

“嗯，”朱利叶斯回答，“他就把车让给了我，就这样。”

第十二章　患难之交

星期五和星期六平安无事。塔彭丝收到了卡特先生的简单答复。他在信中指出，年轻冒险家有限公司是自愿承担这项有风险的工作，并且事先也得到了充分的警告。如果汤米出了什么事，他深感遗憾，但爱莫能助。

这是冷冰冰的安慰。不知何故，没有汤米，所有的冒险都失去了滋味，而且，第一次，塔彭丝对成功失去了信心。他们在一起的时候，她从来没有质疑过这一点。虽然她总是习惯带头，并且为自己的机敏自豪，但实际上，她一直很依赖汤米，只是以前没有意识到这一点。汤米冷静、清醒，他的判断力和远见始终如一，如果没有他，塔彭丝觉得自己就像失去了舵手的船只。奇怪的是，朱利叶斯无疑比汤米聪明得多，却无法给她相同的依赖感。她曾经指责汤米是一个悲观主义者，他总是看到劣势和困难，而她本人却乐观地忽视这些，尽管如此，她其实十分依赖他的判断力。他也许慢吞吞的，但非常稳健。

对于塔彭丝来说，这似乎是她第一次意识到他们轻轻松松接下的这项任务实际上艰巨又危险。开场像一页罗曼史，而现在，魅力已经大打折扣，变成了严酷的现实。汤米——才是最重要的。白天的时候，塔彭丝好几次眨着眼睛，不让眼泪掉下来。“小傻瓜，”她提醒自己，“不要哭鼻子。你当然喜欢他，你已经认识了他一辈子，但没有必要多愁善感。”

在此期间，鲍里斯踪迹全无。他没来公寓，朱利叶斯和他的豪车一直在空等。塔彭丝的小脑瓜又动起新的念头。虽然朱利叶斯的反对有道理，她还是没有完全放弃去找詹姆斯·皮尔·埃杰顿先生的想法。事实上，她已经从《英国官员录》上查到他的地址了。他那天是不是在警告她？如果是的话，为什么呢？当然，她至少有权要求一个解释。他看着她的时候那么和蔼。也许他会告诉他们一些关于范德迈耶太太的事情，说不定可以得到些寻找汤米下落的线索。

总之，塔彭丝下定决心了，她像平时一样抖了抖肩膀，认定这是值得一试的，而且她会试试看。等到星期天下午她的休息时间，她会先去和朱利叶斯碰面，说服他同意她的主意，然后他们就去捋狮子胡子。

这一天到了，朱利叶斯依旧坚决反对，不过塔彭丝也没放弃，费了很多口舌。“又没有什么坏处。”她说来说去总是这一句。最终朱利叶斯屈服了，于是他们开车去卡尔顿豪斯街。

开门的是一个无可挑剔的管家。塔彭丝觉得有点紧张，她也许太冒失了。她决定不问詹姆斯爵士是否“在家”，而是采取一种更加直接的方式。

“请你问问詹姆斯爵士，我能否见他几分钟？我有重要的消息要告诉他。”

管家退下，过了一会儿回来了。

“詹姆斯爵士同意见你。请这边走。”

他带领他们来到一个房间，这里装饰得像一个图书馆，藏书惊人。塔彭丝注意到，有一整面墙都是有关犯罪和犯罪学的著作。房间里有几张座垫厚实的真皮扶手椅和一个老式的壁炉。窗边摆着一张卷盖式大书桌，上面堆满文件，房子的主人正坐在桌旁。

看见他们进来，他起身迎接。

“你有消息要告诉我？啊——”他认出了塔彭丝，微微一笑，“是你呀。是范德迈耶太太让你来传话吗？”

“不是的。”塔彭丝说，“其实，我这么说只是为了能顺利进来。哦，对了，这位是赫谢默先生，这是詹姆斯·皮尔·埃杰顿爵士。”

“幸会。”美国人说着，伸出手来。

“你们俩都请坐吧。”詹姆斯爵士说，拉来两把椅子。

“詹姆斯爵士，”塔彭丝鼓起勇气说，“我敢说，您一定觉得我这样冒失地跑来找您太厚颜无耻了，因为，毕竟这事跟您一点关系都没有，而且您又是这样一个大人物，汤米和我是那么微不足道。”她停下来喘口气。

“汤米？”詹姆斯爵士不解地问，看看对面的美国人。

“不，这位是朱利叶斯。”塔彭丝解释道，“我太紧张了，说话颠三倒四的。我真正想知道的是，您那天对我说的话是什么意思？您的意思是警告我提防范德迈耶太太吗？您是这个意思，对吗？”

“我亲爱的小姐，我记得我只是提到，别的地方也能找到好工作。”

“是的，我知道。但这是一个暗示，是不是？”

“嗯，也许吧。”詹姆斯爵士严肃地承认。

“嗯，我想知道更多。我想知道您为什么给我这样一个暗示。”

詹姆斯爵士微笑着看着她，语重心长。

“要是那位女士告我诽谤怎么办？”

“当然，”塔彭丝说，“我知道律师总是很谨慎。但是，难道我们不能在‘不侵害合法权利’[①] 的前提下，说我们想说的话吗？”

“好吧。”詹姆斯爵士说，依然面带微笑，“在不侵害合法权利的前提下，如果我有一个妹妹不得不自己谋生，我不会喜欢她为范德迈耶太太工作的。我觉得有责任给你一个暗示，那地方不适合不谙世事的年轻姑娘。我能告诉你的只有这些。”

“我明白了。”塔彭丝若有所思地说，“非常感谢。但我也并不是一无所知，你知道的。我去那里的时候就完全知道她是一个坏蛋。其实这正是我去那里工作的原因……”她停下来，看见律师的脸上有些困惑，就接着说，“我想也许最好告诉你整个故事，詹姆斯爵士。我有种感觉，如果我不说实话，你马上就会发现，所以还不如一开始就全盘托出。你怎么想，朱利叶斯？”

“既然你已经拿定主意了，我也只有知无不言了。”美国人回答，他从刚才起一直默不作声地坐在一边。

“好的，告诉我一切吧，”詹姆斯爵士说，“我想知道汤米是谁。”

于是，塔彭丝开始讲述她的故事，而律师认真地听着。

“很有意思。”等她说完，他说道，“你说的大部分事情我都已经知道了。关于这个简·芬恩，我有一些自己的想法。到目前为止，你们做得很好，但是有一点太糟糕了。卡特先生竟让你们两个年轻人卷入到这种事情中，你们知道他是什么人吧？顺便问一句，赫谢默先生又是从什么时候开始涉入此事的呢？你没说清楚。”

朱利叶斯自己回答。“我是简的表兄。”他回应着律师敏锐的目光，

①法律术语，原文为 without prejudice，英美法系下，建议双方能和解就和解时采用。

解释道。

“啊！”

“哦，詹姆斯爵士，”塔彭丝忍不住插嘴，“你觉得汤米会发生什么事呢？”

“嗯。”律师站了起来，在房间里慢慢地踱来踱去，“你们来的时候，小姐，我正在收拾行李，打算坐夜车去苏格兰钓几天鱼。不过现在有别的鱼可钓，我会留下来，看看我们能不能找到这个年轻人的踪迹。”

“哦！”塔彭丝欣喜若狂地紧握双手。

“尽管如此，我还是觉得，卡特让你们两个孩子去做这种事情，这太糟糕了。好了，不要生气，呃……”

“考利。普鲁登丝·考利，但我的朋友都叫我塔彭丝。”

“好吧，塔彭丝小姐，那么我就这么称呼你了，我们肯定会成为朋友的。不要因为我说你太年轻而生气，青春最大的缺点就是冲动。那么，关于你说的年轻人汤米……”

“是的。”塔彭丝紧紧地抓着自己的手。

“坦率地说，情况看起来对他不利。他介入了他本不该插手的事情。这点是无疑的。但是，也不要放弃希望。”

“你真的愿意帮助我们吗？听听，朱利叶斯！他原本还不想让我来呢。”她向律师解释。

“哦？”律师应道，锐利的目光瞥向朱利叶斯，“为什么呢？”

“我觉得拿这种微不足道的小事情来麻烦您不合适。”

“我明白了。”他顿了一下，“你所谓的这种微不足道的小事情，其实直接关系到一件至关重要的大事情，重要程度或许远超出你和塔彭丝小姐的理解。如果这个小伙子还活着，可能可以给我们提供非常有价值的情报。因此，我们一定要找到他。”

“是的，但是怎么找呢？”塔彭丝叫道，“我什么法子都想过了。”

詹姆斯爵士笑了。

“眼前有个人就很可能知道他在哪里，或者至少知道他可能在哪里。”

“是谁？”塔彭丝不解地问。

“范德迈耶太太。”

“是的，但她不会告诉我们。”

“啊，这就是我派上用场的地方了。我觉得我能够让范德迈耶太太把我想知道的事情说出来。”

“怎么办到呢？”塔彭丝的眼睛瞪得大大的。

“哦，就是问她一些问题，”詹姆斯爵士轻松地回答，“这就是我们做事的方式，你知道的。”

他的手指在桌子上轻叩着，塔彭丝再次感受到他身上那股震慑人的强大力量。

“要是她不说呢？”朱利叶斯突然发问。

“我想她会的。我还是有那么两下子的。而且万一不管用，还有最后一手，有钱能使鬼推磨嘛。”

“当然可以。而这正是我派上用场的地方！”朱利叶斯喊道，拳头在桌子上重重地一捶，发出一声巨响，“如果有必要，我可以拿出一百万美元。是的，先生，一百万美元！”

詹姆斯爵士坐了下来，盯着朱利叶斯看了好一会儿。

“赫谢默先生，”他说，“这是一笔很大的数目。”

“我觉得这是必要的。这件事可不是六便士能解决的。”

“按目前的汇率，相当于二十五万英镑。”

“没错。也许你觉得我是在信口开河，但我真的能办到，还有足够的钱支付您的费用。”

詹姆斯爵士的脸微微红了。

“费用不成问题，赫谢默先生。我不是私家侦探。”

“对不起。我太冒昧了，不过对于钱的问题我一直很烦恼。几天前，我想悬赏一大笔钱去征求简的消息，但是你们顽固的苏格兰场劝我不要这么做，说这是不可取的。”

“他们的意见可能是对的。”詹姆斯爵士冷冰冰地说。

“不过对于朱利叶斯来讲，钱确实不成问题。”塔彭丝说，“他不是在跟你开玩笑，他的确腰缠万贯。”

“都是我家老头子堆起来的钱。”朱利叶斯解释道，“现在，让我们开始吧。你有什么主意？”

詹姆斯爵士思索片刻。

“没时间耽搁了，我们越早行动越好。”他转向塔彭丝，“范德迈耶太太今晚是否外出就餐，你知道吗？”

“是的，她今晚在外面吃饭，不过不会太晚回来，否则她出门时会带上钥匙的。”

“好的。我会在十点钟左右去拜访她。你什么时候回去？”

“大约九点半或十点，不过我可以早点儿回去。”

“千万别这么做。如果你没有待到预定的时间，反而会引起怀疑。九点半回去吧，我会十点到。赫谢默先生也许可以叫辆出租车在楼下等。”

“他有一辆新的劳斯莱斯。”塔彭丝与有荣焉地宣布。

“那更好。如果我成功地从她那儿套出地址，我们可以马上赶去那里。如果有必要的，可能会带上范德迈耶太太一起。明白了吗？”

“好的。”塔彭丝欢欣鼓舞地站起身来，“哦，我感觉好多了！”

“不要期望太高，塔彭丝小姐。悠着点儿。”

朱利叶斯转向律师。

“那么说定了。我大概九点半开车来接你，对吗？”

“哦，这样最好，没必要弄两辆车在那里等。现在，塔彭丝小姐，我给你的建议是去吃一顿丰盛的晚餐，一顿真正的大餐。还有，不要想太多你目前还插手不了的事。”

他与他们俩一一握手道别，片刻之后，两人到了屋外。

“他很可爱吧？”塔彭丝欣喜若狂地问，欢快地蹦下台阶，“哦，朱利叶斯，他是不是很可爱？”

“好吧，我承认他这个人似乎不赖。我之前说找他没用，是我错了。那么，我们马上回丽兹饭店吗？”

“我觉得我必须走一走，我太兴奋了。在公园让我下车，好吗？还是你愿意一起？”

“我得去加点油，”他解释说，“还要发一两个电报。”

“好吧。那我七点跟你在丽兹饭店碰头，我们只能在楼上吃饭，我不能穿着这身破烂儿在那儿抛头露面。”

“当然可以。我会让费利克斯帮我们选菜，他好像是那儿的领班。回头见。”

塔彭丝迈着轻快的步子朝斯彭廷街走去。她看了一眼手表，快六点钟了。她想起没吃下午茶，不过太兴奋了，没觉得饿。她一路走到肯辛顿公园，然后再慢慢地原路返回，新鲜的空气和运动让她心情大好。不过听从詹姆斯爵士的建议，把晚上将要发生的事情抛诸脑后，可不是那么容易办到的。当她走到离海德公园越来越近的地方时，立刻回到南奥德利大厦的诱惑几乎是不可抗拒的。

她下定决心，不管怎么样，只是回去看看那幢房子，又不会怎样。

也许，那样她就能说服自己耐心地等到十点钟。

南奥德利大厦看起来和平时完全一样。塔彭丝并不知道自己在期待什么，但是一看到红砖大楼那结实坚固的样子，就稍稍安抚了她日渐增长的不安。她正想转身离开，突然听到一声刺耳的口哨声，忠心耿耿的艾伯特从大楼里向她跑来。

塔彭丝皱起了眉头，引起别人的注意可不是计划中的一部分，但艾伯特难抑兴奋，脸都涨成了紫色。

“我说，小姐，她要跑啦！”

“谁要跑？”塔彭丝警觉地问。

“那个骗子，雷迪丽塔，范德迈耶太太。她一直在收拾东西，刚才传话下来，让我给她叫出租车。”

“什么？”塔彭丝抓住了他的胳膊。

“这是真的，小姐。我想也许你还不知道这件事。”

“艾伯特，”塔彭丝喊道，“你立大功了，要不是你，我们就要让她溜掉了。”

艾伯特听到这个夸奖，高兴得脸都红了。

“没有时间了，”塔彭丝边说边过马路，“我必须阻止她。不惜一切代价，我一定得把她留住，直到……”她打住话头，“艾伯特，这儿有电话吗？”

男孩摇摇头。

“每套公寓里基本都装了电话，小姐。不过那边街角有间电话亭。”

“马上到那里去，往丽兹饭店打电话，找赫谢默先生，告诉他立刻接上詹姆斯爵士，范德迈耶太太要逃跑。如果你找不到他，就打电话给詹姆斯·皮尔·埃杰顿爵士，你能在电话本中查到他的电话号码，告诉他发生了什么事。都记住这些名字了吗，记住了吗？”

艾伯特流利地复述了一遍。“相信我，小姐，没问题的。可是你怎么办？难道你不害怕与她正面交锋？”

“不，不，没关系。你赶紧去打电话。快点儿。”

深深地吸了一口气，塔彭丝走进大厦，来到二十号公寓的门前。在那两个人赶到之前，她要怎么拖住范德迈耶太太呢？她不知道。但无论如何，这是必须要做的，她必须独自完成任务。是什么引发了这次的突然撤离呢？难道范德迈耶太太开始怀疑她了？

猜测暂时放一边。塔彭丝坚决地按响了门铃，心想也许可以向厨娘打探点消息。

什么都没发生，等待了几分钟后塔彭丝再次按响了门铃，手指还在按钮上多停留了一小会儿。终于，她听到了脚步声，片刻后，范德迈耶太太打开了门。她抬起眉毛看着塔彭丝。

“是你？”

“我牙疼，夫人。”塔彭丝顺口说道，“所以我觉得最好还是早点儿回家，安安静静地待着。”

范德迈耶太太没有说什么，闪身让塔彭丝进了门厅。

“你真不走运，”她冷冷地说，“你最好去睡觉。”

“哦，我可以待在厨房里，夫人。厨娘可以——”

“厨娘已经走了，”范德迈耶太太说，语气相当不高兴，“我让她走的。所以你看，你最好去睡觉。”

塔彭丝突然觉得害怕，范德迈耶太太的声音里有一种她不喜欢的警告意味。同时，对方正慢慢把她逼到过道边。塔彭丝在墙角转过身来。

“我不想——”

然后，就在一瞬间，冰冷的枪口抵住了她的太阳穴，范德迈耶太太的声音又尖又冷，来势汹汹。

“你这个该死的小傻瓜！你以为我不知道吗？不，不要回答。如果你敢挣扎或喊叫，我就开枪打死你，像打死一只狗一样。”

塔彭丝太阳穴上的冰冷枪口抵得更用力了。

“现在，进去。”范德迈耶太太继续说道，“这边，进我的房间。马上，一分钟不到，等我解决了你，你就会乖乖地听话睡觉了。你会睡觉，哦，是的，我的小间谍，你会美美地睡一觉！”

最后这句话里带有一种狰狞的喜悦，塔彭丝一点都不喜欢。但眼下什么都不能做，她只得乖乖地走进范德迈耶太太的卧室。手枪一直没有离开过她的额头。房间里乱糟糟的，衣服扔得到处都是，一只手提箱和一个帽盒装了一半，放在地板中间。

塔彭丝竭力保持冷静。她的声音在发颤，但她勇敢地说出话来。

“好啦，”她说，“你在胡说八道。你不能开枪杀我，大楼里的每一个人都会听到枪声的。”

“我愿意冒这个险。”范德迈耶太太得意地说，“不过，只要你不喊救命，就会没事。我认为你不会喊。你是个聪明的姑娘。你完全把我骗过了，我压根儿没怀疑你！所以，我相信你清楚得很，现在我为刀俎，你为鱼肉。好了……坐到床上，把手放到头上，如果你想活命，就不要轻举妄动。”

塔彭丝顺从地照做。她的理智告诉她，除了接受现实，没有别的办法。如果她尖叫救命，被外人听到的可能性很小，却给了范德迈耶太太杀她的好机会。再说，能多拖延一分钟都是很有价值的。

范德迈耶太太把左轮手枪放在盥洗台边，就在她触手可及的位置，而且，她仍然像只山猫一样虎视眈眈地盯着塔彭丝，以防她有什么举动。她从大理石盥洗台上拿了一只塞着瓶塞的小瓶子，把里面的一些东西倒进一个装了水的玻璃杯里。

“那是什么？”塔彭丝警觉地问。

“让你睡得香甜的东西。”

塔彭丝的脸色更苍白了。

“你想要毒死我吗？”她低声说。

“也许吧。”范德迈耶太太得意地笑着。

“我不会喝的。”塔彭丝坚决地说，“我宁愿被枪打死。无论如何那还能弄出一些动静，有人可能会听到。我不愿像只小羊羔一样被悄无声息地杀掉。”

范德迈耶太太跺了跺脚。

“别傻了！你真的认为我想因为谋杀而被追捕吗？如果你还有点头脑，就会明白毒死你对我一点好处都没有。这是一种安眠药，仅此而已。明天早上你一觉醒来，就什么事都没有了。我只是不想费事地去绑你、塞住你的嘴。那是另一种选择，但我可以告诉你，你不会喜欢的！如果你选择那种方式，我可是很粗暴的。所以，当个好姑娘，喝下它，对你没害处。”

在内心深处，塔彭丝相信她的话。她说的很有道理，这的确是暂时摆脱她的简单而有效的方法。然而，塔彭丝无法欣然接受温顺地被安眠药放倒，就像一个人不甘心放弃自由一样。她觉得，一旦范德迈耶太太跑掉了，找到汤米的最后希望也就不复存在了。

塔彭丝的脑子转得飞快，一些念头在她的脑海里快速闪过，她看到了其中的机会，一个非常有问题的机会，但她决心孤注一掷，冒险赌一把。

于是，她突然摇摇晃晃地从床上爬起，跪在范德迈耶太太面前，疯狂地抓住她的裙子。

“我不相信，”她呻吟着，“这是毒药！我知道这是毒药。哦，不要让我喝。”她的声音变成尖叫，“不要让我喝！”

范德迈耶太太端着玻璃杯，低着头，嘴唇翘起，看着这突如其来的崩溃场面。

“起来，你这个白痴！不要胡言乱语。我真想不通你之前怎么有本事扮演你的角色。”她跺着脚，“听见了吗，快起来。”

但塔彭丝还是继续抓着她哭个不停，呜咽着，语无伦次地祈求她开恩。多争取一分钟也好。此外，她一边卑躬屈膝，一边还在偷偷接近她的目标。

范德迈耶太太不耐烦地尖叫了一声，猛地把塔彭丝拖到她的膝下。

“马上喝掉它！”她把玻璃杯压到了塔彭丝的嘴上。

塔彭丝发出最后一声绝望的呻吟。

“你发誓不会伤害我？”她尽力拖延。

“当然，它不会伤害你的。别傻了。”

“你发誓？”

“是的，是的，”范德迈耶太太不耐烦地说，“我发誓。”

塔彭丝伸出颤抖的左手，接过玻璃杯。

“好吧。”她的嘴巴乖乖地张开了。

范德迈耶太太松了一口气，一时放松了警惕。没想到塔彭丝以迅雷不及掩耳之势，猛地将玻璃杯向上一托，里面的水泼在了范德迈耶太太的脸上，在她喘息的瞬间，塔彭丝迅速抓起放在盥洗台边缘的左轮手枪。眨眼间，她已经跳起来后退了一步，左轮手枪直指范德迈耶太太的心脏，拿着枪的手纹丝不动。

胜利的这一刻，塔彭丝却有点胜之不武的感觉。

“现在谁为刀俎、谁为鱼肉？”她得意地说。

对方的脸因愤怒而扭曲。有那么一会儿，塔彭丝以为她要扑过来，这将令她为难，因为她并不想真的让手枪发挥用处。然而，范德迈耶太太克制住了自己，一丝邪恶的笑容慢慢地爬上她的脸。

“看来你不是个傻子！你干得很好，姑娘。但是你要为此付出代价。哦，是的，你要为此付出代价！我的记性很好！”

“我很惊讶，你竟然那么好骗。”塔彭丝轻蔑地说，“你真的以为我是那种在地板上打滚、哀鸣求饶的姑娘？”

“你会这样做的……总有一天！”范德迈耶太太恶狠狠地说。

她阴冷恶毒的态度让塔彭丝的脊骨一阵发凉，但她不打算屈服。

“让我们坐下来吧，”她高兴地说，“我们现在的处境是有点戏剧性，不，不是坐在床上。拉一把椅子到桌子旁，对了。现在，我会坐在你的对面，手枪我拿着，以防万一。太棒了。现在，咱们谈谈。”

“谈什么？”范德迈耶太太绷着脸说。

塔彭丝若有所思地看着她。她想起几件事情，鲍里斯曾说，“我相信你会出卖……我们！”而她的回答是“那价格必须是天价”，还说那是玩笑话。确实，但会不会也道出了某种真相呢？很久以前，惠廷顿不是问“是谁泄露的？丽塔？”，丽塔·范德迈耶会不会就是布朗先生团伙中的薄弱点呢？

塔彭丝的目光在对方的脸上凝固，她平静地回答：“钱。”

范德迈耶的太太身子一震。很显然，这个回答是她没想到的。

“你什么意思？”

“我会告诉你的。你刚才说自己的记性很好，好记性不如鼓钱包！我敢说，计划对我做各种可怕的事情也许能够让你舒心，但那有什么用？复仇总是无法令人满意，每个人都这么说。不过，钱……”塔彭丝说出自己钟爱的信条，“没人会不满意钱，是不是？”

“你觉得，”范德迈耶太太轻蔑地说，“我是那种会出卖朋友的女人吗？”

“是的，”塔彭丝迅速说，“如果价格足够高。”

“微不足道的一百镑吗！”

“不，”塔彭丝说，“我的提议是……十万镑！”

她的节约精神不允许她提出朱利叶斯提议的全部，一百万美元。

一阵红潮涌上范德迈耶太太的脸。

“你说什么？”她问，手指紧张地玩弄着别在胸前的胸针。这一刻，塔彭丝知道，这条鱼上钩了，第一次，她对自己爱钱如命的性格感到恐惧，让她对眼前的这个女人产生了一种可怕的知己感。

“十万英镑。”塔彭丝重复了一遍。

光芒从范德迈耶太太的眼睛里消失了，她往椅子上一靠。

“呸！”她说，“你才没这么多钱。”

“是的，”塔彭丝坦言，“我没有，但我认识的人有。”

“谁？”

“我的一个朋友。”

“那得是一个百万富翁。”范德迈耶太太不可置信地说。

“事实上，他就是一个百万富翁。他是个美国人，他会二话不说地付钱给你。你可以从我这里拿到钱，这绝对是一个完美的提议。”

范德迈耶太太又坐直了身子。

“我倾向于相信你。”她缓缓地说。

两人沉默了一会儿，然后范德迈耶太太抬起头来。

“你的这个朋友想知道什么事情？”

塔彭丝有过一瞬间短暂的挣扎，但这是朱利叶斯的钱，他的利益必须放在第一位。

“他想知道简·芬恩的事情。”她大胆地说。

范德迈耶太太没有表现出惊讶。

“我不知道她目前在哪里。”她答道。

“但是你可以查到？”

“哦，是的，”范德迈耶太太漫不经心地回答，“这没什么难的。”

“那么……”塔彭丝的声音有点发颤，“还有一个男孩儿，是我的一个朋友。我担心他出什么事了，跟你的朋友鲍里斯有关。”

“他叫什么名字？”

“汤米·贝雷斯福德。”

“我从来没听说过他，但我会去问问鲍里斯，他什么都会告诉我的。”

“谢谢你。”塔彭丝觉得精神大振，这促使她做出更大胆的努力，“还有一件事。”

“什么？”

塔彭丝身体前倾，压低了声音。

“布朗先生是谁？”

她敏锐的眼睛看见那美丽的脸蛋突然变得煞白。范德迈耶太太努力振作，并试图恢复以前的风度，但那是无谓的尝试。

她耸耸肩。

“如果你连这点都不知道——也就是没有人知道布朗先生是谁，那么你根本不算了解我们。”

“你知道他是谁。”塔彭丝平静地说。

再一次，对方的脸上血色全失。

“你怎么会这么认为？”

“我不知道，”姑娘如实相告，“但我敢肯定。”

范德迈耶太太久久地盯着她看。

“是的，”最后，她用嘶哑的声音说，“我知道。我曾经很美，你瞧，非常美丽——”

“你现在还是很美。”塔彭丝由衷地说。

范德迈耶太太摇摇头，那双蓝色的眼睛里闪动着奇异的光芒。

“不够美了。”她用温柔危险的声音说，“不——够——美了！最近，我一直感到害怕……知道得太多是很危险的！”她隔着桌子俯身向前，“你发誓不泄露我的名字，不能让任何人知道。”

“我发誓。而且，一旦他被抓住，你就脱离危险了。”

一阵惊恐从范德迈耶太太的脸上扫过。

“真的吗？我真的可以脱离危险吗？”她抓住塔彭丝的手臂，“还有那笔钱，你能确定？”

“非常确定。”

“我什么时候可以拿到钱？一刻都不能拖延。”

“我的这位朋友马上就会到这里。他可能要发个电报或者类似的东西，但不会有任何拖延——他是个雷厉风行的人。”

范德迈耶太太的脸上显出坚决的神情。

“我会做的。这是一大笔钱，再说……”她露出一个奇怪的微笑，“抛弃像我这样的女人，可不明智！”

她保持着微笑，手指轻轻地敲着桌子。突然她站起来，脸色苍白。

“什么声音？”

“我什么也没听见。”

范德迈耶太太紧张地环顾四周。

“要是有人偷听——”

“胡说。怎么可能有人？”

“隔墙有耳。”范德迈耶太太低声说，“我告诉你我吓坏了，你不了解他！”

“想想十万镑。”塔彭丝安慰她。

范德迈耶太太伸出舌头舔舔干燥的嘴唇。

“你不了解他，”她用嘶哑的声音重申，“他是……啊！”

她跳起来，发出恐怖的尖叫声。她伸出手，越过塔彭丝的头指着前方，然后倒在地上昏死过去了。

塔彭丝环顾四周，看看是什么把她吓成了这样。

门口是詹姆斯·皮尔·埃杰顿爵士和朱利叶斯·赫谢默。

第十三章　守夜

詹姆斯爵士绕过朱利叶斯，慌忙弯腰去看那个摔倒的女人。

“心脏病。”他敏锐地说，“看到我们突然出现，一定吓了她一跳。白兰地，快点儿，否则她就救不过来了。”

朱利叶斯赶快跑去盥洗室。

“不在那里，”塔彭丝转过头说，“在餐厅的玻璃酒柜里。走廊上的第二个门。”

詹姆士爵士和塔彭丝把范德迈耶太太抬到她的床上。他们往她脸上泼水，但没有反应。律师把住她的脉。

“情况不妙，”他喃喃地说，“希望那个年轻人能快点儿把白兰地拿来。”

就在这时，朱利叶斯走进房间，手里端着一个半满的杯子，他把玻璃杯递给詹姆斯爵士。塔彭丝把范德迈耶太太的头抬起，律师试图把酒喂进那紧闭的双唇。终于，那女人虚弱地睁开了眼睛。塔彭丝把玻璃杯递到她的嘴边。

“把这个喝了。”

范德迈耶太太乖乖地喝了。白兰地使得她苍白的脸颊恢复了血色，让她神奇地恢复了过来。她想要坐起来，但又呻吟一声倒下，她的手垂在身侧。

“是我的心脏，”她低声说，“我不能讲话。”

她躺下来，闭上眼睛。

詹姆斯爵士的手指在她的手腕上按了一分多钟，然后他缩回手指，点点头。

“她现在需要睡一会儿。”

三个人走到一边低声交谈。大家都觉得有点受挫，显然，目前要盘问这位女士是不可能的。眼下，虽然他们有一肚子的疑问，却只能等待。

塔彭丝讲了范德迈耶太太如何宣称自己愿意透露布朗先生的身份，以及她如何同意去追查并报告简·芬恩的行踪。朱利叶斯十分欣喜。

“太好了，塔彭丝小姐。真精彩！我想这十万英镑会让这位女士觉得明天早上和今天晚上一样美好。没什么可担心的，没有钱她不会开口的，我敢打赌！”

这话说得在理，塔彭丝觉得有些安慰。

“你说得没错。”詹姆斯爵士沉吟道，“然而，我必须承认，我真希望我们没有中途打断她们的谈话。但是没有办法，我们只能等到明天早上再说了。”

他望着床上了无生气的人。范德迈耶太太闭着眼睛，一动不动地躺在那里。詹姆斯爵士摇了摇头。

“好了，”塔彭丝打起精神说，“我们只能等到明天早上再说。不过我觉得我们不应该离开这套公寓。”

“让你那个机灵的男孩儿过来守着她，怎么样？”

“艾伯特吗？要是她醒过来要花招怎么办，艾伯特可没法阻止她。”

“我想她不会丢下美元跑掉的。”

“说不定。她好像非常害怕‘布朗先生’。”

“什么？真的那么怕他吗？”

“是的。她说话的时候东张西望，说什么隔墙有耳。”

“也许她是指窃听器。”朱利叶斯饶有兴趣地说。

“塔彭丝小姐是对的，”詹姆斯爵士平静地说，“为了范德迈耶太太，我们不能离开公寓。”

朱利叶斯盯着他。

“你觉得他会来抓她？从现在到明天早上的这段时间里，他怎么会知道呢？”

“你忘了你自己刚提过窃听器的事了？”詹姆斯爵士冷冰冰地说，“我们的对手异常强大。但我相信，如果我们谨慎行事，他就很有可能落入我们手中，不过我们绝对不能疏忽大意。我们现在有了一个重要的证人，必须保护好她。我建议塔彭丝小姐去睡觉，你和我，赫谢默先生，轮流守夜。”

塔彭丝正要出声反对，但碰巧看了一眼床上的范德迈耶太太，她的眼睛半睁着，脸上交织着恐惧和恶毒的表情，使得塔彭丝刚要出口的话冻结在唇边。

一瞬间，她怀疑范德迈耶太太的晕倒和心脏病发作是否是一个巨大的骗局，但想起她脸上那死一般的苍白，又觉得不似作假。她再定睛一看，范德迈耶太太脸上的表情又像被施了魔法一般消失了，她还是和先前一样一动不动地躺在那里。这一刻塔彭丝觉得是自己的幻觉，但她决心提高警惕。

“好吧，”朱利叶斯说，“我想我们最好想个好办法，再离开这里。”

其余两人同意他的建议。詹姆斯爵士再次摸了摸范德迈耶太太的脉搏。

“很好，”他用低沉的声音对塔彭丝说，“休息一晚上，她就完全没事了。”

塔彭丝在床边犹豫了一下。刚才看到的惊恐的表情给她留下了深刻的印象，使得她放心不下。范德迈耶太太抬起眼皮，似乎想挣扎着说什么。塔彭丝弯下身子。

“不要……离开……”她似乎无法继续说下去，口中念叨着什么，听起来像是“困了”，然后她又努力想说话。

塔彭丝把身子压得更低了，但对方的声音轻得只剩呼吸。

“布朗……先生……”那声音停了下来。

但是，半闭着的眼睛似乎还在发送痛苦的信息。

被一阵突如其来的感觉打动，塔彭丝连忙说：“我不会离开公寓的。我会通宵守着你。”

在眼皮再次闭上前，一丝释然从范德迈耶太太的眼中闪过。显然她睡着了。但是她的话让塔彭丝产生新的不安。她低声说着“布朗先生”，这是什么意思？塔彭丝紧张地回头张望。眼前是一个阴森森的大衣柜，里面的空间大得足够藏下一个男人……塔彭丝为自己感到羞愧，不过她还是打开衣柜查看。没有人，这是当然的！她弯下腰看看床底下。没有其他可能的藏身之处了。

塔彭丝习惯性地耸了耸肩，这么神经兮兮简直太荒谬了！她慢慢地走出房间。朱利叶斯和詹姆斯爵士正在低声交谈。詹姆斯爵士转向她。

“请从外面把门锁上，塔彭丝小姐，取出钥匙。不能让任何人有机会进入那个房间。”

他凝重的神态让他们深受触动，塔彭丝觉得自己的神经紧张也不那么丢人了。

“对了，”朱利叶斯突然说道，“塔彭丝的机灵孩子，我想我最好还是到楼下一趟，安慰一下他幼小的心灵。他是个好孩子，塔彭丝。”

“哦对，你们是怎么进来的？”塔彭丝突然想起，“我忘了问了。”

“哦，艾伯特一下子就找到我了，我跑去找詹姆斯爵士，我们就马上过来。男孩儿在等我们，而且他十分担心你的安危。他一直在门外听动静，但没有听到任何声音。总之，他建议我们搭运煤的电梯上来，不要按门铃。果然，我们走进餐具室，一下子就找到了你。艾伯特还在楼下，他这会儿一定急得跳脚。”说完朱利叶斯就走了。

“喂，塔彭丝小姐，”詹姆斯爵士说，“这里你比我更熟悉，你觉得我们在哪里休息好？”

塔彭丝考虑了一会儿。

“我想范德迈耶太太的小客厅是最舒服的。”她说，并把他带去那里。

詹姆斯爵士赞许地环顾四周。

“这里非常好，现在，我亲爱的小姐，你该去睡一会儿了。”

塔彭丝坚决地摇摇头。

“我不能睡，谢谢你，詹姆斯爵士，但我会整夜都梦到布朗先生的！”

“但你会很累的，孩子。”

“不，我不会，我宁愿醒着。真的。”

律师让步了。

几分钟后，朱利叶斯又出现了，他安抚了艾伯特，并且慷慨地奖赏了他。他也未能说服塔彭丝去睡觉，于是他果断地说：“无论如何，你得吃点东西。储藏室在哪里？”

塔彭丝告诉了他，几分钟后他就带着一个冷馅饼和三个盘子回来了。

饱餐一顿后，塔彭丝开始对自己半个小时前的幻觉嗤之以鼻。用金钱贿赂得来的力量不可能失败。

“现在，塔彭丝小姐，”詹姆斯爵士说，“我们想听听您的冒险故事。”

“没错。”朱利叶斯表示同意。

塔彭丝带着些得意讲述了她的冒险经过。朱利叶斯时不时地插话表示一下钦佩。“厉害。”詹姆斯爵士没说什么，一直到她说完，他才平静地说了一句“干得好，塔彭丝小姐”，这话让她高兴得脸都红了。

“有一件事我不明白，”朱利叶斯说，“她怎么会卷铺盖逃跑呢？”

“我不知道。”塔彭丝承认道。

詹姆斯爵士摸着他的下巴，若有所思。

“房间里很凌乱，看起来她不是有预谋的，似乎是突然从什么人那里得到了警告。”

“我猜是布朗先生。”朱利叶斯语带讥诮地说。

律师盯着他看了一两分钟。

“有什么不可能的呢？”他说，“别忘了，你自己就曾被他耍过一次。”

朱利叶斯气得满脸通红。

“一想起我自己像只小羊羔似的把简的照片乖乖地交给了他，我都要发疯了。哎呀，如果我能够拿回照片，我会死也不放手的！”

“这个可能很渺茫。”另一位冷冷地说。

“我想你是对的。”朱利叶斯坦言，“而且，不管怎么样，我要找的是照片上的人。你觉得她会在哪里，詹姆斯爵士？”

律师摇摇头。

“很难说。但是我确信她去过某个地方。”

“是吗？哪里？”

詹姆斯爵士笑了。

“就是你夜间冒险的地方，伯恩茅斯疗养院。”

“那里？不可能。我打听过。”

“不，我亲爱的先生，你是问有没有一个叫简·芬恩的人去过那里。但是，如果那个姑娘被送到那里，一定用的是假名。”

“你真的太厉害了！”朱利叶斯喊道，“我从来没有想到这一点！”

“这是相当明显的。”另一位说。

“也许医生也参与了此事。”塔彭丝说。

朱利叶斯摇摇头。

“我不这么认为。我一眼就对他有好感。不，我敢肯定，霍尔医生没问题。”

“你是说霍尔吗？”詹姆斯爵士问，“这倒奇怪了……真的很奇怪。”

“为什么？”塔彭丝问。

“因为我碰巧今天早上遇到了他。我跟他认识有些年头了，不过交情不深，今天早上我在街上碰到了他，他告诉我他住在大都会饭店。”他转身问朱利叶斯，“他没告诉你他到城里来了吗？”

朱利叶斯摇摇头。

“奇怪，”詹姆斯爵士沉思道，“你今天下午没有提到他的名字，否则我会建议你带着我的名片去拜访他，可以向他打听更多消息。”

“我想我是个笨蛋，”朱利叶斯表现出少见的谦虚，“我应该早就想到假名字这一招。”

“你刚从树上摔下来，怎么可能想到那么多？”塔彭丝喊道，“我敢肯定，换成别人早就摔死了。”

“嗯，反正现在也不要紧了，”朱利叶斯说，“我们已经有范德迈耶太太在手，这才是我们需要的。”

“是的。”塔彭丝说，但她的声音听起来并不自信。

三个人沉默了下来，夜晚的魔力逐渐将他们笼罩。突然家具发出吱嘎的声音，窗帘也在窸窣作响。塔彭丝猛地跳起来，叫道：“我控制不住自己。我知道布朗先生就在这个公寓的某处！我能感觉到他。”

“塔彭丝，他怎么可能在这里呢？这扇门正对着大厅，没有人能够从前门进来而不被我们发现。”

“我控制不住自己。我觉得他就在这里！”

她恳求地看着詹姆斯爵士，对方严肃地回答：“我尊重你的感受，塔彭丝小姐，我有时也会如此，但是我不觉得在正常情况下有人能够进入这个房间而不被我们察觉。”

他的话让塔彭丝感到些许安慰。

“熬夜总是让人神经兮兮。”她承认。

“是的。”詹姆斯爵士说，“我们现在的情况犹如举行降神会。要是有个灵媒在场，说不定我们会有些了不起的收获。”

“你相信通灵术吗？”塔彭丝的眼睛瞪得大大的。

律师耸了耸肩。

“毫无疑问，那其中有一定的道理。不过大多数证词都经不起证人席的检验。”

时间一分一秒地过去。随着黎明的第一抹晨曦到来，詹姆斯爵士拉开了窗帘。他们看见了伦敦人鲜少见到的景象，太阳在沉睡的城市上慢慢升起。不知何故，随着阳光的到来，夜晚的恐惧和幻想似乎变得荒诞不经。塔彭丝的情绪恢复了正常。

“万岁！”她说，“这将是美好的一天。我们会找到汤米，还有简·芬恩。所有的一切都将是美好的。我要问问卡特先生，我能不能成为一个女爵士！”

七点钟的时候，塔彭丝自告奋勇去泡茶。她带着一个托盘回来了，上面放着一个茶壶和四个杯子。

“还有一杯给谁？”朱利叶斯问。

“当然是我们的囚犯。我想我们可以这么称呼她吧？”

“送茶给她喝似乎跟昨晚的待遇天差地别。”朱利叶斯若有所思地说。

“是的，确实如此。”塔彭丝承认，“但是，不管怎么说，我就要这么做。也许你们俩一起来更好，以防她扑向我或怎么样。你瞧，我们不知道她今天醒来后心情如何。”

詹姆斯爵士和朱利叶斯陪着她到门口。

“钥匙在哪里？哦，对了，在我这里。”

她把钥匙插进锁孔，转动，然后停了一下。

“要是她跑了呢？”她低声喃喃道。

“绝无可能。”朱利叶斯向她保证。

但是詹姆斯爵士什么也没说。

塔彭丝深深地吸了一口气，走进房间。看到范德迈耶太太躺在床上，她松了一口气。

“早上好，”她开心地说，“我给你带来了一杯茶。”

范德迈耶太太没有回答。塔彭丝把杯子放在床边的桌子上，走过去打开百叶窗。当她转过身来时范德迈耶太太还是躺着没动。一阵突如其来的恐惧攫住了她的心脏，塔彭丝跑到床边，她抓起的手冷如寒冰……范德迈耶太太再也不会开口了……

她的惊呼把另外两人唤来了。没几分钟就确认了。范德迈耶太太死了——已经死了几个小时了。她显然是在睡梦中去世的。

“我们的运气真是糟透了。”朱利叶斯绝望地喊道。

律师倒是比较平静，但他的眼里闪着奇异的光芒。

“恐怕不是运气的问题。”他说。

“你觉得不是？可是，不是说绝不可能……没人能进来吗？”

“是的，”律师承认，“我也不明白他们怎么办得到。但是，就在她要说出谁是布朗先生的节骨眼儿上，却死了。这真是巧合吗？”

“怎么办到的呢……”

“是的，怎么办到的！这是我们必须查清楚的。”律师静静地站在那里，轻轻地抚摸着他的下巴，“我们必须查清楚。”他平静地说。塔彭丝觉得，如果她是布朗先生，是不会喜欢这句简单的话的语调的。

朱利叶斯看看窗户。

“窗户开着，”他说，“你觉得会不会……”

塔彭丝摇摇头。

“阳台只能通往小客厅。我们在那里。”

“也许他爬下去了——”朱利叶斯说。

但詹姆斯爵士打断了他的话。

“布朗先生的手段不会这么简单。现在我们必须去请医生，不过在此之前，这个房间里还有什么对我们有价值的东西吗？”

三个人急忙开始搜索。壁炉里的一堆灰烬显示范德迈耶太太在逃跑前烧掉了一些文件。没有什么重要的东西留下了，他们搜查了其他房间，也是如此。

“看那里。”塔彭丝突然指着墙上的一个旧式的小保险箱，说，“我想那是放珠宝的，不过也有可能有别的东西放在里面。”

钥匙就在锁孔里，朱利叶斯很快就打开了门，搜查里面。他忙活了好一会儿。

“怎么样？”塔彭丝不耐烦地问。

朱利叶斯过了一会儿才回答。他抬起头，并关上了门。

“没什么。”他说。

五分钟后，一个年轻的医生应他们所求赶来了。他认出了詹姆斯爵士，恭敬地向他致意。

“心脏衰竭，也可能是安眠药过量。”他吸了吸鼻子，“空气中还有三氯乙醛的气味。”

塔彭丝想起她之前打翻的玻璃瓶，这个新的念头驱使她走到盥洗台。她找到了范德迈耶太太之前倒了几滴药水出来的小瓶子。

瓶子里本来装着四分之三的药水。现在，它是空的。

第十四章　咨询

詹姆斯爵士的巧妙处理让一切都简单利落，没有什么比这更令塔彭丝惊讶和困惑的了。医生轻易就接受了范德迈耶太太不小心服用了过量的三氯乙醛这一说法。他不确定是否有必要验尸，如果需要的话，他会告诉詹姆斯爵士。医生得到的说法是，范德迈耶太太原本准备第二天出国，所以仆人都走了。詹姆士爵士和他年轻的朋友来拜访她，结果她突然生病倒下，他们不愿让她单独一人待着，便留下来过夜。他们认不认识范德迈耶太太的亲戚？不认识，不过詹姆斯爵士让医生去找范德迈耶太太的律师了。

不久之后，一个护士来料理后事，其他人都离开了这幢不祥的建筑。

“现在怎么办？”朱利叶斯用一种绝望的语气问，“我想我们已经走进死胡同了。”

詹姆斯爵士抚摸着下巴，若有所思。

“不，”他平静地说，“还有机会，霍尔医生也许能告诉我们些什么。”

“哎呀！我忘了他了。”

“机会很小，但也不能忽视。我记得我告诉过你，他住在大都会饭店。我建议我们尽快去拜访他。我们先洗个澡、换身衣服，然后吃顿早餐，怎么样？”

塔彭丝和朱利叶斯说好。他们回到丽兹饭店，然后开车去接詹姆斯爵士。大家分头行事，十一点时就来到了大都会饭店。他们求见霍尔医生，一个小听差进去找他。几分钟后，小个子医生匆匆朝他们走来。

“能占用你几分钟吗，霍尔医生？”詹姆斯爵士愉快地说，“容我给你介绍考利小姐，还有赫谢默先生，我想你已经认识他了。”

和朱利叶斯握手时，医生的眼中透出一丝戏谑。

“嗯，是的，我这位从树上掉下来的年轻朋友！脚踝没问题了吧？”

“多亏了您妙手回春，医生。”

“那么心里的问题解决了吗？哈哈！”

“还在寻找答案。”朱利叶斯简要地回答。

“言归正传，我们可以和你私下谈谈吗？”詹姆斯爵士问。

“当然可以。我知道这里有个房间，我们可以不受打扰。”

他在前面带路，其他人跟着。众人坐定后，医生带着疑问望向詹姆斯爵士。

“霍尔医生，我急着找一位年轻的女士，需要问她一些情况。我有理由相信，她曾经在你的伯恩茅斯疗养院待过。我希望这个问题不会违背你的职业规范。”

“我想这和法庭上的证词有关，是吧？”

詹姆斯爵士犹豫了一下，然后回答说：“是的。”

“我很高兴为你提供力所能及的帮助。那位年轻女士叫什么名字？赫谢默先生曾问过我，我还记得……”他半转过身来，冲着朱利叶斯。

“名字真的无关紧要。”詹姆斯爵士直率地说，“她被送到你那里的时候肯定用了假名。不过，我想知道，你是否认识一位范德迈耶太太？”

“南奥德利大厦二十号的范德迈耶太太吗？我对她略知一二。”

“你不知道她出了事？”

“什么意思？”

“你不知道范德迈耶太太死了吗？”

“天哪，我不知道！什么时候的事？”

“昨天晚上她服用三氯乙醛过量。”

“故意的吗？”

“据说是意外，但我不这么认为。不管怎样，今天上午，有人发现她死了。”

“真让人难过。她是个特别漂亮的女人。我想她是你的朋友吧，既然你了解这些细节。”

“我了解这些细节，是因为……嗯，发现她死了的人正是我。”

“真的吗？”医生吃惊地说。

“是的。”詹姆斯爵士回答，若有所思地抚摸着他的下巴。

“这是个非常悲伤的消息，不过请原谅，我不知道这件事跟你调查的事情有什么关系？”

“这两件事的关联是这样的，范德迈耶太太是不是曾经将一个年轻的亲戚托付给你照顾？”

朱利叶斯急切地俯身向前。

“确实如此。”医生平静地说。

“叫什么名字？”

“珍妮特·范德迈耶。我以为她是范德迈耶太太的侄女。”

“她什么时候去的？”

“我记得是一九一五年的六月或七月。”

“她精神方面有问题吗？”

“神智完全正常，如果你是这个意思的话。我从范德迈耶太太那里了解到，那姑娘和她当时都在那艘倒霉的、被击沉了的卢西塔尼亚号船上，结果那姑娘受了严重的精神刺激。”

“我们终于找对方向了，对吗？”詹姆斯爵士环顾左右。

“我早就说过，我是个傻瓜！”朱利叶斯回答。

医生好奇地看着他们。

“你说想从她那里取得一份证词，”他说，“要是她给不了呢？”

“什么？你刚才不是说她神智完全正常吗？”

“是的。不过，如果你想从她那里了解一九一五年五月七日之前的事情，她可无法告诉你。”

他们看着这个小个子男人，目瞪口呆。医生乐呵呵地点点头。

“很可惜，”他说，“非常可惜。尤其是据我推测，詹姆斯爵士，这件事是非常重要的。但是，她无法告诉你什么。”

“可是为什么，老兄？该死的，为什么？”

小个子男人把仁慈的目光投向激动万分的年轻美国人。

“因为珍妮特·范德迈耶患有记忆丧失症。”

“什么？”

“确实如此。一个有趣的病例，一个非常有趣的病例。你们也许会觉得这种事情非常罕见，其实并非如此。有好几个非常有名的相似病例。我本人是第一次遇到，我必须承认，它引起了我强烈的兴趣。”小个子男人的话语里包含着一种令人毛骨悚然的得意。

“她什么都不记得了。”詹姆斯爵士缓缓地说。

“一九一五年五月七日之前的。在那之后的记忆都正常，跟你我一样。”

“那么她记得的第一件事是什么？”

“和幸存者一起登陆。在此之前，一切都是空白。她不知道自己的名字，也不知道自己来自哪里，身处何方。她甚至不会说自己的母语。”

“但是这一切太不寻常了吧？”朱利叶斯插话。

“不，我亲爱的先生，在这种情况下很正常。神经系统受到强烈的刺激，几乎总是伴随着记忆的丧失。当然，我向她推荐了一位专家。在巴黎有一位很优秀的专家，专门研究这种病例。但是范德迈耶太太不同意，说这样会把事情传扬出去。”

“我能想象她会这么说。”詹姆斯爵士冷冷地说。

“我赞成她的观点，因为这种病的名声不大好，而这个姑娘还很年轻。我想大概十九岁吧。要是她这种病传开了，可能会毁掉她的前程。再说，这种病尚没有特殊的治疗办法，只有等待。”

“等待？”

“是的，迟早记忆会恢复，就像失忆一样突然。但她也有可能完全忘记之前的事情，而是从记忆中断的那一刻开始生活——卢西塔尼亚号沉没的那一刻。”

“那你觉得这种事什么时候会发生？”

医生耸了耸肩。

“啊，这不好说。有时几个月，有时长达二十年！有时，再受一次刺激就好了。再受一次刺激可能可以恢复被上一次刺激夺去的记忆。”

“再受一次刺激吗？”朱利叶斯若有所思地说。

“没错。在科罗拉多州有一个病例……”小个子男人滔滔不绝地说起来。

朱利叶斯似乎没在听，他沉浸在自己的思绪里，眉头紧锁。突然，他从沉思中回过神来，拳头在桌子上用力一敲，把每个人都吓了一跳，医生尤其受惊。

“我懂了！医生，我要把你的专业意见加入到我的计划中，也就是让简再渡一次大西洋，让同样的事情再发生一次。潜艇、沉船、大家都登上救生艇，等等。这样做就行了吧？这样应该能对她潜意识里的自我——你们的行话是这么说的吧——造成一次新的剧烈刺激，她就能马上恢复记忆，对吗？”

“一个非常有趣的推测，赫谢默先生。我个人认为，会成功。但不幸的是，你说的这些事情怎么可能再来一遍呢？没机会。”

“不是自然发生一遍，医生。我说的是人工。”

“人工？”

“是的，不行吗？这有什么困难的吗？租一艘客轮——”

“一艘客轮？！”霍尔医生低声嘟哝道。

“雇一些乘客，租一艘潜艇——我想这是唯一困难的。各国政府对于他们的战争武器都有点谨慎，他们不会谁出价高就卖给谁。不过，我想这个问题也可以解决。听说过‘移花接木’吗？这种伎俩屡试不爽！我觉得我们不用真的发射鱼雷，只要每个人都惊慌失措地跑来跑去，大喊着船要沉了，骗骗像简那样的天真小姑娘应该足够了。到时候给她带上救生圈，推上救生艇，一群训练有素的专业演员在甲板上歇斯底里地表演，这样一来，她应该马上能回到一九一五年五月的现场。我的这个计划如何？”

霍尔医生看着朱利叶斯。他没能说出口的话都在眼神里了。

“不，”朱利叶斯回答了医生的质疑，“我没发疯。这事是完全办得到的。美国拍电影的人每天都在做这种事。你有没有在银幕上看到火车相撞？买一列火车和买一艘轮船有什么区别？道具准备好，你就可以着手实施计划了！”

霍尔医生总算能开口了。

“不过花费，我亲爱的先生。”他提高嗓门，“花费将是巨额的！”

“钱不是问题。”朱利叶斯言简意赅地说道。

霍尔医生求助地看向詹姆斯爵士，后者微微一笑。

“赫谢默先生非常有钱。真的非常有钱。”

医生的目光又回到了朱利叶斯身上，不过换成了一种全新的、微妙的感觉，不再是对一个习惯从树上摔下来的古怪年轻小伙子。医生的目光带着对一个真正有钱人的尊重。

“非常了不起的计划。非常了不起。”他喃喃说道，“电影——当然了！你们美国人是这么称呼的。非常有趣。恐怕我们这里的手法有点落伍了，你真的打算实施你这个非凡的计划吗？”

“你可以赌上全部身家，我说到做到。”

医生相信朱利叶斯——这跟他的国籍有关系。如果是一个英国人提出这样的建议，医生将深深地怀疑他的神智是否正常。

“我想我应该事先声明，我不能保证她能百分百治愈。”医生说。

“当然，这没关系。”朱利叶斯说，“你只用把简带来，剩下的交给我。”

“简？”

“就是珍妮特·范德迈耶小姐。我们是打个长途电话去你的疗养院，让人把她送过来，还是我亲自跑一趟，用我的车接她来？”

医生瞪大了眼睛。

“请原谅，赫谢默先生。我以为你知道。”

“知道什么？”

“那位范德迈耶小姐已经不再由我照顾了。”

第十五章　求婚

朱利叶斯跳了起来。

“什么？”

“我还以为你知道的。”

“她什么时候离开的？”

“让我想想。今天是星期一，对吗？那就是上星期三——嗯，没错。是的，就是你从我的树上摔下来的那天晚上。”

“那天晚上？是我摔下来之前还是之后？”

“让我想想……哦，是的，是之后。范德迈耶太太送来一则紧急消息，那位年轻的小姐和负责照顾她的护士乘当晚的火车离开了。”

朱利叶斯再次跌坐回椅子里。

“伊迪丝护士陪伴一个病人离开了，我记得。”他喃喃地说，“我的老天，就擦肩而过！”

霍尔医生一脸茫然。

“我不明白，难道那位年轻的小姐没有和她的姑妈在一起吗？”

塔彭丝摇摇头。她正要说话时，詹姆斯爵士警告的眼神让她管住了舌头。律师起身。

“非常感谢你，霍尔。我们非常感激你告诉我们这一切。恐怕我们现在得从头开始查找范德迈耶小姐的下落了。那位陪伴她的护士，我想你不知道她在哪里吧？”

医生摇摇头。

“自那之后，我们一直没有她的消息。我以为她是要再陪伴范德迈耶小姐一段时间。但是到底发生了什么事情？那姑娘该不是被绑架了吧。”

“现在还不好说。”詹姆斯爵士严肃地说。

对方犹豫了一下。

“你觉得我是不是应该去报警？”

“不，不，那位年轻的小姐八成和其他的亲戚在一起。”

医生对这个答案并不完全满意，不过他看出詹姆斯爵士是决心不再多说了，他明白要想从这位著名的皇家顾问这里套取更多消息是徒劳的。因此，他起身与他们道别。之后三人离开了饭店，站在车旁交谈了几分钟。

“真是郁闷。”塔彭丝喊道，“想想看，朱利叶斯竟然和她在同一屋檐下待了几个小时。”

“我是一个该死的白痴。”朱利叶斯沮丧地喃喃自语。

“你又不可能知道。”塔彭丝安慰他道，“他那时怎么会知道呢，是不是？”她又去征求詹姆斯爵士的赞同。

“我劝你们不要担心，”后者和蔼地说，“你知道的，为打翻的牛奶哭泣是没有用的。”

“关键是下一步该怎么做。”塔彭丝务实地说。

詹姆斯爵士耸了耸肩。

“你们可以登广告寻找那位陪同的护士，这是我目前唯一的建议。当然我必须承认，我对结果并不乐观。除此之外，无计可施。”

“无计可施？”塔彭丝茫然地说，“那么……汤米怎么办？”

“我们必须往好的方面想，”詹姆斯爵士说，“是的，我们必须抱有希望。”

但他的目光越过塔彭丝低垂的脑袋，和朱利叶斯的目光相接，然后几乎不易察觉地摇了摇头。朱利叶斯明白他的意思，律师认为此事没有希望了。年轻美国人的脸色变得严肃起来。詹姆斯爵士拉过塔彭丝的手。

“如果事情有什么进展，你一定要告诉我。来信都会转寄给我的。”

塔彭丝茫然地盯着他。

“你要离开？”

“我告诉过你的，你不记得了吗？我要去苏格兰。”

“是的，但是我以为……”塔彭丝迟疑了一下。

詹姆斯爵士耸了耸肩。

“我亲爱的小姐，恐怕我能做的仅此而已。我们所有的线索都断了。相信我，已经没有什么能做的了。如果有什么新情况，我很乐意尽我所能，为你提供建议。”

他的话让塔彭丝觉得分外凄凉。

“我想你是对的。”她说，“无论如何，非常感谢您这样尽心尽力地帮助我们。再见。”

朱利叶斯正弯腰检查车子。詹姆斯爵士凝视着女孩低垂的脸，敏锐的目光中闪过一丝怜悯。

“不要太难过，塔彭丝小姐，”他低声说，“别忘了，放假并不意味着全部都是休闲时间，有时也要安排一些工作。”

他语气里的某种弦外之音让塔彭丝猛地抬起头来。但他微笑着摇摇头。

“不，我不会再说什么。祸从口出，记住这一点。永远不要把自己知道的事情和盘托出，哪怕是你最熟悉的人。明白了吗？再见。”

他大步离开了。塔彭丝盯着他的背影，开始明白詹姆斯爵士的作风了。之前他就是像这样漫不经心地给她暗示。这是不是也是一个暗示呢？他最后说的那几句简短的话背后到底是什么意思呢？难道他的意思是说，他并没有放弃这个案子，也就是说，他会在暗中进行调查……

她的思路被朱利叶斯打断了，对方让她“上车”。

“你看起来心事重重，”汽车开动后，他说，“那老家伙说什么了？”

塔彭丝冲动地张嘴想说，又闭上了。詹姆斯爵士的话在她耳边响起：“永远不要把自己知道的事情和盘托出，哪怕是你最熟悉的人。”脑海中闪过另一段记忆。在公寓的保险箱前，朱利叶斯在回答“什么都没有”之前曾有过片刻的迟疑。那里真的什么都没有吗？还是他找到了什么，却藏起来不想让别人知道？如果他可以有所保留，那么她也能。

“没什么特别的。”她回答说。

她感觉朱利叶斯瞥了她一眼。

“我们去公园兜兜风怎么样？”

“随便你。”

他们在树荫下默默地开着车。天气晴好，汽车的飞驰让塔彭丝的情绪又振奋了起来。

“我说，塔彭丝小姐，你觉得我能找到简吗？”

朱利叶斯说话的声音透着沮丧。很少见他这个样子，塔彭丝不禁惊讶地转过头来盯着他。他点点头。

“没错，我对这事越来越不指望了。詹姆斯爵士已经完全放弃希望了，我看得出来。我不喜欢他。不知怎的，我们彼此有些看不对眼，但他相当了得，我想如果有一丝成功的机会，他都不会放弃的，是不是？”

塔彭丝感到不安，她抱定朱利叶斯对她隐瞒了些什么，所以她也要守口如瓶。

“他建议我们登广告找那位护士。”她只说了这么一句。

“是的，可他的口气是死马当活马医的意味！不——我已经厌倦了，我有点想马上回美国了。”

“哦，不！”塔彭丝喊道，“我们必须找到汤米。”

“我完全把贝雷斯福德忘了。”朱利叶斯抱歉地表示，“没错，我们必须找到他。不过……好吧，自开始这趟旅行以来，我一直在做白日梦，这些梦都快把我烦死了。我要摆脱它们。我说，塔彭丝小姐，有件事我想问你。”

“什么事？”

“你和贝雷斯福德是怎么回事？”

“我不明白你的意思。”塔彭丝端庄地回答，然后又画蛇添足地加了一句，“而且，不管怎么说，你错了！”

“你们彼此没有几分特殊的感觉？”

“当然没有。”塔彭丝有点急了，“汤米和我是好朋友，仅此而已。”

“我想每对恋人在某些时候都这么说过。”朱利叶斯评价道。

“胡说！”塔彭丝吼道，“我看起来是那种见一个爱一个的姑娘吗？”

“你不是。你看起来是那种让人见到就会爱上的姑娘！”

“哦！”塔彭丝吃了一惊，“我想，这是一种恭维吧？”

“当然了。我们还是把这事说清楚，假设我们永远都找不到贝里斯福德了，那么……那么……”

“好了，想说就说吧！我能面对现实。假设他……死了！怎么样？”

“这一切的事情都了结了。你今后有什么打算？”

“我不知道。”塔彭丝神情哀戚地说。

“你会孤单得要命，可怜的孩子。”

“我会没事的。”塔彭丝怒气冲冲地说，她平素就讨厌被人同情。

“结婚怎么样？”朱利叶斯问，“你有什么看法？”

“我当然打算结婚。”塔彭丝回答说，“也就是说，只要……”她停顿了一下，卖了个关子，然后勇敢地抛出自己的观点，“我要找到某个有钱人，钱多得值得我这么做。我够坦白吧？我敢说你一定瞧不起我。”

“我绝不会看不起有商业头脑的人。”朱利叶斯说，“你具体想嫁给什么样的人，有什么想法吗？”

“具体？”塔彭丝不解地问，“你的意思是高还是矮吗？”

“不是，我是说数目……财富。”

“哦，我……我还没有仔细想过。”

“那我怎么样？”

“你？”

“就是我。”

“哦，不行！”

“为什么不行？”

“我告诉你了，不行。”

“为什么不行？”

“这似乎太不公平了。”

“我看不出这事有什么不公平的。我正在向你表白，就这样而已。我非常仰慕你，塔彭丝小姐，我从来没对其他姑娘这样。你那么勇敢。我只是想给你真正好的生活。只要你发话，我们马上去某家高级珠宝店，把戒指订下来。”

“不行。”塔彭丝喘着粗气说。

“因为贝雷斯福德？”

“不、不、不！”

“那是为什么？”

塔彭丝只是不停地摇头。

“你应该找不到比我更有钱的人了。”

“哦，不是这个问题。”塔彭丝笑得差点儿喘不过气来，“不过无论如何谢谢你，我想我应该这么说。”

“行行好，你再考虑考虑，明天再答复我。”

“没有用的。”

“那么，这事就先这样吧。”

“好吧。”塔彭丝顺从地说。

两人在回到丽兹饭店之前都没再说话。

塔彭丝上楼回到自己的房间。她觉得在雷厉风行的朱利叶斯面前自己一败涂地。她在镜子前坐下，盯着镜中的影子好几分钟。

“傻瓜。”塔彭丝对自己做了一个鬼脸，“小傻瓜。你想要的一切，你一直期盼的东西送到你面前了，你却像只愚蠢的小绵羊，说‘不’。这样的大好机会，你为什么不抓住、抱住、抢住？你还想要什么？”

仿佛在回答自己的问题，她的目光落在了梳妆台上的破旧相框上，那里有一张汤米的快照。她努力控制自己，但终于抛弃了一切伪饰，把照片贴到唇边，忍不住啜泣起来。

“哦，汤米，汤米，”她哭着说，“我是如此爱你，可我可能再也见不到你了……”

五分钟后，塔彭丝坐直身子，擤干净鼻子，向后梳拢头发。

“就是这样，”她毅然地说，“让我们面对现实。我好像爱上了一个傻小子，而他可能对我根本没意思。”说到这里，她停顿了一下，再开口时像在跟一个看不见的对手争辩，“无论如何，我不知道他爱不爱我。他从来不敢开口，而我总是感情用事。现在我就比谁都感情用事。女孩子真傻！我一直这么认为。我想我会把他的照片放在枕头底下，整夜都梦到他。想到自己总是违背自己的原则，可真是不舒服。”

塔彭丝想到自己的堕落，可悲地摇摇头。

“我不知道该怎么对朱利叶斯说。哦，我真是个傻瓜！我总得说些什么，他是个典型的美国人，什么事情都要弄个明明白白，他会坚持要我给他一个理由。不知道他在保险箱里是不是真的找到了什么东西……”

塔彭丝的思绪转到另一条路子上去了。她仔细地回想了一遍昨晚发生的事情，不知怎的，那些事情总是和詹姆斯爵士高深莫测的话联系到一起……

突然，她大惊失色，两眼圆睁，失神地盯着前方，瞳孔放大。

“不可能，”她喃喃地说，“不可能！我真的疯了，竟然会这么想……”

太可怕了……但是这就解释了一切……

思考片刻后，她坐下来写了一封信，她仔细推敲着每一个写下的字，最后，满意地点了点头，把信纸装入写有朱利叶斯名字的信封。她从过道走到他的房间门口，敲了敲门。正如她所料，没人应。她把信放在了桌子上。

当她回到自己房间的时候，发现一个小听差正在门外等候。

“您的电报，小姐。”

塔彭丝从托盘里拿起电报，小心地撕开，然后惊叫了一声。电报是汤米发来的！

第十六章　汤米的进一步冒险

汤米慢慢地恢复了知觉，终于睁开了眼睛，但他仍然不知道发生了什么，只觉得太阳穴一阵剧痛。他隐约意识到身处陌生的环境中。他在哪里？发生了什么事？他有气无力地眨了眨眼。这不是丽兹饭店的房间。他的头怎么了？

“该死！”汤米说着，并试图坐起来。他记起来了，他在索霍区一间凶险的房子里。他呻吟了一声，又躺下了。透过微微张开的眼皮，他仔细地观察四周。

“他醒了。”一个声音在汤米耳边说，他马上听出来是那个高效率的大胡子德国人。于是他继续躺在那儿，一动不动。他还无法思考，要等到头疼不那么厉害了，才能动脑想想事情。他努力想搞清楚到底发生了什么。很显然，有人趁他偷听的时候从背后给了他重重的一击。他们把他当成间谍了，十有八九是不会管他的生死的。毫无疑问，他现在身处险境。没有人知道他在哪里，所以他不能指望外界的援助，只能依靠自己的智慧。

“哦，管他呢。”汤米低声自言自语，又重复了一遍先前的话，“该死！”这一次他成功地坐了起来。

德国人马上走上前来，把一个玻璃杯放到他的嘴边，简短地命令道：“喝。”汤米服从了。药水的气味差点儿让他窒息，却神奇地让他的头脑清醒了许多。

他就躺在他们开会的那个房间的沙发上。德国人站在一边，另一边则是那个让他进来、满脸横肉的看门人。其他人站得稍远一点。不过汤米没有看到一号，那个人没和他们在一起。

“感觉好点了吗？”德国人把空杯子拿开的时候问。

“是的，谢谢。”汤米爽快地回答。

“啊，我年轻的朋友，算你幸运，你的头盖骨很厚。康拉德下手可不轻。”他朝满脸横肉的看门人点点头。看门人咧嘴一笑。

汤米费力地扭过头。“哦，”他说，“你就是康拉德，对吗？我觉得我的头盖骨厚也是你的运气。一看到你我觉得有点可惜啊，我让你死里逃生了。”

那人听了咆哮起来，而大胡子男人平静地说：“他可不会冒这样的风险。”

“随便你怎么认为吧。”汤米回答说，“我知道现在都流行贬低警察，但我自己还是很相信他们的。”

他表现得满不在乎。汤米·贝雷斯福德恰恰是那种英国年轻人，虽然智力平平，没有过人之处，但一旦身处困境却能有上乘的表现。他们缺乏自信和谨慎保守的天性就像手套一样可以轻易摘下。汤米很清楚，逃脱的唯一机会就是要靠他自己的智慧，因此在看似漫不经心的外表下，他正在拼命转动脑筋。

德国人冷冰冰的声音在说：“在你被作为间谍处死前，有什么话要说吗？”

“有很多。”汤米用一贯温文尔雅的态度回答。

“你想否认自己在那扇门外偷听吗？”

“我不否认。我真的很抱歉，但是你们的谈话太有趣了，让我顾不得那么多了。”

“你是怎么进来的？”

“亲爱的老康拉德放我进来的啊。”汤米打趣似的冲他一笑，“我有点犹豫是否该建议你让这忠实的仆人领退休金，不过你们真该养一头更好的看门狗。”

大胡子男人转向康拉德，康拉德只能绷着脸，无力地低吼一声为自己辩解。

“他说对了暗号。我怎么会知道……”

“是的，”汤米插话道，“他怎么会知道。不要责怪这可怜的家伙了，正因为他的草率，我才有幸与你们面对面。”

他注意到他的话引起了这群人的不安，但警惕的德国人挥挥手，平息了骚动。

“死人不会告密。”他平静地说。

“啊，”汤米说，“但我还没死！”

“你很快就要死了，我年轻的朋友。”德国人说。

众人低声附和。

汤米的心跳得更快了，但他轻松愉悦的表情却丝毫未变。

“我不这么认为，”他笃定地说，“我离死亡远着呢。”

他能从众人的表情看出，他的话让他们感到困惑。

“你能不能说一个理由，我们为什么不该把你处死？”德国人问。

“好多理由呢。”汤米回答说，“瞧，你一直问我问题，现在换我问你一个。你们为什么不在我恢复知觉之前就把我杀了呢？”

德国人犹豫了一下，汤米乘胜追击。

“因为你不知道我知道多少，以及我是从哪里得到的情报。如果你现在杀了我，就永远无法知道了。”

这时鲍里斯忍无可忍了。他走上前，挥舞着手臂。

“你这该死的间谍，”他尖叫着，“我们马上给你个痛快。杀了他！杀了他！”

掌声雷动。

“听见了吗？”德国人看着汤米，“你还有什么话要说？”

“还说什么？”汤米耸了耸肩，“一群笨蛋。让他们问问自己，我怎么会进来的？别忘了亲爱的老康拉德说的——你们自己的暗号，不是吗？我怎么会知道暗号的？你总不会认为我是随随便便走上楼梯，想到什么就脱口而出吧？”

汤米很满意自己说的最后几句话。他唯一遗憾的是塔彭丝不在场，没能欣赏他的妙语连珠。

“这是真的。”工人模样的男人突然说，“同志们，我们被人出卖了！”

众人乱轰轰地交头接耳。汤米鼓励地对着他们笑。

“这就对了。不用脑子，你们怎么能指望做成事情呢？”

“你必须告诉我们是谁出卖了我们，”德国人说，“但是，这还不足以救你的小命。没错，不足以救命！你得把你知道的一切都告诉我们。鲍里斯知道很多让人开口的办法！”

“呸！”汤米轻蔑地说，压下胃里泛起的不适感，“你既不会折磨我，也不会杀了我。”

“为什么不会呢？”鲍里斯问。

“因为你不会杀了会下金蛋的鹅。”汤米平静地回答。

现场有一瞬间的沉默，仿佛汤米坚持不懈的自信终于征服了他们。他们不再那么肯定了。衣着破旧的男人用狐疑的眼光打量着汤米。

“他是在虚张声势，鲍里斯。”他轻声说。

汤米讨厌这个人。难道被他看穿了？

德国人费力地转向汤米。

“你什么意思？”

“你觉得我是什么意思？”汤米用反问来招架，同时拼命动脑子。

鲍里斯突然冲上前，在汤米面前扬起拳头。

“说，你这个英国猪猡，快说！”

“别那么激动，我的朋友。”汤米平静地说，“你们外国人最糟糕的就是这点，总是无法保持冷静。那么，我问你，我看起来像是害怕你们会杀了我吗？”

他自信地看着周围，很高兴他们无法听到他的心脏因为撒谎而在怦怦乱跳。

“不，”鲍里斯终于绷着脸承认，“你不像。”

感谢上帝，他不会读心术，汤米心想，同时大声地吹嘘自己的优势。

“为什么我这么有信心？因为我掌握的情报足以让我和你们做一笔交易。”

“交易？”大胡子男人突然打断他的话。

“是的，一笔交易。用我的生命和自由来交换……”他顿了顿。

“交换什么？”

这群人拥上前来，屋里安静得可以听到针掉在地上的声音。

汤米慢吞吞地开口说话。

“丹弗斯从美国带到卢西塔尼亚号上的文件。”

他的话像是带了电，每个人都震惊地呆立在原地。德国人挥挥手让他们退后，他俯身向前看着汤米，脸色因为激动而变得青紫。

“好哇！这么说，你搞到了文件？”

汤米格外镇定，他摇摇头。

“那你知道它在哪里？”德国人继续问。

汤米再次摇摇头。“完全不知道。”

“那么……那么……”德国人又急又气，一时竟说不出话来。

汤米朝四周看了看。他看到每个人的脸上都是愤怒和疑惑，但他的镇定已经起到了效果——所有人都觉得他话里有话。

“我不知道文件在哪里，但我相信我能找到。我有一个推论——”

“呸！”

汤米举起手，把不满的声音压下。

“我说这是一个推论，但我对自己掌握的事实非常有把握——这是除了我谁都不知道的。再说，不管怎么样，你们有什么损失呢？如果我能交出文件，你们就还我性命和自由。成交吗？”

“要是我们拒绝呢？”德国人平静地说。

汤米往沙发上一靠。

“二十九日，”他若有所思地说，“不到两个星期了……”

德国人犹豫了一会儿。然后，他朝康拉德做了一个手势。

“带他到另一个房间去。”

汤米在隔壁的昏暗房间里待了五分钟，他的心脏在剧烈地跳动。他刚才是孤注一掷。他们会如何决定？在这期间，痛苦的纠结充斥他的内心。他对康拉德出言不逊，激怒了性格暴躁的看门人，那人差点儿杀了他。

终于，门开了，德国人专横地叫康拉德回去。

“但愿法官没有戴上他的黑帽。”汤米随性地说，“这就对了，康拉德，带我上法庭吧，犯人已经到了，先生们。”

德国人又坐到了桌子后面，他示意汤米坐到他的对面。

“我们接受你的条件，”他厉声说，“不过你必须先把文件交给我们，然后才能放了你。”

“笨蛋！”汤米亲昵地说，“你们把我关在这里，我怎么去找文件呢？”

“那你想怎么样？”

“我必须要有自由，能按我自己的方式去办这事。”

德国人笑了。

“你以为我们是小孩子，凭你花言巧语许下的空头支票，就会放你走了？”

“不，”汤米沉思道，“虽然这对我来说很方便，但我也没奢望过你们你会同意这个计划。好吧，我们折衷一下。你让小康拉德跟着我怎么样？他是个忠诚的家伙，而且非常愿意使用他的拳头。”

“我们更愿意你留在这里。”德国人冷冷地说，“我们的人会去执行你的指示。如果情况复杂，他会回来报告，你可以给他进一步的指示。”

“你这是对我缚手缚脚。”汤米抱怨道，“这是一件非常棘手的事，其他人很可能会搞砸，我不相信你们中有人有这份机智。”

德国人敲着桌子。

“这就是我们的条件。否则你就是死路一条！”

汤米往椅背上一靠，一脸疲惫。

“我喜欢你的风格。简单，但有说服力。那就这样吧。不过有一点，我必须见见那个姑娘。”

“什么姑娘？”

“当然是简·芬恩。”

对方好奇地看了他几分钟，然后慢慢地开口说话，仿佛在斟酌合适的措辞。

“你不知道她什么都无法告诉你吗？”

汤米的心跳加快。他终于能够和这个他一直在寻找的女孩儿见面了吗？

“我不会要求她告诉我任何事情，”他平静地说，“就说几句话。”

“那你为什么要见她？”

汤米顿了顿。

“我想当面问她一个问题。”他最后说。

德国人的眼中再次闪现某种神色，汤米没搞明白。

“她无法回答你的问题。”

“没关系。我只要当面问她就可以。”

“你觉得这样就能发现什么吗？”德国人发出一声短促且令人不快的笑声。汤米越发觉得有某种他不理解的地方。德国人打量着他。“我很好奇，你到底是不是真的知道那么多？”他轻轻地说。

汤米觉得自己的优势没有前一刻那么明显了。他的信心消退了一点点。他很困惑，他说错了什么吗？他脱口而出：“也许有些事情是你们知道而我不知道的，我也没有假装自己知道所有细节。但同样的，我掌握的有些事情是你们所不知道，而这也正是我的优势所在。丹弗斯是一个绝顶聪明的家伙……”他突然停住，好像透露了太多似的。

不过，德国人的脸色缓和了一些。

“丹弗斯，”他喃喃地说，“我明白了……”他停顿了一分钟，然后朝康拉德一挥手，“把他带走，去楼上……你知道的。”

“等一下，”汤米说，“那姑娘怎么办？”

“也许可以安排。”

“必须得安排。”

“我们会看着办。只有一个人能做决定。”

“谁？”汤米问，但他知道答案。

“布朗先生——”

“我能见见他吗？”

“也许吧。”

“走吧。”康拉德厉声说。

汤米乖乖地站起来。出了房门，他的狱卒示意他上楼梯，他本人紧随其后。上楼后，康拉德打开一扇门，让汤米进入一个小房间。康拉德点上一盏嘶嘶作响的煤气灯，然后走了出去。汤米听到钥匙在锁孔里转动的声音。

他开始检查他的牢房。这个房间比楼下那间更小，而且让人觉得密不透风。然后他才发现这个房间没有窗户。他在里面转悠。墙壁和其他地方一样肮脏不堪，四幅取材于《浮士德》的画挂在墙上。玛格丽特与她的珠宝箱，教堂的场景，西比尔和他的鲜花，浮士德和梅菲斯特。最后一幅让汤米再次想起布朗先生。密闭的空间加上厚重的房门，他感到与世隔绝，而罪魁祸首——那股邪恶的力量——显得更加真实了。就算他大喊大叫也没有人会听见，这个地方就是一座活生生的坟墓……

汤米努力振作起来。他倒在床上认真思索，脑袋疼得厉害，而且他很饿。这地方甚至一点动静都没有，实在令人沮丧。

“无论如何，”汤米试图让自己振作，“我将要见到他们的首脑，神秘的布朗先生了。而且运气好的话，我还会见到神秘的简·芬恩。在那之后……”

在那之后，汤米不得不承认前景黯淡。

第十七章　安妮特

有在眼前的烦恼，对于未来的担忧反而很快就烟消云散了。眼前最直接、最紧迫的是——饥饿。汤米有着年轻人健康、充满活力的好胃口。吃着牛排和薯条的午餐似乎已经是上辈子的事情了。他不无遗憾地认识到这样一个事实，他要是想以绝食抗议，肯定不会成功。

他在牢房里漫无目的地徘徊。有一两次，他放弃尊严拍打房门。但没有人理会。

“见鬼！”汤米愤怒地说，“他们该不是要饿死我吧。”他的脑海中产生了新的恐惧，有可能，也许，这就是所谓的鲍里斯的那些让囚犯开口的“漂亮手段”之一吧。但仔细想想，他又排除了这种可能。

一定是那个臭着一张脸的野蛮人康拉德，他想，这些天我都要和这家伙打交道了，我敢肯定，他的花样还多着呢。

他进一步想，要是拿件什么东西往康拉德那蛋形的脑袋上一砸，该是多么大快人心。汤米轻轻地摸摸自己的脑袋，陶醉在想象的乐趣中。最后，一个聪明的念头闪过他的脑海，为什么不把想象变成现实呢？康拉德无疑住在这栋房子里，其他人，除了大胡子德国人外，只是把这里作为一个聚点。因此，为什么不埋伏在门后，等康拉德进来时用一把椅子，或一个旧画框，狠狠地砸在他的头上。当然，他要小心下手不要太重了。然后……然后他就轻轻松松地出门走掉！如果途中碰到什么人，那么……汤米打算用拳头来应付。比起今天下午的唇枪舌战，他更擅长这种事情。说干就干，汤米轻轻地从墙上取下魔鬼与浮士德，找好自己的藏身之处。他抱着很大的希望，这个计划在他看来虽然简单，却十分完美。

时间一分一分过去，但康拉德一直没有出现。在这个牢房一样的房间里，白天和黑夜没什么不同，但汤米的手表走得很准，告诉他现在是晚上九点。汤米沮丧地想，要是晚饭还不送来，估计早餐也成问题。到了十点钟，他彻底放弃了希望，倒在床上，想在睡梦中寻找安慰。五分钟后，他睡着了。

钥匙在锁孔中转动的声音把他从沉睡中惊醒。不像那些出名的英雄，一醒来就完全清楚自己的处境，汤米只是对着天花板眨了眨眼，想弄明白自己在哪里。然后，他想起来了。他看了看手表，是早晨八点钟。

不是早茶就是早餐，汤米推断，上帝保佑是后者！

门开了。太晚了，汤米这才想起他要偷袭一脸恶相的康拉德的计划。不过片刻之后，他又为此感到高兴，因为进来的不是康拉德，而是一个女孩儿。她把一个托盘放到桌子上。

借着煤气灯微弱的光线，汤米瞧了瞧她。他当即认定，这是他见过的最漂亮的姑娘。浓密的棕色头发闪耀着金色的光芒，仿佛有阳光关在里面，要挣脱出来。她有一张野玫瑰一般的脸，眼睛很大，眼珠是金榛色的，再次让他联想到阳光。

一个出其不意的想法突然闪过汤米的脑海。

“你是简·芬恩吗？”他问，大气也不敢喘。

女孩儿疑惑地摇摇头。

“我的名字叫安妮特，先生。”

她说一口温软、蹩脚的英语。

“哦！”汤米吃了一惊，“法国人？”他大胆地猜测。

“是的，先生。先生会说法语？”

“不怎么会。”汤米说，“那是什么？早餐吗？”

女孩儿点点头。汤米下床走到桌旁，查看托盘里的东西。有面包、黄油和一壶咖啡。

“生活水准没法和丽兹比，”他叹了口气，“不过对于我们得到的食物，还是要谢主恩赐，阿门。”

他搬来一张椅子，女孩儿转身向门口走去。

“等一下，”汤米喊道，“我有很多事情要问你，安妮特。你在这栋房子里干什么？不要告诉我你是康拉德的侄女或女儿，或任何人，因为我不会相信的。”

“我是这儿的用人，先生。我不是谁的亲戚。”

“我明白了。”汤米说，“你记得我刚才问你的问题吧，你有没有听说过那个名字？”

“我想我听到有人提起过简·芬恩。”

“你知不知道她在哪儿？”

安妮特摇摇头。

“那么，她不在这栋房子里？”

“哦，不，先生，我必须走了，他们会四处找我的。”

她匆匆离开了，钥匙再次在锁孔里转动。

我很好奇“他们”是谁，汤米一边思索，一边埋头大口吃面包。运气好的话，那女孩儿可能可以帮助我离开这里，她看起来并不像这个团伙的人。

下午一点钟的时候，安妮特又出现了，带着另一个托盘，但这次康拉德陪着她。

“早上好，”汤米亲切地说，“我看你还没有用梨牌香皂吧。”

康拉德威胁地咆哮了一声。

“没有幽默感，是不是，老朋友？好了，好了，我们不能奢求才貌双全。午饭吃什么？炖肉？我是怎么知道的？基本演绎法，我亲爱的华生，这肯定是洋葱的气味。”

“爱说就说吧，”那男人哼了一声，“也许你就这么点说话的时间了。”

这句话里透出的意味令人很不愉快，但汤米未加理会。他在桌子旁坐了下来。

“退下吧，仆人，”他说着，挥了挥手，“唠唠叨叨不是你擅长的。”

晚上，汤米坐在床上，思索着。康拉德会不会再陪着女孩儿来？如果他没来，他是不是应该冒险发展她为盟友？他决心要想尽一切办法，他现在已经走投无路了。

八点钟，熟悉的钥匙在锁孔里转动的声音让他一跃而起。女孩儿是一个人来的。

“把门关上，”他命令道，“我想和你谈谈。”她服从了。

“看这里，安妮特，我想让你帮我逃出这里。”

她摇摇头。

“不可能，楼下还有三个他们的人。”

“哦！”汤米心里暗暗感激她提供的信息，“但是，如果可能的话，你会帮我的，对吗？”

“不，先生。”

“为什么不呢？”

女孩儿犹豫了。

“我认为……他们是自己人。你暗中监视他们，所以他们把你关在了这里，他们这么做是完全没错的。”

“他们是坏人，安妮特。如果你帮我，我会带你离开这群坏蛋。而且你可以得到一大笔奖金。”

但女孩儿只是摇摇头。

“我不敢，先生，我怕他们。”

她转身要走。

“你愿不愿意帮助另一个女孩儿？”汤米喊道，“她和你一样大。你愿不愿意救她脱离魔掌？”

“你是说简·芬恩？”

“是的。”

“你来这里就是为了找她的，对吗？”

“正是如此。”

女孩儿看着他，一只手抚上额头。

“简·芬恩。我总是听到这个名字。好熟悉。”

汤米热切地走上前。

“你一定知道一些关于她的事情。”

但女孩儿猛地转身走了。

“我什么都不知道，只听说过这个名字。”她向门口走去。突然，她惊叫了一声。汤米一愣。原来她看见了他前一天晚上从墙上取下来的那幅画。有那么一瞬间，他看到她眼中闪过一丝恐惧，不过随后就莫名其妙地缓和了下来。然后她就突然走出了房间。汤米对此十分不解，她会不会认为他打算攻击她呢？应该不会。他想了想，还是把画重新挂回了墙上。

三天无所事事地过去了，汤米感到神经越来越紧张。除了康拉德和安妮特，他什么人都没看见。而那个女孩儿现在就像个哑巴似的，偶尔开口也只说一两个字。她眼中的疑虑日益增长。汤米觉得，如果再这么被关下去，他会发疯的。他从康拉德的话中推断，他们正在等待“布朗先生”的命令。汤米猜测布朗先生可能出国或去了外地，他们不得不等他回来。

但第三天晚上，情况急转直下。

大概七点钟时，他听到外面的走廊上传来脚步声。片刻之后，门被踹开了，康拉德走了进来。跟他一起的是那个外表凶恶的十四号，汤米的心一沉。

“晚上好，老兄。”那人瞥了他一眼，“绳子准备好了吧，伙计？”

一直没说话的康拉德拿出一捆结实的绳子，十四号立刻用绳子捆绑汤米的手脚，手法十分娴熟。而康拉德压制着汤米。

“该死的，你们要干什么？”汤米挣扎着。

但康拉德那不出声却阴险的笑容让汤米闭上了嘴。

十四号迅速完成了他的任务。汤米被绑得动弹不得。康拉德终于说话了。

“你以为把我们唬住了，对吗？故弄玄虚地说什么你知道什么、不知道什么，想跟我们讨价还价！从头到尾都是谎话！谎话！你知道的还没一只小猫多。现在你的日子到头了，你这只——猪。”

汤米一声不响地躺在那里。没有什么可说的。他失败了。不知怎的，神通广大的布朗先生看穿了他的把戏。突然，他有了一个主意。

“讲得非常好，康拉德。”他赞许地说，“既然如此为什么还要大费周章地搞这一出？为什么不直接让这位好心的先生立马割断我的喉咙呢？”

“接着编吧，”十四号突然接话，“你以为我们会在这里做掉你，把警察招来吗？才怪！我们已经为大老爷您准备了明天早上的马车了，不过在那之前，我们是不会动手的，明白了吗？”

“你的话说得明明白白，没什么问题，”汤米说，“有问题的是你的脸。”

“闭嘴。”十四号说。

“我很乐意。”汤米回答说，“你们正在犯一个可悲的错误，受损失的是你们。”

“你不要再骗我们了，”十四号说，“你以为你还在豪华的丽兹饭店吗？”

汤米没有回答，他非常好奇布朗先生是怎么发现他的身份的。他猜可能是塔彭丝因为太担心他，所以去了警察局。他失踪的消息一公开，这个团伙的人马上就把两件事对上号了。

两个男人走了，门砰的一声关上了。汤米又陷入了沉思。他们可不是体贴的人，他已经感到四肢僵硬、抽筋。他十分无助，看不到一点希望。

大约一个小时过去，他听到钥匙轻轻转动的声音，门开了。是安妮特，汤米的心跳得很快。他已经忘了这个女孩儿了。她会不会是来帮他的呢？

突然，他听到了康拉德的声音。

“出来，安妮特，今天晚上不用给他送饭。”

“好的，好的，我知道了。可是我必须把托盘拿走，我们要用上面的餐具。”

“好的，那快点儿。”康拉德吼道。

女孩儿瞧都没瞧汤米，径直走到桌边，拿起托盘。她举起一只手，把灯灭了。

“干什么？”康拉德走到门口，“你为什么把灯熄了？”

“我一直这么做啊。你应该早点儿告诉我。要我重新把灯点上吗，康拉德先生？”

“不用了，出来吧。”

“我的天哪，”安妮特大声说，黑暗中，她在床边站住了，“你们把他绑得真紧，是吗？他就像一只被捆起来的烤鸡。”她开心的语气让汤米觉得有些刺耳，但就在此时，令他惊奇的是，他感觉到她的手轻轻地在他的绳结上摸过，把一个冰冷的小东西塞到了他的手心。

“出来吧，安妮特。”

“我来了。”

门关上了。汤米听到康拉德说：“锁上门，把钥匙给我。”

脚步声渐渐远去。汤米还惊奇地躺在那儿。安妮特塞入他手中的是一把小刀，刀刃已经打开。从她刻意不去看他的样子，以及她关灯的行为，他猜测这个房间应该是被监视着的。墙上某处一定有窥视孔。想起平时她那谨慎的样子，他明白了，自己一直被人监视着。他说过什么会泄露身份的话吗？几乎没有。他说过想要逃跑，也说过想找到简·芬恩，但并没有透露任何关于自己身份的线索啊。的确，他问安妮特的问题说明他并不认识简·芬恩，但他也并未假装否认这一点。现在的问题是，安妮特真的知道更多内情吗？她的矢口否认是故意对偷听的人说的，还是真话？这一点汤米还无法下定论。

不过，眼下有个更重要的问题。他被捆得这么紧，到底有没有办法割断绳子呢？他小心翼翼地用刀片在手腕之间的绳子上来回地割着。

这是一项艰难的工作，他不时发出“嗷”的痛苦叫声，因为刀子不小心割进了肉里。但是，他还是慢慢地、坚持不懈地来回割着。手腕被刀划得很厉害，不过终于把绳索割断了。双手恢复自由后，剩下的就很容易了。五分钟后，汤米艰难地站了起来，双脚发麻。他首先要做的是包扎流血的手腕，然后坐在床沿上思考。康拉德拿走了钥匙，所以不大能指望安妮特有别的办法了。唯一的出口就是房门，所以他只能等那两个人回来带他。不过，等到他们回来的时候……汤米笑了！他在黑暗的房间里小心地摸索，找到并取下了那幅名画。想到自己的第一个计划没有浪费，他感到一种勤俭节约的自得。现在无事可做，只有等待。他等待着。

夜晚过得非常缓慢。汤米熬过了漫长的数个小时，终于听到了脚步声。他笔直地站着，深深地吸了一口气，手紧紧地抓着画框。

门开了。微弱的光线从外面投进房间。康拉德径直走向煤气灯，点燃它。汤米深感遗憾，第一个进来的是他，无法对他实施愉快的报复。十四号紧随其后，当他跨过门槛时，汤米用尽全力把画框砸在他的头上。伴随着玻璃破碎的巨大声响，十四号倒下了。汤米趁机溜了出去，并关上了门。钥匙还在锁孔里，他把钥匙一转，抽了出来，康拉德在里面撞着房门，大声咒骂着。

汤米迟疑了一会儿。楼下有人走动，然后德国人的声音从楼梯那儿传来。

“老天！康拉德，出什么事了？”

汤米感到一只小手抓住了他的手，安妮特出现在他身边。她指着一个摇摇晃晃的梯子，显然是通往阁楼的。

“快！上去！”她拉着他爬上梯子。不一会儿，他们就站在了一个堆满灰尘、放着木材的阁楼里。汤米朝四周看了看。

“这没用。这是个陷阱，没有出路的。”

“嘘！等等。”女孩儿把手指放在唇边，蹑手蹑脚地走到梯子顶部，凝神听着。

拍门的声音非常响，德国人和其他人都试图破门而入。安妮特低声解释道：“他们以为你还在里面，他们听不清康拉德说的话，门板太厚了。”

“我还以为你们能听到房间里的动静呢。”

“隔壁房间有一个窥视孔，你很聪明，猜到了。但他们不会想到这一点，现在他们只想进去。”

“是的……但是这里……”

“交给我吧。”她弯下腰。令汤米吃惊的是，她把一根长绳子的一端绑在一个破了个洞的水壶的手柄上。她认认真真地弄好，然后转向汤米。

“你有没有门的钥匙？”

“有。”

“给我。”

他递给她。

“我要下去了。你能不能下到楼梯一半，然后藏到梯子后面去，让他们看不到你？”

汤米点点头。

“楼梯转角处有个大橱柜，你就站在那个橱柜后面，把绳子的这端拉住，等我把那两个人放出来的时候，你就使劲儿一拉！”

还没等他来得及问她别的事，她已经轻快地从楼梯上下去，并加入到下面那群人中，大声地喊着：“天哪！天哪！这是怎么回事？”

德国人转过头，对她吼道：“走开。回你的房间去！”

汤米非常小心地在梯子后面藏好。只要他们不要回头……一切都很好。他蹲在柜子后面，那群人还在他和楼梯之间。

“啊！”安妮特似乎绊到了什么东西，她弯下腰，“天哪，是钥匙！”

德国人一把抢过，打开门。康拉德跌跌撞撞地出来，嘴里骂个不停。

“他在哪里？你们抓到他了吗？”

“我们没看到人。”德国人厉声说，脸色变得苍白，“你什么意思？”

康拉德又是一阵咒骂。

“他跑了。”

“不可能，他要跑必须经过我们。”

就在这时，汤米开心地笑着，拽动了绳子。阁楼上传来陶器破碎的声音。这群人瞬时争先爬上摇摇晃晃的梯子，不一会儿就消失在黑暗中。

电光火石间，汤米从他的藏身之处一跃而出，拉上女孩儿一起冲下楼梯。大厅里没有一个人。他摸索着门栓，终于开了门。他转过身，安妮特不见了。

汤米站在那儿，呆住了。难道她又到楼上去了？她难道疯了吗！汤米有些生气，但他坚持自己的立场。他不会丢下她一个人走的。

突然头顶传来激烈的争论声，先是德国人，然后是安妮特的声音，清晰尖厉。

“哎哟，他逃了！那么快！谁想得到呢？”

汤米定定地站在那里。这是让他走的命令吗？他觉得是。

然后，那个声音更大了，飘然而下。

“这是一栋可怕的房子，我想回玛格丽特那里去。玛格丽特。玛格丽特！”

汤米已经跑回到楼梯那儿了。她叫他走，不要管她。为什么？不管怎么样，他一定要想办法带她一起走。这时，他的心一沉。康拉德从楼上冲下来了，看见汤米，他发出一声野蛮的叫声。他后面还跟着其他人。

汤米用一记拳头阻止了康拉德下冲的势头。他的拳头正中对方的下颚，康拉德像根木头似的从楼梯上栽下。跟上来的第二个男人也被他绊倒了。楼梯间上面有光一闪，一颗子弹从汤米的耳朵边擦过。他明白，为了活命，他必须尽快离开这栋房子。至于安妮特，他无能为力。而且他与康拉德扯平了，这让他感到心满意足。刚才那一拳打得不错。

汤米跃出门，猛地把门关上。广场上空无一人，房子前面停着一辆面包店的车子。显然，这就是准备把他带出伦敦的车子，然后他的尸体将在远离这栋房子的地方被发现。司机从车里跳到路上，试图阻止汤米。汤米的拳头再次挥出，司机被打趴在人行道上。

汤米拔腿就跑——能跑多快跑多快。前门开了，子弹密密地朝他射来，幸亏没有一颗打中他。他在广场的一角拐了个弯。

有一件事，他心想，会使他们有所顾忌，如果他们继续开枪，就会把警察引来。我想他们应该不敢那么做。

他听到身后追赶者的脚步声，就加快了步伐。一旦离开这些小路，他就安全了。大路上会有警察——如有可能，他并不真的想向警方求助，因为向警方解释起来将会非常麻烦。很快，他的运气来了。他撞上了一个躺在地上的流浪汉，那个人起身大叫并且沿着大街跑起来。汤米退到一栋房子的门边。过了一分钟，他看到追赶他的两个人，其中一个是那个德国人，他们去追那条红鲱鱼[①] 了！

①红鲱鱼是侦探小说中的专有名词，指文中误导思路的诱饵。

汤米静静地在门前的台阶上坐下，等了几分钟，好让自己的气喘平息。然后，他起身向相反方向慢慢走去。他看了看手表，现在是五点半多一点点。天亮得很快。在下一个拐角处，他遇到了一个警察，警察用怀疑的眼光打量着他。汤米感到有些生气。然后，他的手摸上自己的脸，笑了。他已经三天没有梳洗了！他的样子一定邋遢不堪。

他去了一家土耳其浴澡堂，他知道这家是通宵营业的，然后痛痛快快地洗了个澡。走出澡堂，天已大亮，他感觉自己焕然一新，能够着手新的计划了。

首先，他必须好好吃一顿。自昨天中午以来，他就没吃过任何东西了。他走进一家普通的餐馆，点了鸡蛋、培根和咖啡。吃东西的时候，他打开放在面前的晨报。突然，他愣住了。有一篇关于克雷默宁的长篇报道，这个人被形容为俄罗斯帝国“布尔什维克背后的操纵者”，而且他刚刚抵达伦敦，据说是作为非官方特使。文章轻描淡写地介绍了他的职业生涯，并且坚定地断言，是他而非那位有名无实的领袖，才是俄国革命的始作俑者。

报纸的中央是他的照片。

“那么这就是一号了，”汤米说，嘴里塞满了鸡蛋和培根，“毫无疑问，我必须要抓紧时间了。”

他付了早餐钱，匆匆赶往白厅。他报上姓名，并说有紧急情况要汇报。几分钟后，他出现在一位在此地并不叫“卡特先生”的人面前。那人见到他，皱起了眉头。

“听着，你不应该这样来见我，我以为你是明白这一点的。”

“我知道，先生，但我认为现在重要的是抓紧时间。”

然后他简明扼要、又尽可能详细地报告了自己最近几天的经历。

他报告的中途，卡特先生打断了几次，打了几通电话下达了秘密的指令。他脸上的不悦已经消失了。当汤米报告完毕，他用力地点了点头。

“你说得对，每一刻都很重要。恐怕我们已经来不及了。他们不会坐以待毙，一定都撤离干净了。尽管如此，他们可能还是留下了一些线索。你说你认出一号是克雷默宁？这一点很重要。我们需要一些对他不利的证据，以防内阁轻易地被他牵着鼻子走。其他人怎么样？你说有两张面孔很熟悉是吗？你觉得一个是劳工领袖？你来看看这些照片，看看是否有他。”

一分钟后，汤米拿起了一张照片。卡特先生有些惊喜。

“啊，韦斯特维！真没想到，他一直伪装成温和派。至于其他人，我想我可以猜个八九不离十。”他把另一张照片递给汤米，看见汤米吃惊的样子，他笑了，“看来我猜对了。他是什么人？爱尔兰人。杰出的保守党议员。当然，这都是为了遮人耳目。我们怀疑他，但没有任何证据。是的，你干得非常好，小伙子。你说他们定的是二十九日。我们的时间很少了——确实很少。”

“但是……”汤米犹豫了。

卡特先生看出了他的想法。

“我想我们还可以应付总罢工的威胁，虽然胜负难料，但我们已经有了一个公平竞争的机会！但是，如果这个条约草案被公布于世……我们就完蛋了。英国将陷入无政府状态。啊，那是什么？车子来了？来吧，贝雷斯福德，我们这就去看看你的那栋房子。”

有两名警员在索霍区的那栋房子前执勤。督察低声向卡特先生报告，后者转身告诉汤米。“鸟儿已经飞走了，正如我们预料的那样。我们不妨再去搜查一番。”

搜查这栋被遗弃的房子对汤米来说好像做梦一样。一切都和离开的时候一样。关押他的房间里歪斜的画，阁楼上的破水壶，会议室的长桌。但没有丝毫文件的踪影。任何与之有关的东西要么被销毁，要么被带走了。也没有安妮特的踪影。

“你告诉我的关于那姑娘的事让我疑惑不解，”卡特说，“你认为她是故意回去的？”

“看起来是这样的，先生。我开门的时候她跑上楼去了。”

“嗯，看起来她是和他们一伙的，也许，作为一个女人，她不愿意看到一个风度翩翩的小伙子被杀死。但是很显然，她是跟他们一伙的，不然她不会回去。”

“我不能相信她真的是和他们一伙的，先生。她……看上去与众不同……”

“很漂亮吧，我猜？”卡特先生笑着说。汤米的脸都红到耳根了，他颇不好意思地承认了安妮特的美貌。

“顺便说一句，”卡特先生说，“你见过塔彭丝小姐了吗？为了你，我都快被她的信轰炸死了。”

“塔彭丝？我担心她可能会惊慌失措。难道她去报警了？”

卡特先生摇摇头。

“那我就不明白他们是怎么看穿我的了。”

卡特先生不解地望着他，汤米作了解释。卡特先生若有所思地点点头。

“没错，这一点相当奇怪。除非提及丽兹饭店只是一个巧合？”

“有可能，先生。但是，他们一定是通过什么途径，突然发现了我的真实身份。”

“好了。”卡特先生说着看看他，“这儿暂时没什么事了。跟我一起吃午饭怎么样？”

“非常感谢，先生。不过，我最好还是赶快回去见塔彭丝。”

“当然。代我向她致意，并且告诉她，下次不要认为你会轻易被人杀掉。”

汤米笑了。

“要杀我可不容易，先生。”

“我也这么想。”卡特先生不带感情地说，“好吧，再见。记住，你现在是个引人注目的人了，要小心留神。”

“谢谢你，先生。”

汤米叫了一辆出租车，向丽兹饭店疾驰而去。一路上他设想着待会儿塔彭丝见到他该会多么惊喜。

不知道她这几天都在忙什么，很可能是跟踪“丽塔”。对了，安妮特说的玛格丽特一定就是指她，那时候我没想到这一点。发现这一点让他有点难过，因为这证明了范德迈耶太太和那个女孩儿关系密切。

出租车到达丽兹。汤米急切地冲进酒店大厅，不过他的热情被浇了一盆冷水。他被告知，考利小姐大概一刻钟前出去了。

第十八章　电报

一时受挫，汤米便信步走进餐厅，点了一顿丰盛的午餐。四天的牢狱生活教会了他要珍视美食。

正当他把一块精挑细选的烤比目鱼送到嘴里时，恰好瞧见朱利叶斯走了进来。汤米高兴地挥舞手中的菜单，成功地吸引了对方的注意力。一看到汤米，朱利叶斯吃惊得眼珠子都要掉出来了。他大步走过来，激动地紧紧握住汤米的手，力道大得让后者吃惊。

“老天！”朱利叶斯惊呼，“真的是你？”

“当然是我。为什么不是呢？”

“为什么不是？喂，老兄，你不知道有人以为你已经死了吗？我还以为再过几天我们不得不为你举办一场庄严的安魂弥撒了呢。”

“谁以为我死了？”汤米问。

“塔彭丝。”

“我猜她一定是想起了那句天妒英才的谚语。而我大概是因为一些罪过尚未得赎所以活了下来。顺便问一句，塔彭丝在哪儿？”

“她没在这里吗？”

“没有，前台的人说她刚刚出去了。”

“大概买东西去了吧，我猜。大约一小时前我开车送她回来的。不过，我说，你能不能放下你们英国人的冷静，认真对待此事？这些天你到底干什么去了？”

“如果你打算在这儿吃饭，”汤米说，“现在就点菜吧。说来话长。”

朱利叶斯坐到桌子对面的椅子上，唤来服务员点菜。然后他转向汤米。

“说吧。我猜你一定经历了不少冒险。”

“是有那么一两桩。”汤米谦虚地回答，并开始了他的叙述。

朱利叶斯听得津津有味，甚至忘了吃，摆在他面前的菜一半都没动。末了，他长长地叹了一口气。

“真有你的！简直像廉价小说里的情节！”

“现在，该听你说大本营的故事了。”汤米说，伸手拿了一个桃子。

“我们……呃，”朱利叶斯慢吞吞地说，“我不介意承认，我们也经历了一些冒险。”

现在轮到他当讲故事的人了。从他在伯恩茅斯失败的侦察开始，他讲了返回伦敦，购买汽车，塔彭丝日益增长的担忧，拜访詹姆斯爵士，以及前一天晚上发生的轰动事件。

“可是，是谁杀了她？”汤米问，“我不太明白。”

“医生说她是自己服药过量，但我觉得不是。”朱利叶斯回答。

“那詹姆斯爵士呢？他怎么想的？”

“作为一个法律界的知名人士，他守口如瓶。”朱利叶斯回答说，“不，我应该说他‘有所保留’。”接着，他详细地描述了早上的事情。

“失忆了……是吗？”汤米饶有兴趣说，“怪不得，这就解释了为什么我说要问她问题的时候，他们那么奇怪地看着我了。这是我疏忽大意的地方！不过这种事情谁猜得到呢。”

“他们没有给你任何关于简在哪里的暗示吗？”

汤米遗憾地摇摇头。

“一个字都没透露。我有点笨，你也知道。我本来应该从他们那里套到更多情报的。”

“我觉得你能回到这儿来就已经很幸运了。你虚张声势唬住他们那一招简直绝了。你怎么想到的，我真是佩服得五体投地！”

“当时情况危急，我不得不想点办法。”汤米实事求是地说。

他们沉默了一会儿，然后汤米谈起范德迈耶太太的死。

“是三氯乙醛无疑吗？”

“我觉得没错。至少他们说是药物过量引起的心脏衰竭。这样也好。我可不想被牵扯进验尸审讯之类的麻烦事。我觉得塔彭丝和我，甚至包括高高在上的詹姆斯爵士，都有同样的想法。”

“是布朗先生干的？”汤米大胆设问。

“毫无疑问。”

汤米点点头。

“他和我们一样，”他若有所思地说，“布朗先生没有翅膀。我不明白他是怎么进出的。”

“会不会是什么高级的意念杀人的手段？磁场之类的，使范德迈耶太太无法抗拒，从而实施自杀？”

汤米肃然起敬地看着他。

“厉害，朱利叶斯。真不错。尤其是你用的这些术语。不过这让我浑身发冷，我宁可要一个真正有血有肉的布朗先生。我觉得才华横溢的年轻侦探应该投入工作，研究入口和出口，拍拍脑袋，直到找到谜题的答案。让我们去犯罪现场转转吧。我希望能找到塔彭丝。丽兹饭店将因为我们欢乐的团聚场面而增色不少。”

他们咨询了前台，发现塔彭丝还没有回来。

“不管怎么说，我觉得还是得到楼上看看，”朱利叶斯说，“她说不定在我的客厅里。”他离开了。

突然，一个个子矮小的男孩儿碰了碰汤米的手肘。

“那位年轻的女士……她搭火车走了，先生。”他腼腆地低声说。

“什么？”汤米转过身，低头问。

小男孩儿的脸更红了。

“出租车，先生。我听到她告诉司机去查令街十字，而且要快。”

汤米瞪着他，眼睛因为惊讶而睁得老大。小男孩儿壮着胆子继续说：“她要了一本《ABC铁路指南》和一份《全国火车时刻表》。”

汤米打断他的话：“她什么时候要的《ABC铁路指南》和《全国火车时刻表》？”

“我把电报拿给她的时候，先生。”

“一封电报？”

“是的，先生。”

“那是什么时候？”

“大约十二点半，先生。”

“告诉我到底发生了什么。”

小男孩儿深深地吸了一口气。

“我拿了一封电报去八九一号房——那位女士住在那里。她打开电报，深深地喘了口气，然后她很开心地说：‘给我一份《全国火车时刻表》和《ABC铁路指南》，快点儿，亨利。’我的名字不叫亨利，而是——”

“别管你的名字了，”汤米不耐烦地说，“继续说。”

“好的，先生。我给她拿来了，她让我等着，她在查什么东西。然后她抬头看看时钟，对我说：‘快点儿，告诉他们给我叫一辆出租车。’她在镜子前戴好帽子，三步并作两步地从楼梯上下来，跑得几乎和我一样快。我看见她跑下台阶，钻进出租车，我还听到她说的话，就是我刚才告诉你的那些。”

小男孩儿停下来，喘口气。汤米还是目不转睛地盯着他。就在这时，朱利叶斯回来了，手里拿着一封已经打开了的信。

“我说，赫谢默，”汤米转向他，“塔彭丝自己跑去侦查了。”

“岂有此理！”

“是的，她走了。她收到一封电报，就匆匆忙忙搭出租车去了查令街十字。”他的目光落到朱利叶斯手里的信上，“哦，她给你留了便条。那就好。她去哪里了？”

几乎是下意识的，汤米伸手去拿信，但朱利叶斯把信折起来，放到了自己的口袋。他似乎显得有点尴尬。

“我想这封信和那事没有关系。这是另一回事，我问她了一件事，她回复了我。”

“哦！”汤米看起来一脸疑惑，似乎在等待更多的解释。

“算了。”朱利叶斯突然说，“我最好还是跟你挑明吧。今天早上我向塔彭丝小姐求婚了。”

“哦！”汤米机械地说。他感到一阵眩晕。朱利叶斯的话完全出乎他的意料。一时间，他的大脑一片空白。

“我要告诉你，”朱利叶斯继续说，“在跟塔彭丝小姐提出那种请求之前，我说得很清楚，我不想介入她和你之间——”

汤米回过神来。

“没关系，”他飞快地说，“塔彭丝和我是多年的好朋友，仅此而已。”他用颤抖的手点了一支烟，“这再好不过了。塔彭丝总是说，她要找个……”

他突然停住了，满脸通红，但朱利叶斯毫不在意。

“哦，我想我靠的是美金。塔彭丝小姐立马就告诉我这一点了。她一点也不虚伪，我们在一起应该会相处得非常好。”

汤米好奇地盯着他看了一分钟，想要说话，又改变了主意，什么也没说。塔彭丝和朱利叶斯！是啊，为什么不呢？她不是总感叹一个有钱人也不认识吗？她不是曾坦率承认，说如果有机会，就要嫁个有钱人吗？她遇见了这个年轻的美国富豪，正好给了她机会——她不可能放过的。她爱钱如命，她总是这样说。难道因为她一直忠于自己的信念就要怪她？

虽然汤米没有怪她，内心却充满了强烈的、莫名其妙的不满。这种事情口头说说没有什么，但一个真正的女孩儿不应该为了钱而结婚。塔彭丝真是个冷血自私的人，他宁愿再也不要见到她！这真是个糟糕透顶的世界！

朱利叶斯的声音打断了汤米的沉思。

“是的，我们在一起应该会相处得非常好。我听说女孩儿第一次总是会拒绝你——约定俗成吧。”

汤米抓住了他的胳膊。

“拒绝？你是说拒绝吗？”

“是啊。我不是告诉你了吗？她只是说了个‘不’，但没有任何理由。就像德国人说的，‘永恒的女性’。但她会回心转意的，我会劝她回心转意——”

但汤米没礼貌地打断了他。“那她在信里说什么了？”他激动地问。

朱利叶斯乖乖地把信递给他。

“没有任何她要去哪里的线索。”他向汤米保证，“如果你不相信我，你可以自己看看。”

这封信上是塔彭丝那著名的小学生一样的字体，内容如下：

亲爱的朱利叶斯，

我想还是白纸黑字说得清楚。在汤米没找到之前，我没有心思考虑结婚的问题。让我们把这事先放一放，以后再说吧。

你诚挚的

塔彭丝

汤米把信递回给朱利叶斯，双眼闪闪发亮。他的情感也经历了大起大落。他现在觉得塔彭丝是那么高尚和无私。她没有斩钉截铁地拒绝朱利叶斯，诚然，这封信说得十分委婉，但他可以谅解。在他看来，这封信简直就像在贿赂朱利叶斯，鞭策他更加努力地寻找汤米，不过他觉得她的本意并非如此。亲爱的塔彭丝，世界上没有哪个女孩子比得上她！等见到她——他的思绪被一个突如其来的念头打断。

“正如你所说的，”汤米精神抖擞地说，“这封信里没有提到她要到哪儿去。嗨，亨利！”

小男孩儿乖乖地过来。汤米拿出五先令。

“还有一件事，你还记得那位女士是怎么处理电报的吗？”

亨利气喘吁吁地回答。“她把它揉成一个球，‘呼’地扔到壁炉里了，先生。”

“非常形象，亨利。”汤米，“这是给你的五先令。来吧，朱利叶斯。我们必须找到电报。”

他们匆匆上楼。塔彭丝的钥匙还留在门上，房间也还是她离开时的样子。壁炉里有一个皱巴巴、橙白相间的纸团。汤米把电报打开、铺平。

“速来，约克郡伊伯里穆特府，有重大进展——汤米。”

他们面面相觑。朱利叶斯首先说话：“不是你发的电报吧？”

“当然不是。这是什么意思？”

“我想这意味着最坏的事情发生了，”朱利叶斯平静地说，“他们抓到了她。”

“什么？”

“显而易见！他们假冒你的名字，她就像一只羊羔落入陷阱。”

“我的天哪！我们该怎么办？”

“行动，去找她！马上！没有时间可以浪费。幸亏她没把电报带走，否则我们就不可能追踪到她了。不过我们得抓紧了。《全国火车时刻表》在哪里？”

朱利叶斯的精力是有感染力的，要是只有汤米一个人，光是制订一个行动计划，或许他就要坐下来思考半个多小时。但跟朱利叶斯·赫谢默在一起，效率是毋庸置疑的。

朱利叶斯低声咒骂了几句，把谜一样深奥的《全国火车时刻表》递给汤米，后者应该更能看懂它的奥秘。但汤米也放弃了火车时刻表，宁愿选择《ABC 铁路指南》。

“找到了。伊伯里，约克郡。从国王十字或者圣潘克拉斯出发。那个男孩儿一定是弄错了，是国王十字，不是查令十字。十二点五十，这是她坐的那趟车。两点十分的那趟也已经开走了。下一趟是三点二十的——该死的，还是慢车。”

“我们开车去怎么样？”

汤米摇摇头。

“如果你想开就开，不过我想最好还是坐火车。现在重要的是保持冷静。”

朱利叶斯哀叹一声。

“话是没错。可是一想到那无辜的小姑娘身陷险境，我就火冒三丈！”

汤米心不在焉地点点头。他在思考。过了一会儿，他说：“我说，朱利叶斯，他们抓她想干什么啊？”

“嗯？我不明白你的意思。”

“我的意思是，我认为他们并不打算伤害她。”汤米解释说，紧蹙的眉头反映出他紧绷的心态，“她是一个人质，所以应该暂时没有危险。如果我们查到什么，她就很有用了。只要她在手里，他们就有了随时都能对付我们的武器。明白了吗？”

“千真万确，”朱利叶斯若有所思地说，“正是如此。”

“此外，”汤米补充说，“我对塔彭丝有信心。”

旅途令人厌烦，火车一路停了很多站，车厢里拥挤不堪。他们中间换了两次车，一次在一个小路口。

伊伯里是一个荒凉的小站，只有一个孤单的搬运工。汤米向他问路。

“请问穆特府怎么走？”

“穆特府？离这儿没几步路。你指的是海边的那栋大房子吧？”

汤米厚着脸皮说是的。听完了搬运工一丝不苟却令人摸不着头脑的指引后，他们准备离开车站。天上下起了雨，他们竖起外套的衣领，走在泥泞不堪的路上，突然，汤米停了下来。

“等一下。”他跑回车站，重新找到那个搬运工。

“喂，你有没有看到一个姑娘，搭早一班车到这里，十二点五十从伦敦开来的那班？她可能也向你问过路，去穆特府。”

他尽可能详细地描述了塔彭丝的长相，但搬运工摇了摇头。那班车下了好几个人，他想不起是否有一位年轻的女士。不过他很肯定的是，没有人问过他去穆特府的路怎么走。

汤米回到朱利叶斯身边，解释了缘由。他心情沉重，意志消沉，确信这一趟追踪不会成功。敌人领先他们三个小时。三个小时对布朗先生来说绰绰有余，他不会想不到电报被发现的可能性。

这条路似乎没有尽头。他们拐错了一次弯，偏离目的地起码半英里远。七点多钟的时候，他们碰到一个小男孩，告诉他们穆特府就在下一个拐角。

一扇锈迹斑斑的铁门摇摇晃晃地挂在门框上，杂草丛生的行车道上铺满厚厚的树叶。这个地方的氛围让他们俩不寒而栗。他们走上荒废已久的行车道，落叶淹没了他们的脚步声。阳光几乎消失了。就像走在鬼魂的世界。头顶的树枝拍打着，噼啪作响，偶尔有湿透了的叶子静静地飘下来，落在他们脸上，冰冷的触感吓人一跳。

道路一转，他们看见了房子。这栋房子看上去也是空旷而冷清的。百叶窗关着，门口的台阶上长满了青苔。塔彭丝真的被骗到这个荒凉的地方了吗？似乎很难令人相信，这条路看起来至少已经有几个月无人踏足了。

朱利叶斯猛按生锈的门铃，刺耳的啷铛声响起，在空荡荡的房内回响。没有人来应门。门铃响了一遍又一遍，但没有任何有生命的迹象。于是他们绕着整个房子走了一圈。到处都寂静无声，窗扉紧掩。

眼见为实，这个地方是空的。

“无事可做了。”朱利叶斯说。

他们沿着来路慢慢走回门口。

“附近一定有村庄，”年轻的美国人说，“我们最好去打听一下。会有人知道一些这地方的事，以及最近是否有人来过。”

“好的，这个主意不赖。”

走上大路后，他们很快就来到一个小村庄。在村口，他们碰到一个背着工具包的工人，汤米拦住他询问。

“穆特府？没人住。空了好多年了。如果你们想进去看看，斯维尼太太有钥匙。她家在邮局旁边。”

汤米对他表示感谢。他们很快就找到了邮局，同时也是一家糖果店和杂货铺。他们敲了敲隔壁小屋的门，一个外表健康、整洁的女人开了门。她很快就找出了穆特府的钥匙。

“不过我很怀疑那房子是否合你意，先生。各方面都需要维修。天花板到处漏水。修缮会需要花一大笔钱。”

“谢谢，”汤米高兴地说，“我敢说那房子是一团糟，不过现如今房子不好找。”

“这倒是。”女人表示由衷的赞同，“我的女儿和女婿一直在找合适的屋子，不知道找了多久了。都怪这场战争，把一切都搞得乱七八糟。不过很抱歉，先生，现在太暗了，要不要等到明天再去看？”

“没关系，我们今天晚上先大致看一看。我们以前来过，只是忘记路怎么走了。这附近最好的过夜的地方是哪里？”

斯维尼太太看起来有些迟疑。

“有一家叫约克郡纹章的旅馆，不过不是像你们这样的绅士住的地方。”

“哦，没关系。谢谢。顺便问一句，今天没有一个年轻姑娘来问你要钥匙吧？”

女人摇摇头。

“那地方很久没人去了。”

“非常感谢。”

他们返回穆特府。前门还挂在门框上来回摆动、嘎嘎作响，朱利叶斯划了根火柴，仔细检查了一下地面，然后摇了摇头。

“我可以发誓，没人从这上走过。看看灰尘有多厚，一个脚印都没有。”

他们在荒废的房子里四处搜寻。到处都一样。有厚厚的灰尘，明显不曾有人来过。

“难倒我了。”朱利叶斯说，“我可不相信塔彭丝来过这房子。”

“她必须来过。”

朱利叶斯摇摇头，没有回答。

“我们明天再过来看看，”汤米说，“也许在阳光下能发现更多东西。”

第二天，他们又来搜索了一次，最后不得不得出结论，这栋房子已经很长时间没有人进来过了。要不是汤米有了幸运的发现，他们已经准备离开村子了。当时他们正往大门口走，汤米突然惊叫一声，弯腰在落叶间捡起一个东西，并拿给朱利叶斯看。那是一枚小小的金别针。

“这是塔彭丝的！”

“你确定吗？”

“当然，我经常看她戴着它。”

朱利叶斯深深地吸了一口气。

“我想这很清楚了，反正，她来过这里。我们要把酒馆当作根据地，哪怕把这里翻遍也要找到她。一定有人见过她。”

他们立即行动。汤米和朱利叶斯先分头寻找，再碰头商量，但结果还是一样的。没有人在附近看到过塔彭丝。二人百思不得其解，但并不气馁。之后他们又改变了战术。塔彭丝肯定不会在穆特府附近晃荡很久。也许她被抓住，被汽车带走了。所以他们再次出去打听，有没有人看到一辆车子停在穆特府附近？但询问再次失败。

朱利叶斯发电报到城里，叫人送来了自己的车子，他们每天开着车在附近转悠，干劲儿十足。他们对一辆灰色轿车寄予厚望，一路跟踪到哈罗盖特，结果发现那辆车属于一位受人尊敬的女士！

每天都开始一项新的任务。朱利叶斯就像一头套上了皮带的猎犬，不放过一点蛛丝马迹。所有经过村子的车辆都被他盘查了一番。他还强行进入乡绅的领地，对主人细细盘问。好在他的道歉和追查一样彻底、诚恳，所以总能迅速消除受害者的愤怒。但是，日子一天天过去，他们还是没有查到塔彭丝的下落。敌人的绑架计划如此周密，塔彭丝似乎消失得无影无踪。

而另一件紧急的事情也一直压在汤米的心头。

“你知道我们在这里待了多久了吗？”一天早上，他们面对面坐着吃早餐的时候，汤米问朱利叶斯，“一个星期了！还没有发现塔彭丝的一点踪迹，而下个星期天就是二十九号了！”

“糟糕！”朱利叶斯说，“我一直想着塔彭丝的事，都把二十九号这件事情给忘了。”

“我也是。不过，我还没有彻底忘记，只是觉得和找塔彭丝相比，这件事完全不重要。但是今天已经是二十三号了，剩下的时间越来越少了。我们必须赶在二十九号之前找到她，因为在那之后，她的命就不值钱了，她作为人质的价值就没了。我现在觉得，我们跑来这里调查是个巨大的错误。我们浪费了时间，却没有一点进展。”

“我和你，我们是一对笨蛋。我们咬了一大口，却嚼不动。我要马上吐出来！”

“什么意思？”

“我告诉你，我要做我们一个星期前就应该做的事情。我要马上回伦敦，把案子交到你们英国警方的手中。我们把自己当成侦探了。侦探！真是该死、愚蠢的行径！我受够了！我要去苏格兰场！”

“你说得对，”汤米慢慢地说，“真希望我们一开始就去那里了。”

“迟到总比不到好。我们像一对玩过家家的孩子。现在，我要径直去苏格兰场，请他们拉起我的手，告诉我该怎么走。我想这种事情，专业人士总要胜过业余爱好者。你和我一起去吗？”

汤米摇摇头。

“我去有什么用呢？我们两个去一个就足够了。我还不如待在这里继续打探打探，也许能够发现点什么。谁知道呢。”

“可以。那么，再见。我会带几个查案的人回来，我要让他们派出最得力的人手。”

但事情的发展并不像朱利叶斯想的那样。当天晚些时候，汤米接到一封电报：

到曼彻斯特米德兰酒店与我会合。有重要消息。

朱利叶斯

当晚七点半，汤米从一列慢速乡间列车上下来。朱利叶斯已经在月台上等他了。

“我就猜到你会坐这列火车，只要我的电报送到的时候你没有错过。”

汤米抓住了他的胳膊。

“是什么消息？发现塔彭丝了吗？”

朱利叶斯摇摇头。

“没有。但我在伦敦发现了这个。刚刚送到。”

他把一封电报递给汤米。汤米在读电报的时候眼睛睁得大大的。电报上写着：

找到简·芬恩。马上来曼彻斯特米德兰酒店。

皮埃尔·埃杰顿

朱利叶斯拿回电报，把它折好。

“奇怪，”他若有所思地说，“我还以为律师早已经放弃了！”

第十九章　简·芬恩

“我是半个小时前到的，”朱利叶斯解释道，带头走出车站，“离开伦敦之前我估计你会搭这趟火车来，便也给詹姆斯爵士发了电报。他帮我们订了房间，并且将于八点来和我们共进晚餐。”

“你为什么认为他已经不再对这个案子感兴趣了？”汤米好奇地问。

“是他自己说的。”朱利叶斯无趣地回答，“老家伙的嘴巴紧得跟牡蛎似的！所有当律师的都一样，除非有十足的把握，否则不会轻易承诺什么。”

“我有点怀疑。”汤米若有所思地说。

朱利叶斯转向他。

“你怀疑什么？”

“这是否是他真正的理由。”

“当然是了，我可以用性命担保。”

汤米疑惑地摇摇头。

詹姆斯爵士八点钟准时到达，朱利叶斯向他介绍了汤米。詹姆斯爵士热情地与他握手。

“很高兴认识你，贝雷斯福德先生。我从塔彭丝小姐那里听了很多关于你的事情。”他自然地露出微笑，“所以我感觉好像已经和你很熟悉了。”

“谢谢你，先生。”汤米露出欢快的笑容，热切地打量着这位了不起的律师。他和塔彭丝一样，被对方的个性深深地吸引。他想起了卡特先生。两个人的外表虽然完全不同，却有着相似的魅力。一位疲惫慵懒，一位专业自持，都有着旗鼓相当的敏锐头脑。

与此同时，他也意识到詹姆斯爵士在打量评判他。当律师垂下眼帘，汤米觉得自己在他面前就像一本打开的书一样一目了然，被他彻头彻尾地看穿。他禁不住好奇，对方最终对他的评判结果为何？可惜不得而知。詹姆斯爵士掌握了一切信息，但只透露一部分，这一点几乎马上就得到了证明。

初次见面的寒暄一结束，朱利叶斯就急不可耐地问了一堆问题。詹姆斯爵士是如何设法追踪到那姑娘的？为什么他不让他们知道他还在为这个案子忙碌？等等。

詹姆斯爵士抚摸他的下巴，笑了。最后他说：“就这样，就这样，总之，我找到她了。这是最重要的，不是吗？嗯，这是最重要的吧？”

“当然是了。可是你怎么打探到她的下落的？塔彭丝小姐和我还以为你已经彻底放弃了呢。”

“啊！”律师快速地瞥了他一眼，然后摸摸下巴，“你们真的这么想吗？真的吗？唉，天哪。”

“我想我们错了，是吗？”朱利叶斯追问。

“好了，我不知道是不是可以这么说。不过幸运的是，我们终于想办法找到了这位年轻的女士。”

“可是她在哪儿？”朱利叶斯问，他的思绪已经飞到另一个步骤了，“我以为你会带她一起来。”

“那不可能。”詹姆斯爵士严肃地说。

“为什么？”

“因为那姑娘遇到了交通事故，被车子撞倒，头部受了轻伤。她被送到医院，恢复意识后说她的名字叫简·芬恩。啊！我听说了之后，就安排她转去一个医生的家里。那位医生是我的朋友，然后我就马上发电报给你了。不过她又陷入了昏迷，此后一直没有说过话。”

“她伤得严重吗？”

“哦，只是一两处淤青和刮伤。确实，从医学角度来看，轻伤也可能导致这样的结果。她的情况可能要归因为记忆恢复过程中遭遇精神刺激。”

“她的记忆恢复了？”朱利叶斯兴奋地叫道。

詹姆斯爵士不耐烦地敲了敲桌子。

“毫无疑问，赫谢默先生，因为她能够报出她的真实姓名。我还以为你已经意识到这一点了。”

“而你恰好在场，”汤米说，“听起来好像童话故事。”

但詹姆斯爵士非常警觉，没有上当。

“无巧不成书。”他冷冷地说。

不过汤米现在更加肯定了之前的怀疑。詹姆斯爵士出现在曼彻斯特绝不是偶然，他并没有像朱利叶斯认为的那样放弃了这个案子，他以自己的手段成功找到了那个失踪的姑娘。唯一让汤米想不通的是他为什么要保密呢？他只能归结为是法律工作者的怪癖。

朱利叶斯说话了。他宣布道：“晚饭后，我要马上去看看简。”

“恐怕这是不可能的，”詹姆斯爵士说，“晚上的这个时候他们不太可能同意让她会客。我建议明天上午十点钟左右再去。”

朱利叶斯满脸通红。詹姆斯爵士身上有某种东西总是让他想对抗，他们两个都是支配型人格的。

“不管怎样，我今天晚上就要去那里，我倒要看看我能不能说服他们打破那愚蠢的规矩。”

“这是没用的，赫谢默先生。”

此话一出，就像手枪射出的子弹，把汤米吓了一跳。朱利叶斯又紧张又兴奋，他举起酒杯送到嘴边的手都在微微颤抖，但他的眼神挑衅地迎上詹姆斯爵士的眼睛。一时间，对峙的两者之间似乎火花四溅，但最终朱利叶斯垂下眼睛，败下阵来。

“就目前而言，我承认你说了算。”

“谢谢你，”对方说，“那么我们说好十点？”他潇洒地转向汤米，“我必须承认，贝雷斯福德先生，今晚在这里看到你让我有点吃惊。我最后听到你的消息，还是你的朋友们为你万分担忧。你杳无音讯好几天，塔彭丝小姐认为你一定是遇上麻烦了。”

“我的确遇上麻烦了，先生！”汤米咧嘴一笑，“我这辈子从来没有处于那样危险的境地。”

藉由詹姆斯爵士的提问，他把自己冒险的经过简略地说了一遍。等他讲完，律师以刮目相看的眼光看着他。

“你从一个看守森严的地方顺利逃了出来。”他严肃地说，“祝贺你。你展示了聪明才智，极好地扮演了自己的角色。”

汤米脸红了，这样的夸赞让他的脸红得像烧熟的对虾。

“要是没有那个姑娘，我是不可能逃得走的，先生。”

“是的。”詹姆斯爵士微微一笑，“这是你的幸运，她碰巧……

呃……看上了你。”汤米正想辩驳，但詹姆斯爵士接着说，“我想，毫无疑问她是该团伙的成员吧？”

“我觉得不是，先生。我想也许她是被他们强迫的，但她行事的方式又不像那么回事。你看，她明明可以逃走，却又回到他们身边。”

詹姆斯爵士若有所思地点了点头。

“她说了什么？想回到玛格丽特那里去？”

“是的，先生。我想她指的是范德迈耶太太。”

“她签名的时候总是写丽塔·范德迈耶，她所有的朋友都叫她丽塔。不过，我想这个姑娘一定习惯喊她的全名。而且，在她叫她名字的那一刻，范德迈耶太太已经死了或正濒临死亡！很奇怪！有一两点让我想不明白。比如说，他们对你的态度突然转变是怎么回事。顺便问一句，房子一定已经搜查过了吧？”

“是的，先生，但他们早就清理光了。”

“当然了，”詹姆斯先生冷冷地说，“他们是不会留下任何线索的。”

“我很好奇……”律师若有所思地敲打着桌子。

他声音里有某种东西让汤米抬起头来。难道这个人发现了其他人视而不见的东西了吗？他冲动地说：“我真希望你也在那里，先生，去搜查那所房子！”

“我也希望我在。”詹姆斯爵士平静地说。他默默地坐了一会儿。然后抬起头，问道：“那之后呢？你这阵子都在干什么？”

汤米一怔，望着律师。这时他醒悟过来，律师当然还不知情。

“我忘了，您不知道塔彭丝的事。”他慢慢地说。之前因为得知找到了简·芬恩，一时兴奋而忘了别的事，现在那令人揪心的焦虑再次席卷了他。

律师一下子放下了刀叉。

“塔彭丝小姐出什么事了吗？”他的声音很急切。

“她失踪了。”朱利叶斯说。

“什么时候？”

“一个星期前。”

“怎么回事？”

詹姆斯爵士的问题犹如连珠炮一样。汤米和朱利叶斯汇报了过去一个星期徒劳无功的搜寻经过。

詹姆斯爵士立刻抓到了问题的根源。

“署有你名字的电报？看来他们很清楚你们俩的关系。他们不知道你在那个房子里发现了多少秘密，绑架塔彭丝小姐是为了应对你的逃跑。如果有必要，他们可以通过威胁她的安全而封住你的嘴巴。”

汤米点点头。

“我也是这么想的，先生。”

詹姆斯爵士敏锐地看着他。“你想到这一点了，是吗？不错，真不错。奇怪的是，他们刚抓住你的时候肯定是不知道你的身份的。你确定自己没有以任何方式透露自己的身份吗？”

汤米摇摇头。

“正是如此，”朱利叶斯点点头，“所以我认为是有人告诉他们的，而且不早于周日下午。”

“是的，但是谁呢？”

“当然是全能全知的布朗先生！”

美国人的语气中有一种淡淡的嘲笑之意，让詹姆斯爵士一下子抬起头来。

“你不相信布朗先生的存在，赫谢默先生？”

“是的，先生，我不相信。”年轻的美国人一字一顿地回答，“也就是说，没这回事。我猜他只是一个傀儡——吓唬孩子的妖怪名字罢了。真正的幕后首脑是俄国人克雷默宁。我猜只要他愿意，就有足够的本事可以立刻在三个国家发动革命！那个叫惠廷顿的男人可能是英国分部的负责人。”

“我不同意你的看法。”詹姆斯爵士立刻说，“布朗先生确有其人。”他转向汤米，“你有没有留意那封电报是从哪里发的？”

“不，先生，恐怕我没有注意。”

“嗯。你把它带来了吗？”

“在楼上，先生，在我的包里。”

“我想看看。不过不急，反正你们已经浪费了一个星期了。”听到这话，汤米耷拉下脑袋，“晚一天也无所谓了。我们先处理简·芬恩小姐的事，然后就着手营救塔彭丝小姐。我认为她暂时还没有危险——只要他们不知道我们已经找到了简·芬恩，而且她还恢复记忆了。我们必须不惜一切代价保守这个秘密。你们明白吗？”

另外两人表示同意。安排好第二天的会面事宜后，这位了不起的律师离开了。

第二天十点钟，两个年轻人来到了约定的地点。詹姆斯爵士在门口迎接他们，他依旧那么平静，将他们介绍给医生。

“赫谢默先生，贝里斯福德先生，这位是罗伊兰斯医生。病人怎么样？”

“情况良好。不过仍然没什么时间概念，今天早上还问有多少人从卢西塔尼亚号上救起来了，报纸上登出来了没有？当然，这些表现都是可以预料的。不过她似乎有什么心事。”

“我认为我们可以缓解她的焦虑。我们能上去吗？”

“当然可以。”

跟着医生上楼时，汤米的心跳得很快。终于见到简·芬恩了！这个被大家寻找了那么久的、神秘的、难以捉摸的简·芬恩！成功来得如此突然，简直不可思议！在这栋房子里，躺着这个手握英国未来的姑娘，而她的记忆又奇迹般地恢复了。汤米不禁发出一声叹息。要是塔彭丝能在身边，一起分享他们共同冒险的胜利成果该有多好！然后，他把对塔彭丝的思念坚决地放到一边。他对詹姆斯爵士信心大增，这个人一定能够找出塔彭丝的下落。同时还有简·芬恩！突然，恐惧袭上他的心头。一切似乎都太容易了……要是他们发现她已经死了……死在布朗先生的手上怎么办？

随即他又嘲笑自己这夸张的幻想。医生打开一个房间的门，他们走了进去。在洁白的病床上躺着一个女孩儿，头上缠着绷带。不知怎的，这个场面显得很不真实。因为和想象中的场景一模一样，完美得就像舞台上的效果。

女孩睁着疑惑不解的大眼睛，从一个人看向另一个人。詹姆斯爵士首先开口。

"芬恩小姐，"他说，"这是你的表兄，朱利叶斯·P.赫谢默先生。"

当朱利叶斯上前握住她的手时，一抹淡淡的红晕浮上女孩儿的脸。

"你好吗，简表妹？"朱利叶斯轻轻地问。

汤米听出他的声音在发颤。

"你真的是西拉姆舅舅的儿子吗？"她疑惑地问。

她的声音带有轻微的西部口音，似乎也在发颤。汤米依稀觉得这口音似曾相识，但又觉得不可能，他把这个念头放到了一边。

"当然是真的。"

"我们曾经在报纸上读到过西拉姆舅舅的报道，"女孩继续用轻柔的语气说，"但我从未想过有一天会见到你。妈妈总是说，西拉姆舅舅永远不会原谅她。”

“老头子确实是这样的人。”朱利叶斯承认，“但我想我们年轻一辈不一样。没有必要把家族恩怨延续。战争一结束，我首先想到的就是要找到你。”

一抹阴影掠过女孩儿的脸。

“他们已经告诉了我一些事情——可怕的事情——我失去了记忆。有好几年的事情我怎么也想不起来，我丢失了好几年的记忆。”

“你自己没有意识到吗？”

女孩儿的眼睛睁得大大的。

“哦，不，在我看来，我是刚刚被推搡到救生船上。我现在还能清楚地看到这一切。”她闭上了眼睛，身体颤抖着。

朱利叶斯望着对面的詹姆斯爵士，对方点点头。

“不要担心，不要紧的。听着，看这里，简，有件事我们想知道。船上有一个人，带着一些很重要的文件，这个国家的一些大人物认为他把文件交给了你。是这样吗？”

女孩儿犹豫了一下，看了看另外两个人。朱利叶斯理解她的意思。

“贝雷斯福德先生是受英国政府委托寻找这些文件的。詹姆斯·皮尔·埃杰顿爵士是英国国会议员，而且只要他愿意，将来可能成为内阁的大人物。正是因为他，我们才找到了你。所以你可以放心大胆地把整个故事告诉我们。丹弗斯把文件交给你了吗？”

“是的。他说，我带着它们机会更大一些，因为他们会优先救妇女儿童。”

“正如我们所料。”詹姆斯爵士说。

“他说，这些文件非常重要——可能会影响协约国的关系。但是，如果这一切都是很久以前的事情，战争也已经结束了，还有什么关系呢？”

“历史会重演，简。当初这些文件曾经引起轩然大波，后来一切都平息下来，现在风波再起——原因却大相径庭。你现在可以把它交给我们了吧？”

“我不能。”

“什么？”

“它不在我这儿。”

“它、不在、你这儿？”朱利叶斯几乎是一字一顿地说完这句话。

“是的……我把它藏起来了。”

“你把它藏起来了？”

“是的。我很害怕，人们似乎都在监视我，这把我吓坏了。”她把手放在头上，“这是我在医院醒来后唯一记得的事情。”

“继续说，”詹姆斯爵士用他平静透彻的语气说，“你还记得什么吗？”

她顺从地转向他。

“在霍利黑德。我是从那个方向来的……但我不记得为什么了……”

“这没什么关系。继续说。”

“码头乱成一团，我趁机溜走了。没有人看见我。我上了一辆车，告诉司机送我出城。上了大路之后我一直观察着，没有其他的车跟踪我们。后来我看到在大路旁边有一条小路，我告诉司机等一等。”

她顿了顿，然后接着说：“小路一直通往悬崖，两边是大片黄色的金雀花——就像金色的火焰。我看了看四周，没看到一个人。但在和我的头差不多高的岩石上有一个洞，那个洞非常小。我的手刚好能伸进去，不过洞相当深。我把油布包从脖子上取下，尽可能地往洞的深处推。然后，我摘了一些金雀花——老天！它们还真是多刺——用来堵住洞口，这样别人就永远不会猜到岩石有个缝隙。然后我把这个地方仔细地记在心中，以便将来能够再找到它。那条小路的中间有一块奇怪的大石头，很像一只狗坐在那里乞讨。然后我又回到大路上，汽车还等在那儿，我让司机开回城里，刚好赶上了火车。一开始我有点不好意思，觉得自己也许想多了，但是渐渐地，我看见坐在我对面的一个男人对坐在我旁边的女人眨眼睛，我再次感到害怕，同时庆幸文件安全地藏好了。我走出车厢，想在走廊上透透气。我本来打算去另一个车厢的，但那个女人叫我回去，说我掉了东西。当我弯下腰察看时，似乎有什么东西打中了我——就是这里。”她把手放在自己的后脑勺上，“后面的事情我都不记得了，只知道我在医院里醒了过来。”

他们沉默了一会儿。

“谢谢你，芬恩小姐。”詹姆斯爵士说，“希望我们没有让你太累。”

“哦，没关系。我有点头痛，但除此之外，我感觉很好。”

朱利叶斯再次上前，握住她的手。

“再见，简表妹，我要立即去找这些文件，但我会很快回来，然后带你去伦敦。在回美国之前，让你好好享受一下年轻人该有的生活！我说话算话，所以你赶快好起来。”

第二十章　为时已晚

他们在街上召开了一次非正式作战会议。詹姆斯爵士从口袋里掏出一块怀表。“去霍利黑德的火车十二点十四分在切斯特停靠。如果你们马上动身，我觉得可以赶上接驳列车。”

汤米疑惑地抬起头。

“有必要这么匆忙吗，先生？今天才二十四号。”

“早起的鸟儿有虫吃，我想这点总没错，”还没等律师回答，朱利叶斯就抢先说，“我们马上就去找文件。”

詹姆斯爵士微微皱了皱眉。

“我希望能和你们一起去。不过两点钟我还要在一个会议上发言。很不巧。”

他语气中的不情愿很明显。另一方面，朱利叶斯却明显因对方的缺席感到松了一口气。

“我想这次的任务没什么复杂的，”他说，“只是一个藏和找的游戏罢了。”

“希望如此。”詹姆斯爵士说。

“当然如此了。还能有什么呢？”

“你还年轻，赫谢默先生。等到了我这个年龄，你就会学到一个教训：永远不要低估你的对手。”

他语气中的郑重其事给汤米留下了深刻的印象，但对朱利叶斯影响甚微。

“你觉得布朗先生可能会来横插一手吗？要是他敢来，我已经准备好了。”他拍了拍口袋，“我带着枪。小威利在这里，我到哪儿都带着它。”他拿出一把杀气腾腾的自动手枪，亲切地拍了拍它，然后又放回了口袋，“不过这趟用不着它，没人会向布朗先生告密。”

律师耸了耸肩。

“也没人把范德迈耶太太要背叛他的事情告诉布朗先生，而范德迈耶太太没开口就死了。”

朱利叶斯沉默了，詹姆斯爵士补充了一句，语气轻松了一些。

“我只是想让你们提高警惕。再见，祝你们好运。一旦拿到文件，不要冒任何不必要的风险。如果发现你们被跟踪了，就立即销毁文件。祝你们好运。现在这事的成败就掌握在你们手中了。”他跟他们俩握手道别。

十几分钟后，两个年轻人坐在了开往切斯特的列车的头等车厢中。

很长一段时间他们都没有说话，直到朱利叶斯打破了沉默，话题却出人意料。

“喂，”他若有所思地说，“你有没有想着一个姑娘的脸，像个该死的傻瓜一样？”

汤米愣了一下，随即在自己的脑海中搜索。

“说不上来，”最后他说，“我想起不来有这样的情况。为什么这么问呢？”

“因为在过去的两个月里，我一直为了简把自己弄得像个多愁善感的白痴！我第一眼看到她的照片就怦然心动，像言情小说里写的那样。我承认，这一点让我很不好意思，不过我来这里就是要找到她，弥补一切，并且把她作为朱利叶斯·P．赫谢默太太带回去！”

“啊！”汤米吃惊地说。

朱利叶斯猛地放下二郎腿，继续说道：“就像是为了证明一个人可以如何把自己变成一个彻底的傻瓜！一看到这个活生生的女孩儿，我就没这个想法了！”

汤米此时比以往任何时候都更不知所措，只得再次失声叫了一声“啊”。

“我不是说简不好，你也知道，”对方继续说，“她真是一个漂亮的女孩儿，有的人会一眼就爱上她。”

“我觉得她是个非常漂亮的姑娘。”汤米终于找回了自己的舌头。

“当然，她很漂亮，可她一点也不像照片里的样子。但我想她应该就是……一定是，因为我一看到她就认出来了。如果我在人群中看到她，我会毫不犹豫说：‘这个姑娘很面熟。’但是，关于那张照片。”朱利叶斯摇摇头，长叹一声，“我想爱情是个非常奇怪的东西！”

“一定是。”汤米冷冷地说，“你因为爱上了一个姑娘所以来到这里，然后两个星期之内又向另一个姑娘求婚。”

朱利叶斯很有风度，他不以为意。

“好了好了，我那时候觉得很累，感觉永远也找不到简了——总之是够愚蠢的。然后……哦，对了，就像法国人，举个例子吧，他们看待事情的方式要更明智。他们把爱情和婚姻分开。”

汤米生气了。

“嗯，该死！如果是这样——”

朱利叶斯连忙打断他。

“喂，别急着下结论，我不是你说的那个意思。我们美国人的道德感甚至比你们还要高。我的意思是，法国人对待婚姻时更加务实。找到适合彼此的人，一起管理好金钱，用一种务实的精神，实事求是地处理婚姻问题。”

“如果你问我的看法，”汤米说，“我想说现代人都该死的太务实了，做什么事情都要问值不值得。男人已经够坏了，女孩子更糟糕！”

“冷静点，孩子。别这么激动。”

“我就是觉得生气。”汤米说。

朱利叶斯看看他，觉得还是少说为妙。

不过，在到达霍利黑德之前，汤米有足够的时间冷静下来。当他们在目的地下车时，开朗的笑容又回到了他的脸上。

经过商量，又在地图的帮助下，他们确定了方向，然后不费吹灰之力打到了一辆出租车，驶上了通往崔多尔湾的道路。他们让司机慢慢开，好仔细观察道路两边，以免错过那条小径。离开小镇后不久，他们就找到了那条小径。汤米立即叫车停下，然后用轻松随意的口气问司机，这条小路是否通往海边。听到肯定的回答后，他帅气地付了车费。

不一会儿，出租车慢慢地开回霍利黑德。汤米和朱利叶斯看着它从视线中消失，这才转向那条狭窄的小径。

“是这条路没错吧？”汤米有些不大确定地问，“这边应该有一些草丛。”

“当然是这里。看看这些金雀花。还记得简的话吧？”

汤米看着小径两旁盛开的金色花朵，也相信没错。

他们一前一后地走着，朱利叶斯领头。汤米有些不安，两次回头张望。朱利叶斯回过头问："怎么啦？"

"我不知道。我有点紧张，总觉得有人在跟踪我们。"

"不可能。"朱利叶斯肯定地说，"有人的话我们一定会看到的。"

汤米不得不承认是这样的，可是他的不安感还在不断加重。他不由自主地觉得敌人是无所不知的。

"我倒是希望那个家伙会跟来。"朱利叶斯说，拍拍自己的口袋，"小威利正等着大展身手呢！"

"你总是随身带着它吗？"汤米好奇地问。

"大部分时间都带着。我觉得人们永远不知道下一刻会发生什么。"

汤米信服地不说话了。小威利给他留下了深刻的印象，它似乎将布朗先生的威胁赶跑了。

这条小径沿着悬崖向前延伸，与海岸线平行。朱利叶斯突然停下脚步，汤米冷不防撞到了他身上。

"怎么回事？"他问。

"你看那里。刺激吧！"

汤米看去。在小路的中间，立在一块巨大的石头，把路挡了一半。那块石头看上去就像一只乞讨的小狗。

"好吧，"汤米领会不了朱利叶斯的感慨，"这正是我们要找的，不是吗？"

朱利叶斯看着他，悲哀地摇了摇头。

"英国人的冷静！当然，这就是我们要找的东西。看到它正像我们期望的那样坐在那里，不免让我觉得激动不已！"

汤米的冷静与其说是天生的，不如说是假装的，他已经不耐烦地加快了脚步。

“快点儿，那个洞呢？”

他们在悬崖边仔细搜寻。汤米觉得自己像个白痴。

“这么多年过去了，那些金雀花不可能还在那里。”

朱利叶斯郑重地回答：“我想你是对的。”

汤米突然指向一个地方，他的手在颤抖。

“是那个缝隙吗？”

朱利叶斯回答的声音充满了敬畏之意。

“就是它——肯定是。”

他们面面相觑。

“我在法国的时候，”汤米回忆着说，“每当我的勤务兵没有来叫我，他总是说是因为突然感到一阵眩晕。我从来不相信他的话。不管他是不是真的有那种感觉，我现在是真的感觉到了。眩晕！晕得厉害！”

他看着那块岩石，表情既痛苦，又激动。

“该死！”他喊道，“不可能！五年了！想想吧！捣鸟窝的男孩子，野餐的人们，成千上万的人从这里经过！它不可能还在那里！只有百分之一的可能性它还在那里！微乎其微的机会！”

事实上，他觉得这是不可能的——也许是因为他无法相信那么多的人都失败了，而自己竟然成功了。太容易了，所以不可能。这个洞一定是空的。

朱利叶斯看着他，笑容满面。

“我想你现在一定激动得不得了。”他慢吞吞地说，十分开心，“好了，动手吧！”他把手伸到石缝里，并做了个鬼脸，“有点紧。简的手一定比我的小很多。我没摸到什么……不，等等，这是什么？老天爷！”他夸张地一挥手，高高地举起一个有点褪色的小包裹，“就是它。油布包缝起来的。拿好，我把我的小刀拿出来。”

不可能的事情终于成了现实。汤米双手小心翼翼地捧着这个珍贵的包裹。他们成功了！

“奇怪，”他喃喃说道，“我觉得缝线应该腐烂了，可它们看起来就像新的一样。”

他们小心地割断缝线，剥掉油布，里面是一张折起来的纸。他们用颤抖的手指展开纸张。纸上一片空白！两人面面相觑，大惑不解。

“假的吗？”朱利叶斯大胆假设，“丹弗斯只是一个诱饵吗？”

汤米摇摇头。这种解释不能令他满意。突然，他的脸一亮。

“我懂了！隐形墨水！”

“你这么认为吗？”

“无论如何值得一试。通常加热就可以显影。去捡些树枝，我们要生火。”

过了几分钟，树枝和树叶引燃的小火堆上升腾起了愉快的火焰。汤米把纸靠近火堆。热量让纸张卷曲了一点点。仅此而已。

突然，朱利叶斯一把抓住汤米的手臂，指着纸上出现的淡淡的褐色字符。

“老天爷！被你猜中了！我说，你的想法真是了不起，我永远也想不到这一点。”

汤米一动不动地把纸张保持在原位，直到好几分钟后，他认为所有的字都已经显影了，才缩回手，仔细查看纸上的字。忽然，他惊叫一声。

在那张纸上，用工整的棕色大写字体写着：“布朗先生致上问候。”

第二十一章　汤米的发现

一时之间，两个人站在那里面面相觑，由于太过震惊而不知如何是好。不知怎么回事，莫名其妙地，布朗先生又抢先了。汤米默默地接受了失败，朱利叶斯却不甘心。

“天杀的，他怎么会抢在我们前面？我真想不通！”他说。

汤米摇摇头，魂不守舍地说：“缝线是新的，我们早该想到的……”

“别管该死的缝线了。他是怎么抢在我们前面的？我们已经争分夺秒了，不可能有人比我们更快来到这里。而且，不管怎么说，他是怎么知道的？你觉得简的房间里会不会有窃听器？我猜一定有。”

但汤米对此说法提出质疑。

“没有人能事先知道她会到那栋房子里去，更不用说特定的房间了。”

“确实如此。”朱利叶斯承认，“那么就是某一个护士是卧底，在门口偷听。你觉得有可能吗？”

“我觉得这些都不重要。”汤米疲惫地说，“他可能几个月前就发现了，然后转移了文件，然后……不，天哪，这不可能！要是这样的话，他们早就该公布文件了。”

“他们肯定会那么做！所以不会很早，是有人今天抢在了我们前面，最多一个小时。但是，他们是怎么做到的，真让我百思不得其解。”

“真希望皮尔·埃杰顿那家伙和我们在一起。”汤米若有所思地说。

“为什么？”朱利叶斯瞪大了眼睛，“我们来之前这恶作剧就已经完成了。”

“是的……”汤米迟疑了。他无法解释自己的感觉，似乎爵士的在场就能避免这场灾难，这想法没什么道理。他重申之前的观点。“讨论他们是怎么办到的无济于事。比赛结束了，我们失败了。现在只剩下一件事要做。”

“什么？”

“尽快回伦敦，警告卡特先生，文件被公开是迟早的事情。无论如何，他应该知道最坏的情况。”

这不是一个令人愉快的任务，但汤米不打算推卸责任。他必须向卡特先生报告自己的失败，在那之后，他的工作才算结束。他搭午夜的邮车回到伦敦，朱利叶斯选择留在霍利黑德过夜。

到达伦敦半个小时后，憔悴而苍白的汤米站在了他的长官面前。

“我是来报告的，先生。我失败了……一败涂地。”

卡特先生目光灼灼地看着他。

“你的意思是条约……”

“落入布朗先生手里了，先生。”

“啊！”卡特先生平静地说，脸上的表情没有任何变化，但汤米在他的眼中捕捉到了一丝绝望。这更加让他确信，这事已经没有希望了。

“好了，”一两分钟后卡特先生说，“我们不能束手待毙。我很高兴知道了现在的情况，我们必须尽我们所能。”

汤米的脑海中却闪过这样的念头：这是毫无希望的，他知道没有希望。

对方抬头看着他。

“不要太往心里去，小伙子，”卡特先生和蔼地说，“你已经尽力了。你们对抗的是本世纪最厉害的头脑之一，差一点就要成功了。记住这一点。”

“谢谢你，先生。您真大度。”

“我很自责。自从我听到另一个消息，就一直在责怪自己。”

他话里的弦外之音引起了汤米的注意，新的恐惧袭上他的心头。

“还有什么别的事吗，先生？”

“恐怕是的。”卡特先生严肃地说，伸手拿起一张放在桌上的纸。

“塔彭丝？”汤米颤声问。

“自己看吧。”

打字机打出的字母在他眼前跳动。它们描述了一顶绿色的无边软帽和一件大衣，大衣口袋中有PLC[①]字母的绣花手帕。他痛苦地望向卡特先生，后者的回答是：“这两样东西被冲上约克郡海岸，靠近伊伯里。恐怕……这看上去像谋杀。”

“天哪！”汤米大口喘着气，“塔彭丝！这些魔鬼！不抓到他们我绝不罢休！我要去追捕他们！我要……”

卡特先生脸上的同情让他没有说下去。

“我知道你的感受，我可怜的孩子。但没有用，你只会白白浪费力气。也许听起来刺耳，但我给你的忠告是：节哀顺变。时间是仁慈的，

①塔彭丝的姓名首写字母。

你会忘记的。”

“忘了塔彭丝？绝不！”

卡特先生摇摇头。

“现在你当然这么想。一想到那个勇敢的小姑娘，我也觉得不堪承受！对于整件事情，我很抱歉，真的很抱歉。”

汤米突然恢复了平静。

“占用您的时间了，先生。”他努力开口说话，“您完全没有必要责怪自己。我得说我们真是一对年轻的傻瓜，竟然想揽下这样的工作。您早就警告过我们了。我真想向老天祷告，受到惩罚的是我自己。再见，先生。”

回到丽兹，汤米机械地收拾自己为数不多的几件行李，他的思绪飞得很远。他仍然大惑不解，他那平凡开心的日子怎么就变成了悲剧。他和塔彭丝，他们在一起的时候多么有趣！而现在——哦，他简直不敢相信——这不可能是真的！塔彭丝死了！小塔彭丝，她是那么有活力！这是一个梦，一个可怕的梦。仅此而已。

服务员给他送来了一封信，是皮尔·埃杰顿写来的，他在报纸上看到新闻了。报纸上有醒目的大标题：前志愿救护队员恐怕已淹死。信中是客套的安慰同情的话，末了还提出可以帮汤米在阿根廷的一个农场谋一个职位，詹姆斯爵士在那里有相当可观的股份。

“仁慈的老东西。”汤米嘀咕着，把信扔到一边。

门开了，朱利叶斯以他一贯风风火火的做派闯了进来，手里拿着一份打开的报纸。

“喂，这是怎么回事？他们好像对于塔彭丝有些愚蠢的想法。”

“这是真的。”汤米平静地说。

“你是说，他们杀了她？”

汤米点点头。

“我想，他们一得到条约，她就没什么用了，他们又不敢放她走。”

“哦，真该死！”朱利叶斯说，“小塔彭丝。她是个最最勇敢的小姑娘……”

汤米突然脑中轰然一响，他霍地站了起来。

“哦，出去！你又不是真的在乎，你这该死的！你只会用你那冷血的烂手段向她求婚，可是我爱她。如果能让她不受伤害，哪怕付出我的生命我也在所不惜。我之所以一声不响，愿意让她嫁给你，不是我不在乎，是因为你可以给她她值得拥有的一切，而我只是一个自身难保的穷光蛋！”

“听着……”朱利叶斯温柔地劝解。

“哦，见鬼去吧！我不能忍受你在这里，口口声声说什么‘小塔彭丝’，你去照顾你的表妹去吧。塔彭丝是我的女孩儿！我一直爱着她，从我们还是一起玩耍的小孩子时就爱她。我们长大了，但还是一样的，我永远不会忘记我在医院里的时候，她穿着那可笑的帽子和围裙走进来时的情形！就像一个奇迹，看见我心爱的女孩儿穿着护士服出现——”

但是，朱利叶斯打断了他的话。

“护士服！老天！我必须马上去科尔尼哈奇！我可以发誓，我曾经见过简戴着护士帽的样子。可这是根本不可能的！不，老天，我知道了！我在伯恩茅斯的疗养院里看见的和惠廷顿说话的人就是她。她不是那里的病人！她是一个护士！”

“我敢说，”汤米生气地说，“她可能一开始就跟他们是一伙的。如果说一开始就是她从丹弗斯那里偷了这些文件，我都不会觉得奇怪。”

“我死也不信！”朱利叶斯吼道，“她是我的表妹，而且是一个爱国的姑娘。”

“我才不在乎她是什么样的人，不过你给我出去！”汤米也提高了嗓门对吼。

两个年轻人已经到了剑拔弩张的地步，随时要打起来。可是突然间，朱利叶斯的愤怒神奇地消退了。

“好了，伙计，”他平静地说，“我要走了。你说的话我都不怪你，多亏你说了这些话。我真是个该死的白痴，居然都没有想到。冷静下来……”汤米做了一个不耐烦的手势，“我现在马上出发，去伦敦的西北铁路总站，如果你想知道的话。”

“我才不关心该死的你要去哪里。”汤米咆哮道。

门在朱利叶斯身后关上，汤米又回到他的手提箱旁。

“就这些了。”他喃喃地说，按铃叫人，“把我的行李拿下去。”

“是的先生。要离开了吗，先生？”

“我要去见魔鬼。”汤米说，也不管侍者怎么想。

不过那个侍者只是恭敬地回答道：“是的先生。要我叫一辆出租车吗？”

汤米点点头。

该去哪儿？他一点儿也不知道。除了下定决心要报复布朗先生，他什么计划都没有。他重新看了一遍詹姆斯士爵的信，摇了摇头。塔彭丝的仇一定要报，不过，这好歹是老先生的一番好心。

我想还是好好回一封信吧。他走到对面的写字台。通常酒店里的文具配备都很荒谬，这个抽屉里也是——有无数的信封却没有信纸。他按了铃，但没有人来。汤米十分恼火。然后他想起朱利叶斯的起居室里有完美的各样配备。美国人刚宣布要即刻启程，所以不用担心会碰到他。再说，即使碰到了汤米也不会介意，他已经开始为自己刚才说的话感到羞愧了。老朱利叶斯也受够他了吧，如果发现他在那里，汤米会向他道歉的。

房间里空无一人。汤米走到写字台前，打开中间的抽屉。一张照片随意地放在一堆东西上，引起了他的注意。有那么一会儿，他像脚底生根了一样呆立在那里。然后，他拿出照片，关上抽屉，慢慢地走到一张扶手椅前，坐了下来，目不转睛地盯着手上的照片。

为什么朱利叶斯·赫谢默的写字台里竟会有法国姑娘安妮特的照片？

第二十二章　在唐宁街

首相用手指紧张地敲着面前的桌子，一脸的疲惫和烦恼，继续和卡特先生谈话。

“我不明白，”他说，“你真的觉得事情已经到了如此绝望的地步？”

“那个小伙子似乎是这么认为的。”

“让我们再看看他的信。”

卡特先生把信递上。信是用孩子气的潦草字体写成的。

尊敬的卡特先生，

有件事情突然给我很大的震动，当然，可能是我胡思乱想，不过我不这么认为。如果我的结论是对的，那么曼彻斯特的那个姑娘就是个冒牌货。整个事情都是事先安排好的，包裹以及一切，目的是想让我们以为这场游戏结束了——因此我想，我们一定已经非常接近真相了。

我想我已经知道谁是真正的简·芬恩，而且甚至知道了文件的下落。当然，后一个还只是猜测，不过我最后会证明我的猜测是对的。总之，我把它装在了一个密封的信封里，请您不到最后一刻，也就是二十八日午夜之前，不要打开它。届时您会立刻明白为什么这么做。您瞧，我已经明白，关于塔彭丝的那些事情也都是假的，她应该跟我一样活蹦乱跳的，没有被淹死。我猜他们的手段是：让简·芬恩逃脱，希望她不要再耍假失忆的花招，一旦她觉得恢复自由了，就会直接去藏文件的地方。当然，这要冒很大的风险，因为她认识他们所有人，但是他们太想得到条约草案了。但如果他们知道文件已经被我找到，那两个女孩儿的性命就危在旦夕了。我必须在简逃跑前找到塔彭丝。

我想要一份送到丽兹酒店给塔彭丝的电报的副本。詹姆斯·皮尔·埃杰顿爵士说您可以帮我弄到，他真是聪明绝顶。

最后一件事，请日夜监视索霍区的那幢房子。

您真诚的，某某

首相抬起头。

“信封呢？”

卡特先生冷冷地一笑。

“在银行的金库里。我不敢掉以轻心。”

“你不认同，”首相犹豫了一下，“那现在打开不是更好吗？如果这个年轻人的猜测是对的，我们当然应该立刻确认文件。我们可以把这事做得非常隐秘。”

“我们可以吗？我可不是那么肯定。四处都有间谍，一旦我们的行动被人知道，他们就会以那两个姑娘的性命相要挟。”他打了个响指，“不行，这个小伙子信任我，我不想让他失望。”

“好了，好了，那这件事就这样吧。这个小伙子是个什么样的人？”

“表面上看就是一个四肢发达、头脑简单的普通英国小伙子，并不怎么机灵。但他不会因为想象力太丰富而误入歧途，因为他完全没有想象力，所以很难上当受骗。他做事慢条斯理，但一旦掌握了什么，就绝不放手。和他一起的小姑娘则完全不同，更多靠直觉而非理性。他们一起工作是绝妙的搭配，兼具速度和耐力。”

“他看起来信心十足。”首相沉思着说道。

“是的，就是这点给了我希望。他是那种缺乏自信的年轻人，没有十足的把握是不会轻易提出看法的。”

一抹微笑出现在首相的唇角。

“而正是这个小伙子，将会打败我们这个时代的犯罪大师？”

“就是这个小伙子，就像你说的！但有时我觉得我看到了这件事背后的身影。”

“你的意思是？”

“皮尔·埃杰顿。”

“皮尔·埃杰顿？”首相惊讶地说。

“是的。我在这件事中看到了他的手。”卡特先生拍拍那封打开的信，“他在那里——在黑暗中工作，静静地、悄悄地。我一直觉得如果有人能抓到布朗先生的话，非皮尔·埃杰顿莫属。我告诉你，他已经插手此事了，但不希望被人知道。顺便说一句，有一天他向我提出了一项奇怪的请求。”

“哦？”

“他给我寄来一份美国报纸的剪报，上面提到大约三个星期前，在纽约的码头附近发现了一个男人的尸体。他让我尽量收集有关这件事的情报。”

“后来怎么样？”

卡特耸了耸肩。

“我没有找到很多信息。死者大约三十五岁，衣衫褴褛，脸部被毁坏得很严重，身份不明。”

“你觉得这两件事之间有某种联系吗？”

“不知怎的，我觉得有。当然我可能是错的。”

停顿了一会儿，卡特先生继续说：“我请他到这里来，并不是说我们可以从他嘴里套出一些他不想说的事。他的法律直觉太强大了。但毫无疑问，他能帮我们解决一两个年轻的贝雷斯福德先生的信中没说清的疑点。啊，他来了！”

两个人起身迎接来人。首相的脑海里突然闪过一个有点异想天开的想法。“也许他会是我的继任者！”

“我们收到了年轻的贝雷斯福德先生的一封信，”卡特先生开门见山地说，“我猜你见过他。”

“你猜错了。”律师说。

“哦！”卡特先生有点不知所措。

詹姆斯爵士笑了笑，抚摸着他的下巴。

“他打电话给我了。”他主动说。

“你介不介意告诉我们，你们之间到底是怎么回事？”

“一点也不介意。他打电话给我，对我的一封信表示感谢，因为我曾写信给他——事实上我给他提供了一份工作。然后他提起我在曼彻斯特对他说过的事情，关于那封将考利小姐骗走的伪造的电报，我问他是不是发生了什么不对劲的事情，他说是的。他在赫谢默先生的房间抽屉里发现了一张照片。”律师停顿了一下，然后继续说，“我问他照片上是否有美国加利福尼亚一位摄影师的名字和地址。他回答说

‘您料事如神，先生。确实有’。然后他接着告诉我一些我不知道的事情。那张照片上的人就是救了他的命的法国姑娘安妮特。”

“什么？”

“没错。我有些好奇地问这个小伙子是怎么处理照片的。他回答说，他把它放回原处了。”律师又停了一下，“做得很好，你知道，确实很好。这个小伙子会用脑子了。我祝贺他，这个发现真是天赐良机。当然，自从曼彻斯特的那个女孩儿被证明是假冒的之后，一切都改变了。不必我告诉他，年轻的贝雷斯福德自己就发现了。但在考利小姐的事情上他不敢相信自己的判断，问我是否认为她还活着？我告诉他，适当权衡现有的证据，她活着的可能性非常大。这让我们重新回到了电报的问题上。”

“怎么说？”

“我建议他到你这里要一份电报的副本，我认为很有可能考利小姐把电报扔到地板上后，有人涂改了个别字词，目的是把搜寻者引到错误的方向。”

卡特点了点头。他从口袋里拿出一张纸，并大声地念道：“速来肯特郡盖特豪斯，阿斯特利堡，有重大进展——汤米。”

“很简单。”詹姆斯爵士说，“而且非常巧妙。改了几个字就搞定了。而且他们忽略了一个重要的线索。”

“是什么？”

“那个门童的说法。考利小姐叫车前往查令十字。他们太相信自己的判断了，理所当然地以为门童记错了。”

“那么年轻的贝雷斯福德现在在哪儿？”

“在肯特郡的盖特豪斯，除非我弄错了。”

卡特先生好奇地看着他。

“我很好奇你怎么不在那里，皮尔·埃杰顿？”

“啊，我在忙一个案子。”

“我还以为你仍在度假呢？”

“哦，我没有公务。或许更准确地说，我在为一个案子做准备。关于那个美国人，你有更多的消息给我吗？”

“恐怕没有。找出他是谁很重要吗？”

“哦，我知道他是谁。”詹姆斯爵士轻松地说，“还没有证据，但我知道。”

其他两人没有发问。他们凭直觉知道，问了也是纯粹浪费口水。

“但我不明白，”首相突然说，“照片怎么会出现在赫谢默先生的抽屉里？”

“也许它一直在那里。”律师轻轻地说。

“可是那个假冒的督察呢，布朗督察？”

“啊！”詹姆斯先生若有所思地说，并站了起来，“我不能再耽误您的时间了，继续忙国家大事去吧。我要走了，忙我的案子。”

两天后，朱利叶斯·赫谢默从曼彻斯特回来了。汤米的信放在他的桌上：

亲爱的赫谢默，

对不起，我冲你发了脾气。万一我不能再见到你，就只能信中道别了。有人提供给我一份在阿根廷的工作，我很可能会接受。

你的

汤米·贝雷斯福德

一个奇特的笑容瞬间在朱利叶斯的脸上漾开。他把信扔进了废纸篓。

“该死的傻瓜！”他喃喃地说。

第二十三章　与时间赛跑

给詹姆斯爵士打完电话后，汤米下一步是去拜访南奥德利大厦。他找到已经下班的艾伯特，开门见山向他介绍自己是塔彭丝的朋友。艾伯特的态度一下变得亲热起来。

“最近这里非常平静。”他惆怅地说，“小姐一切都好吧，先生？”

“问题就在这里，艾伯特。她失踪了。”

“你该不是说她被那些坏蛋抓走了吧？”

“正是。”

“在地下？”

“不，可恶，是在这个世界上！”

“这是一种说法，先生。”艾伯特解释说，“在电影里坏蛋总是拥有一间地下餐馆。你觉得他们会不会杀了她，先生？”

“我希望不会。顺便问一句，你有没有可能恰好有一位阿姨、表姐、外婆或任何其他合适的女性亲戚，眼下正随时可能翘辫子的？”

一丝欣喜若狂的笑容慢慢地在艾伯特的脸上漾开。

“我有，先生。我可怜的姑姑住在乡下，抱病在床很长时间了，她想见我最后一面。”

汤米赞许地点了点头。

“你能把这一情况报告上去，一个小时后和我在查令十字车站碰面吗？”

“我会去的，先生。您尽管放心。”

一如汤米的判断，忠诚的艾伯特是个非常宝贵的盟友。两人在盖特豪斯的一间旅馆住下。艾伯特负责打探消息，这件事他做起来不费吹灰之力。

阿斯特利堡是亚当斯医生的家。据房东说，医生已经退休不再行医了，不过他私下里还照顾着几个病人——说到这儿，这位热心人还意味深长地拍了拍自己的额头。“脑子有问题的人！你懂的！”医生在村里非常受欢迎，总是积极参加地方体育活动，“一个性格开朗、和蔼可亲的绅士。”在这里住了很久了吗？哦，大约有十年了——也许更久。他是个做学问的人，大学教授之类的人常常从城里来拜访他。总之，这是一幢热闹欢乐的房子，总是宾客盈门。

在艾伯特滔滔不绝的介绍中，汤米不禁感到有些疑惑。这个和善的知名人士有没有可能在现实中是一个危险的罪犯呢？他的生活似乎光明磊落，没有一丝一毫阴险邪恶的行为。自己是不是犯了一个大错？想到这儿，汤米觉得心都凉了。

这时他想起了那几个他私下里照顾的病人——“脑袋有问题的人”。他又仔细地描述了塔彭丝的长相，询问是否在病人中见过这样一位年轻的女士。但似乎大家都不知道病人的情况——很少看到他们外出。也没人见过像安妮特那样长相的姑娘。

阿斯特利堡是一幢美丽的红砖建筑，房子周围的茂密林地有效地挡住了大路上行人好奇窥探的视线。

第一天晚上，汤米决定在艾伯特的陪同下去一探究竟。由于艾伯特的坚持，他们弓着身子痛苦地潜行，结果闹出的动静比直立行走还大得多。实际上这些预防措施是完全不必要的。这栋宅子和夜幕降临后的所有私人住宅一样，似乎无人看管。汤米想过可能会有凶猛的看门狗，艾伯特则异想天开地以为会碰到一头美洲豹或温顺的眼镜蛇。但最终他们完全不受打扰地来到了房子旁边的灌木丛。

餐厅窗户的百叶窗拉上去了，可以看见有一大群人围坐在一张大桌子旁。觥筹交错，似乎正在进行一次开心的聚会。交谈的片言只语从打开的窗户飘出，消散在夜色中。他们在热烈地讨论乡村板球比赛！

汤米再次有没有把握的心凉感，怎么也看不出这些人有什么异常。他是不是又被耍了？坐在首席上的那位绅士留着漂亮的胡子、戴着眼镜，看起来是多么诚实正派。

那天晚上汤米睡得不好。第二天早上，精力充沛的艾伯特已经和卖菜的男孩子打成一片了。他顶替了对方的工作，并结识了盖特豪斯的厨子。他带回的情报断定，这个厨子毫无疑问是坏蛋那一伙的，但汤米不怎么信任他过于丰富的想象力。一细问，除了他自己觉得那女人有点不同一般外，并没有什么证据能支持他的说法。但男孩儿坚称那是显而易见的。

第二天的侦查工作照常进行——真正的卖菜男孩儿的钱袋子鼓了不少。艾伯特带回第一条令人鼓舞的消息，房子里曾住过一位年轻的法国姑娘。这证实了汤米的推测，他终于可以把疑虑抛到一边了。可是时间紧迫，今天已经是二十七日了，二十九日就是备受瞩目的“劳动节”，关于这个节日的种种传闻甚嚣尘上，报纸上的讨论越来越激烈，各种关于劳工政变的暗示随意地报道出来。政府一言不发，知情并准备着。还有劳工领袖之间存在分歧的传言，说他们并不完全是一条心。他们中有些更有远见的人意识到，他们所做的事对他们内心深处热爱的英国很可能是一个致命的打击。在总罢工将会导致的饥荒和惨剧面前，他们退缩了，并愿意配合政府。但是，他们背后那些顽固的强硬派仍在起作用。他们挑起过去所犯错误的痛苦记忆，抨击中立派的软弱，煽动分歧与误解。

汤米觉得，多亏了卡特先生，他才能准确地理解形势。如果那份要命的文件落入到布朗先生手中，舆论会倒向劳工中的极端分子和革命者。即使这件事没有引起那么大的影响，也很可能会发生争斗。政府身后有忠诚的军队和警察部队，所以可能会赢，但要付出惨痛的代价。但汤米还怀抱着另一个异想天开的梦想，那就是抓住布朗先生，并揭露他的真面目。他相信这样一来，整个组织就会瞬间瓦解。因为是那个神龙见首不见尾的神秘领袖把这个组织凝聚在一起的，没了他，汤米相信恐慌会瞬间消散，诚实的人会自行离去，在最后一刻力挽狂澜是有可能的。

“这是一个人的独角戏，”汤米对自己说，“要做的事情就是抓住那个人。”

他要求卡特先生不要打开密封的信封，就是这雄心勃勃的计划的一部分。那个条约草案是汤米的诱饵。他时时刻刻为自己的计划担心，他凭什么认为自己能发现那么多比他更聪明的人都忽略了的事情？不过，他还是坚持实施了自己的计划。

那天晚上，他和艾伯特再次潜入阿斯特利堡的林地。汤米还进一步希望能够想办法进到房子里面去。当他们小心谨慎地靠近房子时，汤米突然发出一声惊呼。

在二楼的窗口，有个人的侧影投射在了窗帘上。那是一个汤米无论在哪里都能一眼认出的身影！是塔彭丝，她在那栋房子里！

他抓住艾伯特的肩膀。

“你留在这里！等我开始唱歌的时候，你注意看那个窗口。”

他急忙退到主路上，装出踉跄的步态，扯开嗓子吼起来，哼唱着下面这首小曲：

我是一个兵，
一个快乐的英国兵；
你看我的脚，就知道我是一个兵……

这是塔彭丝还在医院工作时最喜欢的一首歌。汤米毫不怀疑她会听出这首歌，并得出结论。汤米五音不全，但是肺活量很好，他制造出的声音大得惊人。

很快，从前门出来一个模样无懈可击的管家和一个同样无懈可击的男仆。管家劝他离开，汤米却只管继续唱，还亲切地称呼管家为“亲爱的老胡子”。男仆拽着他的一只胳膊，管家拽着另一只，一路拖着他走过行车道，一直到大门外。管家警告他如果再擅自闯入，就报警。他干得非常漂亮，态度冷静、礼仪完美。任何人看见了都会发誓说这位管家是真正的管家，男仆是真正的男仆——只是，巧的是，管家是惠廷顿！

汤米回到旅店，等艾伯特回来。最后，翘首期盼的人终于出现了。

“怎么样？”汤米急切地喊。

“很顺利。他们轰你的时候，窗户打开了，有东西扔了出来。”他递过一张小纸片给汤米，“纸条是裹在一个镇尺上扔下来的。”

纸上潦草地写着几个字："明天，同一时间。"

"太好了！"汤米喊道，"我们有进展了。"

"我写了一张纸条，包在一块小石头上，扔进窗户给她了。"艾伯特上气不接下气地继续说道。

汤米呻吟了一声。

"你的热情会毁了我们的，艾伯特。你写了什么？"

"我说我们住在旅店里，如果她能逃脱，就到这里来，学青蛙叫就行了。"

"她一定知道是你。"汤米松了一口气，"你的想象力跑哪儿去了，艾伯特。你想想，听到青蛙的叫声，你怎么能辨别是真是假呢？"

艾伯特顿时垂头丧气。

"高兴点儿，"汤米说，"你没有造成什么危害。那个管家是我的老朋友——我敢打赌，他知道我是谁，只不过装作不认识。这是他们的把戏，表现得不动声色，所以我们才能这么顺利地找到这里。他们并不想完全阻止我，另一方面，他们也不希望这事太容易。我只是他们游戏中的一个棋子，艾伯特，这就是我的处境。你瞧，如果蜘蛛让苍蝇太容易飞出去，苍蝇可能会怀疑这是一个陷阱。因此，有为青年T. 贝雷斯福德先生误打误撞送上门来，对他们来说时机正好。不过接下来，T. 贝雷斯福德先生可要小心了！"

汤米兴高采烈地去睡觉了。他为第二天晚上制订了一个周密的计划。他确信阿斯特利堡的住户一定程度上不会阻挠他，正是基于这一点，汤米打算给他们一个惊喜。

然而，十二点钟左右，他被人粗暴地摇醒，并告知酒吧里有人要见他。找他的人是一个粗鲁的车夫，衣服上都是泥巴。

"好了，伙计，找我什么事？"汤米问。

“这是给你的，先生。”车夫拿出一张脏兮兮的折起来的便条，外面写着“把这个交给阿斯特利堡附近旅店的先生，他会给你十先令”。

是塔彭丝的笔迹。汤米暗暗赞赏塔彭丝的机智，想到了他可能会以化名住在旅馆。他伸手去抓便条。

“没错。”

那男人却不放手。

“我的十先令呢？”

汤米急忙拿出一张十先令的钞票，那个男人才交出他捡到的东西。汤米打开便条。

亲爱的汤米，

我知道昨天晚上是你，但今天晚上不要来，他们会埋伏着等你。今天早上他们要带我们走，我听到他们说是威尔士——我想大概是霍利黑德。我会在路上找机会把这张纸条丢出来。安妮特告诉了我你是怎么逃出来的。打起精神。

此致

两便士

汤米还没仔细看完，就扯开嗓门高喊艾伯特。

“收拾行李！我们要走了！”

“好的，先生。”艾伯特在楼上跑来跑去，脚步声咚咚响。霍利黑德？这是什么意思，难道——汤米感到疑惑不解。他又慢慢地看了一遍纸条。

艾伯特还在楼上走来走去。

突然，汤米发出第二声大吼。

“艾伯特！我是一个该死的傻瓜！放下行李！”

“好的，先生。”

汤米沉思着，把纸条抚平。

“是的，我是一个该死的傻瓜。”他轻声说道，“不过，另一个人也一样！我终于知道他是谁了！”

第二十四章　朱利叶斯插手

克雷默宁斜倚在克拉里奇饭店套房的沙发上，用嘶嘶的俄语向秘书面授机宜。

这时，秘书手肘边的电话响了。他拿起听筒，讲了一两分钟，然后转向他的雇主。

“有个人在下面找你。”

“是谁？”

“他自称朱利叶斯·P. 赫谢默先生。”

“赫谢默。”克雷默宁若有所思地又念了一遍，“我以前听说过这个名字。”

“他的父亲是美国的钢铁大王。”秘书解释说，他的职责就是无所不知，“这个年轻人一定是个身家好几百万的富翁。”

雇主的眼睛欣赏地眯了起来。

“你最好下去看看他，伊万，弄清楚他的来意。”

秘书领命离开，出门后轻轻地关上了房门。几分钟后，他回来了。

“他不肯说出他的来意，只说完全是私人问题，坚持要见你。”

“一个身家好几百万的富翁。”克雷默宁喃喃道，“带他上来吧，我亲爱的伊万。”

秘书又离开了房间，回来的时候带着朱利叶斯。

“克雷默宁先生吗？”后者突兀地问。

俄国人用恶毒的浅色眼睛仔细地打量了一下对方，然后欠了欠身子。

“很高兴见到你，”美国人说，“我有一些非常重要的事情想和你商量，我们能否单独谈谈。”他目光如炬地看着另一个人。

“格里尔博先生是我的秘书，我什么事都不瞒他。”

“也许是这样，可是我有事不能让别人知道。”朱利叶斯冷冷地说，“所以，如果能请他离开，我将不胜感激。”

“伊万，”俄国人轻声说，“你不介意到隔壁房间去——”

“隔壁房间不行。”朱利叶斯打断他，“我知道这些公爵套房的构造。我想要这个房间完全没别人，只有你和我。打发他到商店去买些花生吧。”

虽然不是特别欣赏美国人这种率性的说话方式，但克雷默宁确实被激起了好奇心。“你的事情需要谈很久吗？”

“可能需要一整夜，如果你跟得上。”

“很好，伊万。今天晚上我这儿没你的事了，去剧院看戏吧。放一晚上的假。”

“谢谢您，阁下。”

秘书鞠了一躬，离开了。

朱利叶斯站在门口看着他离去，终于满意地吁了口气，关上门，回到房间的中央。

“现在，赫谢默先生，也许你愿意谈正事了？”

“我想这花不了一分钟。”朱利叶斯懒洋洋地说。然后，他的态度来了个一百八十度大转弯。“举起手来，否则我就开枪了。”

一时间，克雷默宁茫然地盯着自动手枪，片刻后才仓皇狼狈地将双臂举过头顶。这一刹那，朱利叶斯已心知肚明，他要对付的这个男人是个十足的懦夫——剩下的事情就好办了。

“太过分了。”俄国人歇斯底里地尖叫道，“太过分了！你想杀了我吗？”

“如果你不大喊大叫，我就不会杀你。不要去碰旁边那个铃。这才像话。”

“你想要什么？千万不要冲动。不要忘了我的命对我的国家极有价值。大概是有人污蔑我……”

“依我看，”朱利叶斯说，“谁如果把你干掉了，还真为人类做了好事。不过，你不用担心，这次我并不打算杀了你——如果你配合的话。”

在对方严厉的目光震慑下，俄国人十分害怕，他伸出舌头，舔了舔自己干裂的嘴唇。

“你想要什么？钱吗？”

“不，我要简·芬恩。”

“简·芬恩？我……从来没有听说过她！”

“你真是个该死的骗子！你知道我说的是谁。”

“我告诉你，我真的从来没听说过这个姑娘。”

“那么我告诉你，”朱利叶斯反驳道，“我的小威利已经暴跳如雷了！”

俄国人明显矮了一截。

“你不敢的……”

“哦，是吗？我会的，小子！”

克雷默宁一定是听出了朱利叶斯话中的决心，他绷着脸说：“好吧，就算我知道你在说谁，那又怎样？”

“你现在就告诉我——就在这里——她在哪儿？”

克莱默宁摇了摇头。

“我不敢说。”

“为什么不？”

“我不敢。你再问也没用。”

“害怕，是吗？怕谁？布朗先生吗？嗯，刺激到你了！那么真有这样一个人？我还怀疑过他的真实性呢。光是提到他就把你吓得脸色都变了！”

“我见过他。”俄国人慢慢地说，“跟他面对面说过话。但是当时我不知道，直到后来才知道。他很容易混入人群，再看见他我应该也认不出来。他是真实的吗？我不知道。但我知道一点，他是一个可怕的男人。”

“他永远不会知道的。”朱利叶斯说。

“他什么都知道，而且他的报复来得极快。连我——克雷默宁！都不能幸免！”

“这么说，你不肯照我说的做了？”

“你这是在强人所难。”

“那么你惨了。”朱利叶斯高高兴兴地说，“不过大众将从中受益。”他举起手枪。

“住手！”俄国人尖叫道，“你不会真的要杀我吧？”

“这还有假？我一直听说你们革命者视人命如草芥，但看来如果是关系到你自己的性命的话，似乎还是有区别的。我已经给了你一个保住这副臭皮囊的机会，是你自己不要！”

“他们会杀了我的！”

“好吧，”朱利叶斯乐呵呵地说，“你自己决定。不过我告诉你，你在小威利这里必死无疑，如果我是你，宁可选择和布朗先生搏一把！”

“如果你杀了我，你也会上绞刑架。”俄国人嘀咕着，语气不大确定。

“不，你搞错了，你忘记了美金的魔力。会有一大群律师为我奔走活动，他们还会将一些名声显赫的医生拉进来，最后这一切将归咎为我的大脑错乱。我将在一个安静的疗养院度过几个月，心理健康得到改善，医生声明我已经恢复理智。对于小朱利叶斯来说，一切都将愉快地结束。我想，为了除掉你，我可以忍受几个月的隐居生活。你不要自欺欺人了，我怎么可能上绞刑架！”

俄国人相信了他的话，腐败如他的人深知金钱的力量。他看过很多美国谋杀案的审讯报道，和朱利叶斯说的差不多，他自己就曾贿赂过法官。这个精力充沛、说话拖腔拿调的年轻美国人，对他颇有威慑力。

“我数到五。”朱利叶斯继续说道，“而如果你让我数到四，就再也不用担心布朗先生了。也许他会带一些鲜花到你的葬礼，不过你闻不到了！准备好了吗？我要开始了。一、二、三、四——”

俄国人尖叫着打断他。“不要开枪。我都听你的。”

朱利叶斯放低了手枪。

“我想你还不算太糊涂，那姑娘在哪儿？”

“在盖特豪斯，肯特郡。那地方叫阿斯特利堡。”

“她被关在那里吗？”

“不准她出门，但其实她安全得很。那个小傻瓜失忆了，天杀的！”

“我猜这让你和你的朋友们一直很烦恼吧。那么另一个姑娘呢，你们一个星期前骗过去的那个？”

“她也在那里。”俄国人绷着脸说。

“那就好。”朱利叶斯说，“这结果不是很完美吗？今晚夜色这么美，正适合出门逛逛！”

“逛什么？”克雷默宁瞪着眼问。

“当然是去盖特豪斯啊。我希望你喜欢坐汽车。”

“你什么意思？我拒绝去。”

“不要生气了。你必须明白，我是不可能让你留在这儿的。你马上就会给你的朋友通风报信！啊！”他看到对方的脸拉下来了，“你瞧，被我猜中了吧。不，先生，你要跟我一起去。你的卧室在隔壁吧？过去。小威利和我会跟着你。穿厚点儿，对了，毛皮衬里的？好你个社会主义者！好了，我们准备好了。我们下楼，穿过大厅，到我的车里去。不要忘了，你逃不出我的手掌心，我在口袋里开枪一样准。不许对那些穿制服的侍者说一个字或使一个眼色，否则硫磺和火药包管让你面目全非！”

他们一起走下楼梯，往在外面等候的汽车走去。俄国人气得浑身发抖。四周都是酒店的侍者，他想张口呼救，但还是不敢那么做。美国人是个说到做到的人。

他们上了车，朱利叶斯如释重负地长出一口气。危险已经过去，恐惧成功地制伏了他身旁的这个人。

“上车。”他命令道，看到对方在左顾右盼，“别瞎想了，司机不会帮你的。他曾是海军，俄国革命爆发时他在潜艇上服役。他的一个兄弟被你们的人杀了。乔治！”

“是的，先生。”司机转过头。

“这位先生是俄国斯帝国的布尔什维克，我们不想向他开枪，但是如果有必要，你明白要怎么做吧？”

“完全明白，先生。”

“我想去肯特郡的盖特豪斯。你认识路吗？”

“是的，先生，大概要一个半小时。”

“争取一个小时到。我很急。”

“我会尽力的，先生。”汽车风驰电掣地奔驰起来。

朱利叶斯舒舒服服地坐在他的俘虏旁。他的手一直放在衣服的口袋里，但他的举止却彬彬有礼、无可挑剔。

“有一次在亚利桑那州，我开枪打死了一个人……”他兴致勃勃地开口述说。

一个小时的路途，可怜的克雷默宁早已生不如死。继亚利桑那州的那个故事之后，朱利叶斯又讲了在旧金山对付一个恶棍，以及落基山脉中的一段插曲。朱利叶斯的叙事风格即使算不上绝对精准，也是绘声绘色的！

司机放慢速度，转过身报告说他们已到达盖特豪斯。朱利叶斯吩咐俄国人带路。他的计划是直接到房子那里，由克雷默宁出面去要那两个女孩。朱利叶斯向他解释，小威利百发百中，从来不会失手。克雷默宁如今早已是任人宰割的羔羊，又被一路听到的惊心动魄的故事吓破了胆。他觉得自己死定了。

司机加大油门，开上行车道，在门廊前停了下来，回头等候命令。

“先掉个头，乔治，然后去按门铃，按完就回来。让发动机开着，等我命令，随时准备开溜。”

“好的，先生。”

前门是由管家打开的。克雷默宁感到左轮手枪的枪口顶在了他的肋骨上。

“现在去吧，”朱利叶斯威胁道，“说话要小心。”

俄国人招招手。他的嘴唇发白，声音颤抖。

“是我……克雷默宁！立刻把那姑娘带来！没有时间浪费了！”

惠廷顿从台阶上走下，看到克雷默宁，发出了一声惊呼。

“是你？！怎么回事？你应该知道计划——”

克雷默宁打断他的话：“我们被出卖了！必须放弃原计划，先救自己的性命。那姑娘呢？快点儿！这是我们唯一的机会。”

惠廷顿犹豫了一下，但几乎没怎么拖延。

“你有他的命令吧？”

“当然！要不然我怎么会来这里？快点儿！没有时间了。另外一个小傻瓜最好也一起带来。”

惠廷顿转身跑进了屋子。难熬的时间一分一秒地过去，然后，两个被套上斗篷的身影出现在了台阶上，进而被塞到了车里。个子较小的一个想要反抗，被惠廷顿毫不留情地推了一把。朱利叶斯见状俯身向前，门里透出的光照亮了他的脸。台阶上，站在惠廷顿身后的一个男人发出一声惊呼。他们暴露了。

“快走，乔治。”朱利叶斯喊道。

司机猛踩油门，轰的一声，车子开动了。

台阶上的人发出一阵咒骂，手从口袋里掏出。一时间火花四溅，子弹从高个子女孩儿身边呼啸而过。

“趴下，简！”朱利叶斯喊道，“平躺在车厢底部。”他把她推倒，然后站起来，小心地瞄准目标，射击。

“你打中他了吗？”塔彭丝急切地问。

“当然。”朱利叶斯回答说，“不过没打死他。祸害遗千年，没那么容易死。你没事吧，塔彭丝？”

“我当然没事。汤米在哪里？这又是谁？”她指着瑟瑟发抖的克雷默宁。

“汤米到阿根廷去了。我猜他以为你已经死翘翘了。稳当地通过大门，乔治！对了。他们至少要五分钟后才能来追我们，我猜他们会用电话通知同伙，因此要小心前面的陷阱。不要走大路。你问这是谁吗，塔彭丝？让我给你介绍克雷默宁先生。我说服他为了健康跟我走这一趟。”

俄国人一语不发，仍然吓得面色铁青。

“可是，他们为什么会放我们走？”塔彭丝不解地问。

“我想是因为这位克雷默宁先生娇滴滴地向他们请求，他们无法拒绝吧！”

俄国人终于忍无可忍了，他激动地叫道：“该死的，都怪你！他们现在知道我背叛了他们。在这个国家我连一个小时也待不下去了，他们会要了我的命的。”

“的确如此。”朱利叶斯表示赞同，“我建议你马上动身回俄国。”

“那就放了我！”对方喊道，“我已经都照你的要求做了，为什么你还要我跟着你们？”

“我可不享受你的陪伴。如果你想走，你可以马上就走。我还以为你想要我带你回伦敦呢。”

“你可能永远也到不了伦敦。”对方咆哮道，“马上，就在这里，放了我。”

“当然可以。停车，乔治，这位先生不回去了。如果我将来去俄国，克雷默宁先生，希望有个盛大的欢迎仪式，还有——”

但是，朱利叶斯的话还没说完，车子也还没停稳，俄国人就已经爬出车子，消失在夜色中了。

“这么迫不及待地离开我们，”汽车再次上路，朱利叶斯评论道，“而且一点礼貌都没有，也不和女士们道别。我说，简，你可以坐起来了。”

这个女孩儿第一次开口说话。

“你是怎么说服他的？”她问。

朱利叶斯拍了拍他的左轮手枪。

“小威利的功劳！”

“干得漂亮！”女孩儿喊道。绯云浮上她的脸庞，她崇拜地望着朱利叶斯。

“安妮特，我刚才一点都不知道要发生什么事情。”塔彭丝说，“老惠廷顿催我们的时候，我还以为要上刑场了呢。”

“安妮特，”朱利叶斯说，“你是这么叫她的？”他似乎正努力调整自己，好适应新的变化。

“这就是她的名字啊。”塔彭丝说，眼睛瞪得大大的。

“不是的！”朱利叶斯反驳道，“她可能以为这是她的名字，因为她失忆了，可怜的孩子。但我们面前的这位，是如假包换的简·芬恩。”

“什么？！”塔彭丝喊道。

但她的惊叹被打断了。一颗怒吼的子弹射过来，嵌进她脑袋后面的汽车装饰板里。

“快趴下！”朱利叶斯叫道，“这里有埋伏。这些家伙的手脚挺快的。开快点儿，乔治。”

车子加速奔驰。又响起三声枪响，但都没有打中。朱利叶斯坐起身，斜靠在车子的后座上，瞄准。

“没什么可打的。”他沮丧地宣布，“但我想很快就会有另一场伏击。啊！”

他抬起手去摸脸颊。

“你受伤了？”安妮特急切地问。

“只是擦破了点皮。”

女孩儿跳起来。

“让我出去！我说让我出去！停车。他们追的是我，他们想抓的只是我。你不能因为我丢了性命。让我走。”她摸索着门把手。

朱利叶斯抓住她的双臂，看着她。她刚才说话时没有一丝外国口音。

“坐吧，孩子。”朱利叶斯温柔地说，“我猜你的记忆没有一点毛病，一直以来都是在骗他们的，对吧？”

女孩儿看了他一眼，点点头，然后突然放声大哭。朱利叶斯拍了拍她的肩膀。

“好了、好了……坐着别动。我们不会让你离开的。”

女孩儿抽噎着，断断续续地说：“你是从我的家乡来的，我从你的声音里能听出来。我想家了。”

“我当然是从家乡来的。我是你的表哥，朱利叶斯·赫谢默。我到欧洲是特意来找你的，你可真让我好找啊。”

车子放慢速度。乔治回头说：“一个十字路口，先生，我不知道往哪边走。”

车子慢了下来，渐渐停下不动了。一个身影突然从车子后部蹿了出来，而且一屁股坐到了他们中间。

“对不起。”还没坐稳的汤米说道。

他的出现引起了一阵骚乱。大家激动地争先跟他打招呼。他一一回答他们。

“我躲在行车道旁的灌木丛里，然后一直跟在你们后面。之前没办法通知你们，就只好在你们必经的路口等着，这是我唯一能做的。那么现在，姑娘们，下车！”

“下车？”

“是的，从这条路上去有一个车站，三分钟内会有一班火车通过。如果你们抓点紧，还能赶上它。”

“你这是什么鬼主意？”朱利叶斯问道，“你以为丢下一辆空车就可以骗过他们了？”

“你和我都不会离开车子。只有女孩子。”

“你疯了，贝雷斯福德，你完全疯了！你不能让姑娘们单独下车。如果你这么做，一切都完了。”

汤米转身看着塔彭丝。

“马上下车，塔彭丝。带上她，照我说的做。没人会伤害你们，你们很安全。坐火车到伦敦，直接去找詹姆斯·皮尔·埃杰顿爵士。卡特先生出城去了，你们和他在一起很安全。”

“你这个混账！”朱利叶斯喊道，“你疯了。简，你留下来。”

汤米突然以迅雷不及掩耳之势抢去了朱利叶斯手中的左轮手枪，并且对准了他。

“现在你们相信我是认真的了吧？你们两个都下车，照我说的做，不然我就开枪了！”

塔彭丝跳了出去，拖着不情愿的简。

“来吧，没关系，如果汤米确定——看起来他很确定。快点儿，我们就要赶不上那趟火车了。”

她们开始跑起来。

朱利叶斯压抑已久的愤怒爆发了。

“搞什么鬼——”

汤米打断他的话。

“住口！我想跟你说几句话，朱利叶斯·赫谢默先生。”

第二十五章　简的故事

塔彭丝挽着简的手臂，半拖半拽地把她带到了车站。她敏锐的耳朵听到了火车即将驶来的声音。

“快点儿，”她气喘吁吁地说，“要不我们就赶不上车了。”

她们赶到站台时火车正好进站。塔彭丝打开一扇头等车厢的门，两个女孩儿一屁股坐在座椅上，上气不接下气。

一个男人探头进来看了看，然后到隔壁车厢去了。简开始紧张起来，她的眼睛里充满了恐惧。她疑惑地看着塔彭丝。

“你觉得他会是他们一伙的吗？”她低声问。

塔彭丝摇摇头。

“不会，没问题的。”她拉起简的手安慰她，“如果不是有十足的把握，汤米不会让我们这样做的。”

“可是他不像我这么了解他们！”女孩儿浑身颤抖，“你不会理解的。五年了！五年，那么久！有时候我觉得我已经疯了。”

“没关系的，一切都结束了。”

“是吗？”

火车开动了，在夜色中逐渐加速。突然，简·芬恩惊叫一声。

“那是什么？我觉得我看到了一张脸，他透过窗户向里张望。”

“没有，什么都没有。你看。“塔彭丝走到窗前，扯过带子让玻璃窗降下来。

“你确定？”

“非常确定。”

简似乎觉得有必要解释一下。

“我想我就像一只受惊的兔子，但我真的控制不住，如果他们现在抓住了我，他们会……”她的眼睛睁得大大的，盯着前方。

“不要想！”塔彭丝恳求道，“躺下来，不要想。你要相信汤米，如果不安全，汤米就不会说这是安全的。”

“可我表哥不这么认为。他不希望我们这么做。”

“是的。”塔彭丝说，觉得有点尴尬。

“你在想什么呢？”简突然问。

“为什么这么问？”

“你的声音听起来很……奇怪！”

“我确实在想一些事情。”塔彭丝坦白，“但我不想告诉你……现在不行。我也许错了，虽然我不这么认为。这只是很久以前就从我的脑海中冒出来的想法。汤米也想到了——我几乎可以肯定他想到了。不过你不要担心，时间还有。也许根本就不是那么回事！听我的，躺下来，什么都不要想。”

“我会尽力的。”长长的睫毛盖住了简那双浅褐色的眼睛。

至于塔彭丝，她坐得笔直，一副高度警惕的样子。尽管她一直在安慰简，但其实她自己也很紧张。她的目光不断地从一个窗口移向另一个窗口，留意着车厢警报的确切位置。她很难说清自己在担心什么，但在内心深处，她一点也没有她说出的话中所显示的信心。这并不是说她不相信汤米，只是偶尔她会因为怀疑而感到动摇，像汤米这么单纯正直的人，真的能够和凶残狡诈的人魔头相抗衡吗？

如果她们能够安全到达詹姆斯·皮尔·埃杰顿爵士那里就好了。但她们能到达吗？布朗先生是不是又已经悄无声息地设下了埋伏要对付他们？即使是想起最后看到汤米，看到他手握左轮手枪的样子，也无法安慰她。现在，他也许已经被制伏了，被无数的重拳击倒……塔彭丝必须制订自己的行动计划。

火车徐徐驶进查令十字车站，简·芬恩一下子坐了起来。

“真的到了吗？我还以为我们到不了了呢！”

“哦，我认为我们能顺利来到伦敦。如果要发生什么好玩的事情，应该现在才开始。快点儿，下车。我们去叫一辆出租车。”

一两分钟后，她们通过了检票口，付了车费，并叫了一辆出租车。

“国王十字。”塔彭丝告诉司机，然后跳上车。车子开动的时候，一个男人向车窗里看了看。她几乎可以肯定，是在火车上走进她们隔壁车厢的那个人。她有种不寒而栗的感觉，她们好像在被慢慢地包围。

“你瞧，”她对简解释道，“如果他们认为我们要去找詹姆斯爵士，这么做就可以拖延他们一阵子。现在，他们会以为我们要去找卡特先生，他的乡间别墅在伦敦北部的某个地方。”

经过霍尔本时碰到了路障，出租车停了下来。这正是塔彭丝一直在等待的机会。

“快！”她低声说，“打开右边的门！”

两个女孩儿钻进车流。两分钟后，她们坐进了另一辆出租车，原路折返，这次她们直奔卡尔顿豪斯街。

“好了，”塔彭丝洋洋得意地说，“这次应该甩掉他们了。我有时候真心觉得我可真聪明啊！不知道那辆出租车的司机会怎么骂我们呢！不过我把他的车牌号码记下来了，明天我会把支票寄给他，让他不遭受什么损失。为什么突然转弯——哦！”

传来刺耳的刹车和撞击声，另一辆出租车撞上了她们坐的这辆。

塔彭丝赶忙下车来到人行道上，一名警察向他们走来。但还没等他到达，塔彭丝就迅速递给司机五先令，和简一起消失在人群中。

“快到了。”塔彭丝气喘吁吁地说。刚才那场事故发生在特拉法加广场。

“你觉得撞车是意外，还是有人故意为之？”

“我不知道。都有可能。”

两个女孩儿手牵着手，匆忙赶路。

“可能是我疑神疑鬼，”塔彭丝突然说，“但我觉得好像有人在跟踪我们。”

“快点儿！”简轻声说，“哦，快点儿！”

她们来到卡尔顿豪斯街的转角了，两人顿时精神大振。突然，一个大个子、醉醺醺的男人拦住了她们。

“晚上好，女士们，”他打了个嗝，“这么匆忙，要到哪里去呀？”

“请让我们过去。”塔彭丝严厉地说。

“我只是想跟你这个漂亮的朋友说句话罢了。”他伸出颤抖的手去抓简的肩膀。塔彭丝听到后面有脚步声跟来，她没有停下来判断来人是敌是友。她低下头，像小时候常玩的那样，使出全力向醉汉撞去。这些违反体育道德的动作效果总是立竿见影的，那个醉汉一屁股坐在了人行道上。塔彭丝和简拔腿就跑，她们要去的房子就在前面了。身后的脚步声仍然亦步亦趋。当她们跑到詹姆斯爵士家的大门前，两人都已经上气不接下气。塔彭丝按门铃，简敲门。

刚才拦住她们的那个醉汉也来到了台阶下。他犹豫了一下，就在这时，门开了。两个女孩儿一起冲进大厅。詹姆斯爵士从图书室里出来。

“哎呀！怎么回事？”

他走上前去，伸手扶住摇摇晃晃的简，半抱着把她搀进图书室，让她坐在沙发上。他又从桌子上方的酒柜里倒了一点白兰地，强迫她喝下去。简长吁一口气，坐了起来，但她的眼睛里仍充满惊恐和害怕。

“没事了。不要害怕，我的孩子。你安全了。”

简的呼吸逐渐恢复正常，脸颊也有了血色。詹姆斯爵士疑惑地看着塔彭丝。

“这么说，你没有死，塔彭丝小姐，而且比你的那个小伙子汤米还要生龙活虎！”

“年轻冒险家有限公司可不是那么容易完蛋的。”塔彭丝吹嘘道。

“看来是这样。”詹姆斯先生冷冰冰地说，“我可以恭喜你们的合作事业终于取得了圆满的成功吧。那么这位……”他转向沙发上的女孩儿，“是简·芬恩小姐吧？”

简坐了起来。

“是的，”她平静地说，“我是简·芬恩。我有很多事要告诉你。”

“等你身体好一些——”

“不，就现在！”她的声音略略提高，“只有把一切都告诉你们，我才会觉得安全。”

“随你便吧。”律师说。

他在沙发对面的大扶手椅上坐了下来。简低声开始讲述她的故事。

“我搭乘卢西塔尼亚号前往巴黎，去接受一份工作。我热切地关注着战争，非常渴望能为这场战争尽一点自己的微薄之力。我一直在学习法语，老师告诉我巴黎的一家医院需要人手，于是我就写信应征，他们接受了我的申请。我孤家寡人，没什么牵绊，一切很容易就安排好了。

“卢西塔尼亚号被鱼雷击中后，一个男人向我走来。我先前不止一次注意到他，而且早已在心里下了定论：他在害怕什么人或什么事。他问我是不是一个爱国的美国人，并且告诉我，他身上带着事关协约国生死的重要文件。他让我保管文件，并叫我留意《泰晤士报》上的广告。如果没有看到广告，就让我把文件交给美国大使。

“接下来发生的事情就像一场噩梦。到现在我还经常梦到……这部分我不想再多说。丹弗斯先生曾告诉我要小心，他可能在纽约就已经被盯上了，但他并没有意识到。起初我也没有察觉，但在去霍利黑德的船上，我开始变得不安。有一个女人一路上都非常热心地照顾我，和我成了好朋友——她就是范德迈耶太太。起初我只是感激她对我那么好，后来我觉得她身上有某些地方让我说不出地讨厌。后来，在爱尔兰的船上，我看到她和一些怪里怪气的人说话，而且从他们的样子来看，似乎是在谈论我。我想起在卢西塔尼亚号上，丹弗斯先生把包交给我的时候她就在离我们很近的地方，之前她还曾试图和他搭话。我开始感到害怕，但并不清楚该怎么做。

“我本来有个大胆的想法，就是那天留在霍利黑德，不去伦敦，但我很快就明白了，这么做愚蠢透了。唯一能做的事情就是假装什么都没注意到，心里暗暗祈祷。我想只要我小心谨慎，他们也不能把我怎么样。为了有备无患，我先把油布包撕开，装了些白纸进去，再缝起来。这样一来，就算有人把它抢走，也没什么问题。

“怎么处理真正的文件却让我操碎了心。最后，我把它展开——那份文件只有两张纸——夹在一本杂志的两张广告页之间。我用信封上的胶水把这两页粘起来，然后把这本杂志随意地塞在我的外套口袋里，走到哪儿都随身带着。

“在霍利黑德，我想和其他人一起进入一个看起来很正常的车厢，但奇怪的是我身边似乎总是围着一群人，他们推搡着，把我挤到我不想去的地方。这实在很不寻常，让人觉得害怕。最后，我发现自己竟然和范德迈耶太太坐在了同一个车厢里。我起身出去，但其他所有的车厢都满了，所以我又不得不回去坐下。我在心里安慰自己，车厢里还有其他人呢——我对面坐着一位相貌堂堂的男人和他的妻子。所以在到伦敦前我还都觉得很高兴，靠在椅背上，闭上了眼睛。我猜他们以为我睡着了，但我的眼睛并没有闭紧。突然，我看到那个相貌堂堂的男人从包里拿出一个东西，并把它交给了范德迈耶太太，对她使了一个眼色……

“我无法形容那个眼色有多恐怖，我简直吓呆了。我唯一能想到的是，无论如何也要尽快离开车厢。我站起来，尽量显得轻松自然。也许他们发现了什么，我也不知道，但突然范德迈耶太太说：‘就是现在。’接着她用什么东西捂住了我的鼻子和嘴巴，我想叫也叫不出来。就在同时，我感到后脑勺被重重地一击……”

她打了一个寒颤。詹姆斯爵士轻声安慰了几句。一分钟后，她又说：“我不知道过了多久才恢复意识，我感到非常难受，恶心想吐。我躺在一张很脏的床上，四周围着屏风，但我能听到房间里有两个人在说话。其中一个是范德迈耶太太。我竖起耳朵听，但一开始也听不出什么，后来我终于听懂他们的意思了——我吓坏了！我都奇怪自己当时竟没有吓得立刻叫出声来。

“他们还没有找到的文件只找到了那个装着白纸的油布包，简直气疯了！他们不知道是我换了文件，还是丹弗斯一直带着假文件，而真正的文件通过别的途径送走了。他们在商量。”她闭上了眼睛，“他们打算严刑拷打，逼我说出来！

“我以前从来不知道什么是恐惧，这下真的是吓坏了！期间他们来看过我一次。我闭着眼睛，假装还处在昏迷之中，我真怕他们会听到我的心在怦怦狂跳。不过他们离开了。我开始拼命动脑筋。我该怎么做？我知道如果被严刑逼供的话，我撑不了多久。

“突然，失忆的想法在我的脑海里冒出。我一直对失忆很感兴趣，还读过很多相关的书，对细节了如指掌。要是我能伪装成功，说不定可以救自己一命。我在心里默默地祈祷，并深深地吸了一口气。然后，我睁开眼睛，张口用法语说话！

“范德迈耶太太立刻从屏风后面现身，她那张邪恶的脸差点儿把我吓死了，但我却一脸疑惑地冲她微笑，用法语问她我在哪里。

“我可以看出这把她搞糊涂了。她叫来刚才跟她说话的那个男人，那男人站在屏风旁，脸在阴影里，看不清。他用法语跟我说话，声音很平常、安静。但不知道为什么，我觉得他比那个女人还要可怕得多。我觉得他一眼就能看穿我，但我还是继续硬着头皮假装下去。我再次问我在哪里，又说有件事情我必须记住——必须记住——可是却想不起来是什么事。我装作越来越苦恼的样子。他问我叫什么名字，我说我不知道——我什么都不记得了。

“突然，他抓住了我的手腕，使劲儿一扭。我痛死了，就尖叫起来。但他不松手。我尖叫着、尖叫着，一直没忘记用法语叫喊。我不知道我能够支撑多久，幸运的是，我昏了过去。失去意识前我听到的最后的声音是他说：‘不是装的！无论如何，她这个年龄的女孩子不可能懂得这些。’我猜他忘了美国女孩儿比同龄的英国女孩儿要成熟一些，而且对科学更感兴趣。

“等我再醒来，范德迈耶太太就待我好得不得了。我猜她是接到了命令。她用法语告诉我，我受到了刺激，病得很厉害，但我应该很快会好的。我假装茫然不知，念叨着说医生弄伤了我的手腕。我这么说的时候，她好像松了一口气。

“后来她走出了房间，我还是不放心，就静静地在那里躺了好一会儿。不过最后我还是起来了，在房间里走来走去，四下察看。我觉得，即使有人在什么地方监视我，在当时的情况下，我这么做也并没有什么不自然的。那是一个脏兮兮的地方。奇怪的是连窗户都没有。我猜门一定锁着，不过我没有试着去开它。墙上挂着一些破旧的画，画着《浮士德》里的场景。”

两位听众异口同声地发出一声“啊”，女孩儿点点头。

“是的，那正是贝雷斯福德先生被囚禁的地方，在索霍区。当然，当时我甚至不知道我在伦敦。我最担心的还是文件，不过当我看到我的风衣随意地搭在一把椅子的椅背上时，狂跳的心终于放下来，因为那本杂志还卷着塞在口袋里！

“要是我能确定自己到底有没有被监视就好了！我仔细看了看周围的墙壁，没有发现窥视孔——不过我觉得肯定是有的。我猛地在桌子旁坐下，把脸埋在手里，哭着说‘我的上帝！我的上帝！’，我的耳朵非常尖，清楚地听到衣服的沙沙声和轻微的吱吱响。这对我来说已经足够。我被监视着！

“我又躺回到床上，后来范德迈耶太太给我送来了晚餐，她还是那样和蔼可亲。我猜她奉命要获得我的信赖。果然，她拿出那个油布包，问我认不认得，并像一只山猫一样虎视眈眈地盯着我。

“我接过油布包，一脸疑惑地把它翻来翻去看。然后摇摇头说我觉得应该能想起跟它有关的一些事情，好像有什么东西从脑海里冒出来，我想抓住它，但它又消失了。于是她告诉我，我是她的侄女，所以我应该叫她‘丽塔阿姨’，我乖乖地听从。她叫我不要担心，我很快就会恢复记忆。

“这是一个可怕的夜晚。我一边等着她，一边自己在心里做计划。文件暂时是安全的，但我不能冒险继续让它这样放着。他们随时有可能把杂志扔了。我躺在床上等着，一直到我估摸着应该是凌晨两点钟，我悄然起身，尽量不发出一点声音，贴着左边的墙壁摸索着。我轻轻地从挂钩上取下一幅画，《玛格丽特与珠宝盒》，蹑手蹑脚地走到我的外套那里，拿出杂志和一两个我之前随手放在口袋里的信封。然后我去了盥洗台，打湿画背面的牛皮纸，很快我就能把它揭开了。我早已把杂志上粘在一起的两页纸撕下，现在我把这两页纸和夹在其中的珍贵文件一起塞入画和背后的牛皮纸之间，又用从信封上弄到的一点胶把牛皮纸粘好。别人做梦也想不到这幅画被动过手脚了。我把画挂回墙上，把杂志放回我的上衣口袋里，悄悄地回去睡觉了。我很满意我藏东西的地方，他们肯定想不到要去检查他们自己的画。我希望他们推断丹弗斯一直带着一份假文件，这样一来他们最终会放了我。

“事实上，我猜他们刚开始是这么想的，可是我的处境仍然十分危险。我后来才知道，他们好几次想杀了我，根本没有放我走的可能性。但是他们的头头想要留我一命，以免我把文件藏起来了。如果我恢复了记忆，就可以说出藏文件的地方。好几个星期，他们对我严加看管，而且时不时地审问我——我猜他们都是个中高手，没有他们不会的手段！但不知何故，我一直咬紧牙关。虽然那经过真是可怕……

“他们把我带回爱尔兰，一路上继续对我监视、审问，以防我把文件藏在半路上的什么地方。范德迈耶太太和另一个女人寸步不离开我。他们对外宣称我是范德迈耶太太的一个小亲戚，大脑因为卢西塔尼亚号事件的刺激而有些失常。我只能顺从他们，不能向任何人求救，范德迈耶太太看上去很有钱，穿得那么漂亮，人们会相信她的话而不是我的，他们只会觉得我精神失常。而且如果我冒这个险但失败了的话，对我而言就太可怕了。一旦他们知道我是装的，我的下场将不堪设想。”

詹姆斯爵士理解地点点头。

“范德迈耶太太是个很有个性的女人。加上她的社会地位，要将她的观点强加于你，一点困难都没有。没人会相信你对她耸人听闻的指控。”

“我也这么想。最后我被送到伯恩茅斯的一个疗养院。我搞不清楚他们是真的要给我治病还是假的。医院里的一位护士负责照顾我。我是一个特殊的病人。她看起来是那么善良和平常，最后我打算向她吐露真相。还好上天开眼，没有让我落入陷阱。那天我的房门正好虚掩着，我听到她在过道里和别人说话。她是他们一伙的！他们还在怀疑我可能是假装失忆，她来照顾我就是要确认这一点！从那之后，我的神经绷得更紧了。我再也不敢相信任何人。

“我觉得我几乎催眠了自己。过了一阵子之后，我几乎已经忘记了我其实是简·芬恩。我如此执着地扮演着珍妮特·范德迈耶，以至于神经也开始上当。我真的病了——一连几个月陷入某种昏迷中。我确信我很快就会死了，但我也不在乎。听说一个正常人被关进疯人院后往往会真的发疯。我想我就是这样的情况。我扮演的角色已经成了我的第二天性。我最后甚至已经没有了喜怒哀乐——只是冷漠。似乎什么都无关紧要。时光就这样流逝。

“然后事情突然有了转变。范德迈耶太太从伦敦过来，问了医生很多我的问题，尝试了各种治疗方法，还提到想送我到巴黎的一家专科医院。但最终他们不敢冒这个险。我听到一些零星的对话，似乎表明有人——一个朋友——在寻找我。我后来才知道，那个曾经照顾我的护士去了巴黎，装成我去咨询专家。医生让她做了一些测试，最后揭露她的失忆是假装的。她把专家的方法记下来，回来打算用在我身上。我敢说，我连一分钟也骗不了专家。一位终身从事一项专门研究的人是独特的——但我再次成功地骗过了他们。这么长时间都不把自己当成简·芬恩使得事情容易了许多。

“一天晚上，他们接到紧急通知，要把我护送到伦敦。他们把我带回了索霍区的房子。一旦离开疗养院，我就觉得不一样了，就好像我心底被埋葬很久的什么东西又苏醒了。

“他们派我去伺候贝雷斯福德先生。当然，那时我还不知道他的名字。我怀疑——我认为这是又一个陷阱。但他看起来很老实，我简直不敢相信。不过我还是小心我说的一切，因为我知道我们可能被监视着——墙上高高的地方有一个小孔。

“但在星期天下午，传来一个消息，让他们都非常不安。我趁他们不注意时在外面偷听。他们要杀了他。后面的事情我不需要讲了，因为你们都知道了。我本来以为我有时间冲上去，把藏起来的文件取出，但是我被抓住了。所以我尖叫着说他逃走了，说我想回去玛格丽特那里。我特地喊了三次这个名字，而且叫得很响。我知道别人会以为我指的是范德迈耶太太，但我希望它能够使贝雷斯福德先生联想到那幅画。他来的第一天就把那幅画拿下来了，这也是我迟迟不敢相信他的原因。”

她停了一下。

“那么，”詹姆斯爵士一字一顿地说，“文件，还在那个房间的画后面了？”

“是的。”简又缩进了沙发，讲述这段漫长的故事已经让她精疲力尽。

詹姆斯爵士站了起来，看了看手表。

“来，”他说，“我们必须马上就走。”

“今天晚上？”塔彭丝惊讶地问。

“明天可能就太晚了。”詹姆斯爵士严肃地说，“而且，今天晚上我们将有机会抓住那个大人物和超级罪犯——布朗先生！”

四下死一般的沉寂，詹姆斯爵士继续说道：“你们来到这里的一路都有人跟踪——这是毫无疑问的。等我们离开的时候肯定还会有人跟踪，但我们不会受到阻挠，因为这就是布朗先生的计划，他想让我们带路。但是索霍区的房子日夜都在警方的监视之下，有好几个人看守着。我们进入那栋房子后布朗先生肯定不会退缩——他会不惜一切代价来抓住机会，取得这可以燎原的星星之火。他大概觉得风险不是很大，因为他会打着朋友的幌子进入！”

塔彭丝涨红了脸，她冲动地开口说道：“还有一些事情您不知道，我们还没有告诉您。”她看看简，眼神有些复杂。

“是什么？”詹姆斯爵士焦急地问，“不要犹豫，塔彭丝小姐，我们必须对自己的行动有十足的把握。”

但是一向爽快的塔彭丝第一次表现得吞吞吐吐。

“这太难了。您瞧，如果我错了——哦，那后果不堪设想。”她朝昏昏沉沉的简做了一个鬼脸，“有人将永远不会原谅我。”她含糊其词地说。

“你想要我帮你，是吗？”

“是的，拜托了，您知道谁是布朗先生，是不是？”

“是的，”詹姆斯爵士严肃地说，“我最近刚知道。”

“最近？”塔彭丝疑惑地问，“哦，我还以为……”她迟疑了一下。

“你想的没错，塔彭丝小姐。我怀疑他的身份已经有段时间了——自打范德迈耶太太神秘死亡的那一夜。”

“啊！”塔彭丝猛吸了一口气。

“因为那不符合逻辑。其实只有两种可能，要么是她自己服用了三氯乙醛，我排除了这个可能性，或者是……”

“什么？”

“或者是毒药在你给她的白兰地里。只有三个人动过白兰地。你，塔彭丝小姐，我自己，还有另外一个人——朱利叶斯·赫谢默先生！”

简·芬恩一下子坐起来，瞪大了眼睛惊讶地望着说这话的人。

“一开始，这件事似乎是绝对不可能的。赫谢默先生作为一位著名的百万富翁的儿子，在美国是一个名人。他和布朗先生似乎完全不可能会是同一个人。但是你不能脱离事实的逻辑，既然事实如此，就必须接受。还记得范德迈耶太太突然变得莫名激动吗，这又是一个证据——如果需要证据的话。

“我较早的时候给过你暗示。从赫谢默先生在曼彻斯特说的一些话里看，我知道你已经理解了我的暗示，并采取了行动。然后，我开始着手去证明那件不可能的事情的可能性。贝雷斯福德先生打电话给我，告诉了我我早已经怀疑的事情，就是简·芬恩小姐的照片一直在赫谢默先生那里——”

但简打断了他的话。她从沙发上跳起来，生气地喊道：“你这是什么意思？你想暗示什么？布朗先生是朱利叶斯？朱利叶斯——我的表哥！”

“不，芬恩小姐，”詹姆斯爵士出人意料地说，“他不是你的表哥。那个自称是朱利叶斯·赫谢默的男人和你没有任何亲属关系。”

第二十六章 布朗先生

詹姆斯爵士的话像一枚炸弹。两个女孩儿面面相觑，看起来同样疑惑。律师走到他的书桌旁，拿来一张剪报交给简。塔彭丝在简身后探头看。卡特先生如果在场的话，会认出这份剪报是关于在纽约发现一个神秘死者的报道。

“就像我对塔彭丝小姐说的，”律师继续说，“我努力证明不可能事情的可能性。最大的障碍是朱利叶斯·赫谢默是个赫赫有名的人物，这是不可否认的事实。但当我得到这份剪报的时候，我的问题解决了。朱利叶斯·赫谢默动身去寻找他的表妹。他去了西部，在那里他打听到了她的消息，拿到了她的照片，以此来帮助他的搜索。在他离开纽约前夕，他被人盯上并且杀害了。他的尸体被穿上破旧的衣服，脸部严重毁容，以防被人认出。取而代之的是布朗先生。他立刻渡海来到英国。他出发之前，没有一个真正的赫谢默的朋友或熟人见过他——虽然就算他们见到也没什么要紧的，因为布朗先生的模仿简直完美。从那时起，他就与那些发誓要追捕他的人一起联手。他知晓他们的所有秘密。只有一次，他差点儿露出马脚。范德迈耶太太知道他的秘密。然而他的计划中没有预料到范德迈耶太太会受到巨额金钱的贿赂。但多亏了塔彭丝小姐随机应变，否则我们到达那里的时候她早已经远走高飞了。他就要暴露了，所以孤注一掷，借着假冒的身份转移嫌疑。他几乎成功了，但不尽然。”

“我简直不敢相信，”简喃喃道，“他看起来是那么好的一个人。”

“真正的朱利叶斯·赫谢默确实是一个出色的家伙！而布朗先生是一个完美的演员。不信你问问塔彭丝小姐，她是不是从来没有怀疑他。”

简默默地转向塔彭丝。后者点了点头。

“我不想说出来，简……我知道这会伤害你。而且，毕竟我也不能肯定。我还是想不通，如果他是布朗先生，为什么要救我们。”

“是不是朱利叶斯·赫谢默帮助你们逃跑的？”

塔彭丝把当晚的惊险经过告诉詹姆斯爵士，末了她又说：“但我不明白他为什么要这么做！”

“你想不通？我可以。年轻的贝雷斯福德也可以，他已经用行动证明了。这是最后的希望，让简·芬恩逃走——还要安排得天衣无缝，使她不会生疑。他们并不介意年轻的贝雷斯福德在附近，而且必要的时候可以与你们联络。他们会小心安排让他在关键时刻不挡道。然后，朱利叶斯·赫谢默就以一种戏剧性的方式登场，把你们救走。子弹乱飞——但不能打中任何人。接下来会发生什么呢？你会开车直奔索霍区的房子，来确认文件是否安然无恙，芬恩小姐之后可能会委托她的表哥来保管文件。或者，如果他亲自搜索，他会假装藏文件的地方已经被人翻过了。应付这种情况，他至少有一打的办法，但结果都是一样的。我猜你们两个也会出事。你瞧，你们知道得太多了。这只是事情的一个大致轮廓。我承认我被他们骗过了，但有人没有。”

“汤米。”塔彭丝轻声说。

“是的。显然一有时机他们就要除掉他——他对他们来说太碍事了。因此，我比较担心他。”

“为什么？”

“因为朱利叶斯·赫谢默就是布朗先生，”詹姆斯爵士冷冰冰地说，“布朗先生可不是一个男人和一把左轮手枪就能对付的……”

塔彭丝的脸色更苍白了。

“我们可以做什么？”

“在我们到达索霍区的房子之前，没什么可做的。如果那时贝雷斯福德仍占上风，就没什么可担心的。如果不是的话，我们的敌人会来找我们，但我们不会毫无准备！”他从书桌抽屉里拿出一把枪，放进自己的上衣口袋里。

“现在，我们准备好了。我知道，想劝你不要去是不可能的，塔彭丝小姐——”

“我也这么想！”

“不过我觉得芬恩小姐应该留在这里。她在这里将非常安全，我担心她经历了这么多事情早已精疲力尽。”

但让塔彭丝意外的是，简摇摇头。

“不，我也要去。那份文件是我的责任。我必须把这件事情负责到底。而且我现在好多了。”

詹姆斯爵士的车来了。路程很短，塔彭丝的心跳得厉害。尽管还在担心汤米，但她抑制不住内心的激动。他们一定会赢！

汽车在广场的一角停下，他们下了车。詹姆斯爵士走到一个执勤的便衣警察身边，和他说了几句话。然后回到女孩那儿。

“到目前为止没有人进屋。房子后面也有人守着，所以他们很确信这一点。等我们进去后，任何人想进去都会立刻被逮捕。我们走吗？”

一个警察拿来一把钥匙，他们都很熟悉詹姆斯爵士，也收到命令要礼遇塔彭丝。只有第三个人他们不认识。三个人进屋，关上门，慢慢地走上摇摇晃晃的楼梯。楼梯顶部是被破烂的窗帘遮着的凹槽，汤米那天就躲在那里，塔彭丝曾听还是“安妮特”身份的简讲过这个故事。她饶有兴趣地打量着破烂的天鹅绒。她发誓，它在动——就好像有人躲在后面。这感觉是如此强烈，她几乎能够辨认出一个人形的轮廓……假如布朗先生——朱利叶斯——在那儿埋伏着……

这当然不可能！不过她还是差点儿就要把窗帘掀起来看一看，确保……

现在，他们走进了监禁室。这个地方可不能藏人，塔彭丝想到这里松了一口气，暗暗怪自己疑神疑鬼。她必须抛弃这种愚蠢的胡思乱想——这种总觉得布朗先生在房子里的奇怪的感觉……听！那是什么？楼上传来蹑手蹑脚的脚步声？有人在房子里！荒谬！她变得神经兮兮。

简径直走向那幅玛格丽特的画。她用一只手坚定地把画拿下。画框上积着厚厚的灰尘，画框和墙壁之间结着蜘蛛网。詹姆斯爵士递给她一把折叠刀，她把背面的牛皮纸撕掉……一本杂志的广告页掉了出来。简把它捡起来，撕开不平整的纸张边缘，抽出两张薄薄的纸，上面写满了字！

这一次是真的！如假包换！

“我们拿到了，”塔彭丝说，“终于……”

这一刻大家都屏息凝神，忘记了轻轻的嘎吱声，忘记了一分钟前还在疑神疑鬼的噪音。他们的眼睛里容不下任何东西，只有简手里的文件。

詹姆斯爵士接过文件，仔细地检查。

"是的，"他平静地说，"这就是那个命运多舛的条约草案！"

"我们成功了。"塔彭丝说。她的声音里充满敬畏和难以置信。

詹姆斯爵士重复她的话，他小心翼翼地折起纸，把它放进自己的皮夹，然后好奇地打量着昏暗的房间。

"正是在这里，我们年轻的朋友被关了那么久，是不是？"他说，"这是一个真正邪恶的房间。你们发现了吗？这个房间没有窗户，门严密厚重。无论这里发生什么，外面都永远听不到。"

塔彭丝打了个寒颤。他的话唤起了她心里模糊的警觉，要是真有人藏在这房子里呢？要是有人把门锁上，让他们在里面等死，就像老鼠掉进捕鼠夹一样呢？随即她意识到自己想法的荒谬。房子四周都是警察，如果他们没有现身，警察会毫不犹豫地破门而入，进行彻底搜查。她笑自己的愚蠢——她抬起头，却吓了一跳，发现詹姆斯爵士正盯着她。他向她坚定地点了点头。

"没错，塔彭丝小姐。你嗅到了危险。我也是，芬恩小姐也是如此。"

"是的，"简承认，"这很荒谬……但是我控制不住。"

詹姆斯爵士又点了点头。

"你感觉到了……我们大家都感觉到了……布朗先生的存在。是的。"塔彭丝动了动，"毫无疑问……布朗先生在这里……"

"在这栋房子里？"

"在这个房间里……你不明白吗？我就是布朗先生……"

她们目瞪口呆，难以置信地望着他。他脸上的线条已经改变了，站在她们面前的是一个完全不一样的人。他的脸上慢慢浮现出一个残忍的笑容。

“你们俩都不会活着离开这个房间！你刚才说，我们成功了。是我成功了！条约草案是我的。”他看着塔彭丝，笑意更深了，“要我告诉你接下来会怎样吗？警察迟早会闯进来，他们会找到布朗先生的三个受害者——是三个，而不是两个，你懂的，但幸运的是第三个不会死，只是受了伤，所以能够描述遭到袭击的具体细节！条约呢？已经落入布朗先生手中。因此，没有人会想到要搜一搜詹姆斯·皮尔·埃杰顿爵士的口袋！”

他转身面对简。

“你骗过了我。我承认这一点。但你不会再有机会这样做了。”

他身后传来轻轻的声响，但是他完全沉醉在成功的喜悦中，并没有回头。

他把手伸进口袋。

“年轻冒险家就此完蛋。”他说，慢慢地举起自动手枪。

不过，就在他举枪的时候，感到自己被一双铁钳一般的手从背后扣住。手枪从他的手里掉落，朱利叶斯·赫谢默的声音懒洋洋地传来。

“我想你这算是被抓了个现行，人赃并获。”

血液冲上皇家顾问的脸，但他的自控力非常了不起，他一一望向两个捕手，看着汤米的时间最长。

“是你，”他咬牙切齿地说，“是你！我早该知道的。”

看到他已经被制伏，他们抓着他的手松了一松。说时迟那时快，他的左手迅速举到嘴边，那只手上戴着一个硕大的戒指……

“*凯撒万岁，将死之人向你致敬*。”他说，眼睛依然瞪着汤米。

然后，他脸色一变，伴随着一阵抽搐，他蜷着身子扑倒在地，空气中弥漫着苦杏仁的气味。

第二十七章　萨伏伊饭店的晚宴

三十日晚，朱利叶斯·赫谢默先生招待几位朋友的晚宴将被餐饮界长久铭记。晚宴在一家饭店的雅座里举办，赫谢默先生的要求简短而有力。他给了一张空白支票——当一个百万富翁开出空白支票的时候，通常意味着要什么有什么！

所有能想到的美味佳肴一应俱全；侍者小心翼翼地端来一瓶瓶上了年份的皇家特酿；奇花异草的装饰让人混淆了季节；从五月到十一月不同季节成熟的水果奇迹般地摆在一起。来宾名单上人数不多，但都是精挑细选的。美国大使、卡特先生（他还自称冒昧地带来一位老朋友，威廉·贝雷斯福德先生）、考利副主教、霍尔医生、两位年轻的冒险家——普鲁斯登·考利小姐和托马斯·贝雷斯福德先生，最后，就是今晚的主宾，简·芬恩小姐。

朱利叶斯事先做了充分的准备，要让简的登场光彩夺目。首先是神秘的敲门声把塔彭丝叫出她和那个美国姑娘共住的公寓。来者是朱利叶斯，手里拿着一张支票。

“喂，塔彭丝，”他说，“你能帮我个忙吗？把这个收下，把简打扮得漂漂亮亮的去参加今天的晚宴。你们今天晚上都要跟我去萨伏伊饭店吃饭，明白吗？要不惜代价。你懂我的意思吗？”

“没问题，”塔彭丝模仿他的语气，“我们会玩得很开心。我很乐意打扮简。她是我见过的最可爱的人儿。”

“确实如此。”赫谢默先生热切地表示同意。

他的热情使塔彭丝的眼里瞬间闪过一丝狡黠的光芒。

“顺便说一下，朱利叶斯，”她一本正经地说，“我……还没有给你我的答案。”

“答案？”朱利叶斯说，他的脸色变得苍白。

“你知道的……你不是曾经向我……求婚吗？”塔彭丝期期艾艾地说，她双眼低垂，一副维多利亚早期女主角的娇羞模样，“我当时没有拒绝。我仔细考虑过了——”

“什么？”朱利叶斯说，额头上直冒汗。

塔彭丝突然心软了。

“你这个大白痴！”她说，“你究竟为什么要那么做？我当时就能看出来，你根本就不在意我！”

“没有的事。我真的在乎你——现在还是，尊重和钦佩至极。”

“唉！”塔彭丝说，“这些感情都是那种一旦遇到另一种感情就会马上被抛到九霄云外的！难道不是吗，老伙计？”

“我不明白你的意思。”朱利叶斯生硬地说，不过他的脸都红到耳根了。

“不明白才怪！”塔彭丝回道。她笑着关上了门，随即又重新打开门，郑重地补充道：“从道义上讲，我永远都会觉得被你抛弃了。”

“是谁啊？”塔彭丝进屋后简问她。

“朱利叶斯。”

“他来干什么？”

“我想，他其实是想见你，但我是不会让他现在见你的。要等到今天晚上，你要像载誉而归的所罗门王一样，让每个人眼前一亮！来吧！我们去逛街！”

对大多数人来说，备受期待的二十九日“劳动节”就像寻常日子一样过去了。公园和特拉法加广场有几场演讲。零零落落的游行队伍唱着红旗之歌，在街道上漫无目的地游荡。曾经暗示过总罢工和恐怖统治即将到来的媒体也不得不偃旗息鼓，隐了声息。而其中几家胆子更大、更精明的，则试图证明和平的到来正是听从他们建议的结果。星期天的报纸上刊登了一则简讯，报道著名的皇家顾问詹姆斯·皮尔·埃杰顿爵士突然去世的消息。星期一的报纸则以赞扬的口吻回顾了死者的生平事迹。但他突然死亡的真实原因并未公之于众。

汤米对局势的预估没错，这一直是一场独角戏。一旦首脑伏法，该组织就树倒猢狲散。克雷默宁在星期天一早离开英国，灰溜溜地返回俄国。该团伙的其他人也四散逃窜，仓皇离开阿斯特利堡的时候留下很多来不及销毁的文件，彻底暴露了他们的罪行。政府掌握了这些证据之后，又在死者的衣服口袋里发现了一本棕色的小笔记本，其中记载了完整、确凿的经过，进一步完善了这些证据。政府特地召开了十一个小时的会议。劳工领袖们不得不承认，他们被人利用，为虎作伥。政府提出了一些让步措施，他们欣然接受。大家都要和平，不要战争！

但内阁知道他们逃脱这场彻头彻尾的灾难是多么侥幸。而卡特先生的脑海里仍然萦绕着前一天晚上发生在索霍区房子里的那古怪的一幕。

他走进那个肮脏的房间，发现那个了不起的人，他一辈子的朋友，死了——背叛了自己的誓言。从死者的笔记本里，他拿到了那份不吉利的条约草案，并当着其他三个人的面，将文件化为灰烬……英国得救了！

而现在，三十日的晚上，在萨伏伊饭店的一个雅座间里，朱利叶斯·P. 赫谢默先生正在恭候他的客人到来。

卡特先生第一个到达，跟他一起来的是一位看起来脾气暴躁的老先生。一见到他，汤米立刻脸红到了头发根。他迎上前。

“哈！”老先生仔细地打量他，“这么说你就是我的侄子，对吗？长得没什么看头，不过似乎干得不赖。看来你母亲把你教育得很好。过去的就让他过去，好吗？你是我的继承人，你知道的吧。今后，我会给你一笔津贴，你可以把查莫斯庄园当成自己的家。”

“谢谢您，先生，您真慷慨。”

“那位小姐在哪儿呢？我可是听说了不少她的事迹。”

汤米连忙介绍塔彭丝。

“哈！”威廉爵士盯着她，“如今的女孩子都不是我年轻时候的样子了。”

“不，她们还是一样的。”塔彭丝说，“也许衣服不一样了，但本性还跟过去一样。”

“好吧，也许你说得对。疯丫头过去有，现在还是有！”

“的确如此，”塔彭丝说，“我自己就是一个可怕的疯丫头。”

“我相信你。”老先生咯咯笑着说，并心情大好地拧了一下她的耳朵。大多数年轻姑娘都害怕这个老人，称他为“老熊”。但塔彭丝的开朗直率却把这个一向讨厌女人的老顽固给逗乐了。

随后赶来的是胆小的副主教，虽然很高兴看到他的女儿被人夸赞，但身处这群人中他有些不自在，时不时忐忑不安地望望女儿。不过塔彭丝的表现令人钦佩。她努力克制不翘二郎腿，出言谨慎，并坚决拒绝吸烟。

下一位来的是霍尔医生，随后是美国大使。

"我们不妨坐下来。"朱利叶斯介绍了所有来宾之后，说，"塔彭丝，请上座。"他挥手指向那荣耀的首座。

但塔彭丝摇摇头。

"不，那是简的位置！想一想她是如何坚持了这么多年，她理应成为今晚盛宴的女王。"

朱利叶斯朝塔彭丝投去感激的一瞥，简羞涩地走向那个指定的座位。她本来就很美，但都无法和这一刻相比。经过精心的打扮，她看起来无比可爱。塔彭丝忠实地执行了她的任务。简身穿一件由著名设计师缝制的名为"虎斑百合"的时尚礼服。金色、红色、棕色，三种颜色衬托出女孩儿白皙无瑕的脖子，金色的头发披在她可爱的头颅上，当她款款落座时，每个人都眼睛一亮。

不久后晚宴进入高潮，大家都要求汤米把全部经过详细地讲述一遍。

"你把整个事情捂得太紧了。"朱利叶斯指责他，"你让我以为你去了阿根廷，虽然我猜你有你的理由。还有你和塔彭丝把我当成布朗先生的想法真是逗死我了！"

"这个想法不是源自他们。"卡特先生严肃地说，"而是一位曾经的犯罪大师，他提出暗示，并逐步灌输毒素。纽约报纸上的新闻给了他灵感，由此他编织了一张网，几乎使你陷入致命的境地。"

"我一直不喜欢他，"朱利叶斯说，"第一次看见他我就觉得他有点不对劲，我怀疑是他使得范德迈耶太太噤若寒蝉。不过直到我听说了汤米差点儿被处死的事，从时间上看正恰巧紧接着我们拜访他的那个星期天，才开始怀疑他就是那个通风报信的人。”

“我从来没有怀疑过这一点。”塔彭丝感叹道，“我一直认为我比汤米聪明得多。但他毫无疑问漂亮地赢了我。”

朱利叶斯点头赞同。

“汤米在这件事情中居功至伟！那么，我们别让他一声不响地坐在那里，只顾着脸红，让他告诉我们一切吧。”

“说吧！说吧！”

“没有什么可说的。”汤米十分不好意思地说，“我是一个大傻瓜。直到我发现了那张安妮特的照片，并意识到她就是简·芬恩时，才想起她曾多么执着地喊那句‘玛格丽特’。然后我才想起了那幅画，然后……嗯，就这样了。我把整个事情串连起来，想想自己是在什么地方犯了傻。”

“继续说。”卡特先生催道，因为汤米看起来又打算沉默以对了。

“范德迈耶太太的事一直让我很烦恼，当朱利叶斯告诉我这件事时，我觉得一定是他或詹姆斯爵士动的手脚。但我不知道是哪一个。在抽屉里发现照片后，想到他说的照片怎么被布朗警督骗走的故事，我开始怀疑朱利叶斯。然后我想起，是詹姆斯爵士发现了假的简·芬恩。最后我还是无法做出判断，便决定谁也不相信。我留了一张便条给朱利叶斯，说我动身去阿根廷了，还故意把詹姆斯爵士的信丢在书桌旁，那封信里写着他可以为我提供一个在阿根廷工作的机会，万一朱利叶斯是布朗先生，这样他就会相信这是真的。然后我又写信给卡特先生，并打电话给詹姆斯爵士——无论如何，充分信任他是最好的办法，我告诉了他一切，除了我认为可能的文件藏匿处。他帮我追查到塔彭丝和安妮特的下落，几乎解除了我对他的怀疑，但不尽然。我一直在心里保留着对他们两个的怀疑，这时我接到了塔彭丝的一张假便条——然后我就明白了！”

“怎么会呢？”

汤米从口袋里拿出刚才提到的便条，围着桌子传递下去。

“是她的笔迹没错，但我知道不是她写的——因为签名。她从来不会把自己的名字写成‘两便士’[1]，但是没见过她的签名的人可能很容易这么写。朱利叶斯看过她的签名，他曾给我看过塔彭丝写给他的一封信，但詹姆斯爵士没有！那之后，一切就顺理成章了。我派艾伯特发急电通知卡特先生。我假装离开，却半路折回。当朱利叶斯开着他的车闯进来时，我觉得这不是布朗先生计划的一部分——不过可能会带来麻烦。除非詹姆斯爵士被当场抓获，否则我空口无凭，我知道卡特先生绝不会相信的——”

“我确实不信。”卡特先生沮丧地插话。

“这就是为什么我要把姑娘们送到詹姆斯爵士那儿。我敢肯定，他们迟早会去索霍区的房子里拿东西。我拿着左轮手枪威胁朱利叶斯，因为我想让塔彭丝把这一情况告诉詹姆斯爵士，这样他就不会担心我们。姑娘们一离开，我就让朱利叶斯以最快的速度开车去伦敦，一路上我把整个故事告诉他。我们有足够的时间到索霍区的房子外先见了卡特先生，和他一起安排好各项事情之后，我们就进到房子里，藏在帘子后面的凹槽里。外面执勤的警察都已经接到命令，如果有人问他们，就说没有人进入这栋房子。情况就是这样。”

汤米说到这里就戛然而止了。

大家沉默了片刻。

---

①塔彭丝的名字写作“Tuppence”，也有“两便士”的意思。同时，“两便士”也可以写作“Twopence”。

“顺便说一句，”朱利叶斯突然说，“关于简的那张照片，你们都搞错了。有人从我这儿骗走了，但我又找到了。”

“在哪里？”塔彭丝叫道。

“在范德迈耶太太卧室墙壁上的那个小保险箱里。”

“我就知道你发现了什么。”塔彭丝嗔怪道，“说实话，我就是那时开始怀疑你的。你为什么不说呢？”

“我想我是挺可疑的。我当时觉得它离开了我一次，我决心不会再弄丢了，我要去让摄影师复制十几份！”

“我们每个人多少都有些不为人知的事情，”塔彭丝若有所思地说，“我想是特务工作让我们变成这样的！”

随后大家又沉默了一阵，直到卡特先生从兜里掏出一本小小的棕色旧笔记本。

“贝雷斯福德刚才说，除非人赃俱获，否则我是不会相信詹姆斯·皮尔·埃杰顿爵士有罪的。的确如此。事实上，直到我看完这个小本子里记的全部事情，才能相信这惊人的真相。这个本子将交给苏格兰场保管，但它的内容永远不会公开。詹姆斯爵士在法律界长期工作，这里的有些内容非常敏感。但对于你们知道真相的几位，我提议阅读其中某些段落，可以让我们一窥这位奇人非同一般的心理。”

他打开本子，翻动薄薄的书页。

“……我知道，留着这个本子是疯狂的，它可以成为对付我的书面证据。但我从来不畏惧冒险，而且我迫切需要倾诉……这个笔记本将只能从我的尸体上找到……

“……从小，我就意识到自己拥有超凡的能力，只有傻瓜才会低估自己的能力。我的智商大大高于平均水平。我知道自己注定会成功。外貌是我唯一的不足。我安静、其貌不扬——可以说平凡无奇……

“……当我还是个孩子时，旁听了一场著名的谋杀案的审理，辩护律师的能力和口才给我留下了深刻的印象，我第一次产生了要把我的天赋投入到这个行业的想法……然后我仔细研究了被告席上的犯人……那人是个傻瓜——真是令人难以置信，他蠢得要命。即使他的律师口才再好也救不了他。我极端蔑视他……而后我想到一个问题，罪犯的水准太低。都是些社会中的废物、失败者、普通的流氓混混才去犯罪……奇怪的是，有头脑的人都没有意识到其中的非凡机会……我盘算着这个想法……多么宏伟壮阔的领域，无限的可能性！这让我目眩神迷……

“……我阅读了大量有关犯罪和罪犯的著作，它们都证实了我的看法。堕落、疾病——从来没有一个有远见的人特地选择犯罪为事业。我进而又想，假如我能实现自己的抱负，也就是说我当上了律师，登上事业的巅峰，会怎样呢？我可以去从政——但即使我当上了英国首相，又怎样呢？那就代表着无上的权力吗？处处要受到同僚的掣肘，在民主制度的束缚之下，我只不过是个权力被架空的傀儡！不，我梦想的是绝对的权力！独裁者！专制者！而这种权力只能由法律以外的工作获得。要利用人性的弱点，然后是国家的弱点，聚集并控制一个庞大的组织，最终推翻现有的秩序和规则！这个想法令我如痴如醉……

“……我意识到，我必须过着两种截然不同的生活。一个像我这样的人势必会引人注目。我必须另有一项成功的职业生涯，来掩盖我的真实活动……我也必须培养自己的个人魅力。我以那些著名的皇家顾问为榜样来塑造自己，模仿他们的举止、他们的魅力。如果我选择当演员，无疑会是世界上最伟大的演员！不需要伪装，不需要油彩，不需要假胡子！只是个性！我变换个性就像穿脱手套一样容易！当我脱下它，我就是我自己，安静，不引人注目，泯然众人。我称自己为布朗先生。成千上万的人都叫布朗，成千上万的人看上去都和我一样……

“……我在伪装的职业生涯中大获成功。我注定会成功。就算从事其他行业我一样会成功，像我这样的男人不可能失败……

“……我一直在读拿破仑的传记，我和他有很多共同点……

“……我经常为罪犯辩护。一个人应该照顾自己人……

“……有一两次我曾觉得害怕。第一次是在意大利，我出席了一个晚宴。D 教授——一位伟大的精神病学家，也出席了宴会。席间谈到精神疾病。他说：‘很多人都精神失常，但没有人发现，甚至连他们自己都不知道。’我不明白他说话的时候为什么一直看着我。他的目光很奇怪……我不喜欢…….

“……这次战争令我困扰……我本来以为它能促成我的计划。德国人如此高效，他们的间谍系统也非常出色。街上满是穿着卡其色军装的男孩儿，都是没有头脑的年轻傻瓜……但我没想到……他们赢得了战争……这让我感到困扰……

“……我的计划进展顺利……一个姑娘闯了进来，我不认为她真的知道什么……但是我们必须放弃爱沙尼亚玻璃制品公司……现在不能冒任何风险……

“……一切都很顺利。丧失记忆真令人恼火。这不可能是假的，没有女孩儿能骗得了我！……

“……二十九日……很快就到了……”卡特先生念到这里停顿了一下。

“我不念政变计划的细节了。但是，其中有两篇短日记提到了你们三个人。对照着后来发生的事来看，很有趣。

“……经过诱导，那女孩儿主动来找我，我已经成功地解除了她的心防。但她的直觉很敏锐，可能会带来危险……必须想办法除掉她……我拿那个美国人没办法。他怀疑我，也不喜欢我。但他不可能知道真相。我相信我的盔甲是坚不可摧的……有时我怕我低估了另一个男孩儿。他并不聪明，但想瞒过他的双眼却很难……”

卡特先生合上了笔记本。

“一个伟大的人，”他说，“天才，或疯子，谁知道呢？”

一阵沉默。

随后卡特先生站了起来。

“我要向你们敬酒。年轻冒险家有限公司已经用成功充分证明了自己！”

大家欢呼鼓掌，一饮而尽。

“我们还希望听到更多的故事。”卡特先生接着说，他看了看美国大使，“我知道这话也代表你。我们都想请简·芬恩小姐告诉我们她的故事，迄今为止只有塔彭丝小姐一个人听过——不过在这样做之前，我们要为她的健康干杯。为最勇敢的美国女儿的健康干杯，两个伟大的国家永远感谢她！”

第二十八章　尾声

“多棒的祝酒词啊，简。”赫谢默先生说，他和他的表妹正坐着劳斯莱斯回丽兹饭店。

“致年轻冒险家有限公司的那个吗？”

“不，致你的那个。世界上再也没有一个女孩儿能像你一样坚持下来。你真是太了不起了！”

简摇摇头。

“我不觉得有多了不起。在内心深处我只觉得疲倦又孤独，还有思念我的祖国。”

“这让我想起一些我早就想说的话。我听见大使告诉你，他的妻子希望你能立即去大使馆与他们一起生活。这当然不错，不过我有另一个计划。简……嫁给我吧！不要害怕，也不要马上拒绝我。你不可能马上爱上我，当然，这是不可能的。但是从我第一眼看到你的照片的那一刻，我就已经爱上你了。现在我见到了你本人，我简直为你神魂颠倒！如果你愿意嫁给我，我绝不会催你……你可以慢慢考虑。也许你永远不会爱上我，如果是这样的话，我会放手让你自由。但我希望拥有照顾你的权利，好好地爱护你。”

“这就是我想要的。”女孩儿满怀企盼地说，“希望有个人能对我好。哦，你不知道我有多么孤独！”

“我当然知道。那么，这件事就这么说定了，明天早上我就去找大主教，去申请结婚特别许可。”

“哦，朱利叶斯！”

“好吧，我并不想催你，简，但是等下去没有意义。不要害怕，我并不奢望你马上爱上我。”

但是，一只小手悄然溜进他的手心。

“我现在就爱着你，朱利叶斯，”简·芬恩说，“在车上看到你那一刻，当子弹擦过你的脸颊，我就爱上你了……”

五分钟后，简喃喃轻声道：“我对伦敦不熟悉，朱利叶斯，可是从萨伏伊饭店到丽兹饭店有这么远吗？”

“这要看你怎么走，”朱利叶斯大言不惭地解释说，“我们从摄政公园这条路走！”

“哦，朱利叶斯，司机会怎么想呢？”

“以我付给他的工资，他知道奉命行事就好。嘿，简，我选择在萨伏伊饭店举办晚宴的唯一理由，就是为了可以开车送你回家。我实在找不到机会和你独处。你和塔彭丝成天粘在一起，就像连体婴儿似的。我猜再这么下去，我和贝雷斯福德都要疯了！“

“哦。难道他……”

“当然啦。他已经不能自拔。”

“我也是这么认为的。”简若有所思地说。

“你怎么发现的？”

“从所有塔彭丝那些欲言又止的话里！”

“这方面你可比我厉害。”赫谢默先生说。但简只是笑着。

与此同时，年轻的冒险家们正挺得笔直、拘谨不安地坐在出租车上，他们也毫无新意地取道摄政公园回丽兹饭店。

他们之间似乎多了一道可怕的约束。虽然不知道到底发生了什么事，但一切似乎都改变了。他们张口结舌、手足无措，所有的旧日情谊都消失了。

塔彭丝想不出什么可说的。

汤米也同样煎熬。

他们正襟危坐，彼此都忍着不去看对方。

最后塔彭丝绝望地放手一搏。

“相当有趣，不是吗？”

“相当有趣。”

又是一阵沉默。

“我喜欢朱利叶斯。”塔彭丝再作努力。

汤米突然像触了电般恢复了活力。

“你不许嫁给他，听见了吗？”他霸道地说，“我不允许。”

“哦！”塔彭丝无限深情地答道。

“当然，你懂的。”

“他并不是真的想和我结婚，他只是出于好心向我求婚。”

“这不太可能。”汤米取笑道。

“是真的。他不可自拔地爱上了简，我猜他现在正向她求婚呢。”

“他们倒是非常般配。”汤米一本正经地说。

“你不觉得她是你见过的最可爱的姑娘吗？”

“哦，的确是。”

"但我觉得你宁愿成人之美。"塔彭丝一本正经地说。

"我……哦，该死，塔彭丝，你知道我的！"

"我喜欢你的叔叔，汤米。"塔彭丝连忙转移话题，"对了，你打算怎么办，接受卡特先生的提议为政府工作，还是接受朱利叶斯的邀请，去美国他的牧场做一份报酬丰厚的工作？"

"我想我还是干老本行，虽然赫谢默一片盛情，不过，我觉得还是待在伦敦更自在。"

"我不知道我该何去何从。"

"我知道。"汤米肯定地说。

塔彭丝偷偷地瞟了他一眼。

"还有这些钱。"她若有所思地说。

"什么钱？"

"我们每个人都将得到一张支票，卡特先生告诉我的。"

"你有没有问多少钱？"汤米挖苦道。

"问过了，"塔彭丝得意洋洋地说，"但是我不告诉你。"

"塔彭丝，适可而止吧！"

"这次的冒险很有趣，不是吗，汤米？我真的希望我们有更多的冒险。"

"你别得寸进尺了，塔彭丝。我可是受够了冒险。"

"那么，逛街买东西也不错。"塔彭丝无限遐想地说。

"想想看，可以买些老家具、色彩鲜艳的地毯、真丝窗帘、光可鉴人的餐桌和有很多垫子的沙发。"

"等一等，"汤米说，"买这些干什么呢？"

"可能是一幢房子……不过我觉得还是公寓好。"

"谁的公寓？"

“你以为我不敢说吗，我才不会呢！我们的，怎么样！”

“你这个磨人的小妖精！”汤米喊道，他伸出双臂，紧紧地搂着她，“我打定主意要让你说出来。你把我折磨得好苦，我每次想要向你表露情意时，你总是无情地阻止我。”

塔彭丝仰起脸凑上去。出租车继续沿着摄政公园北侧绕行。

“你还没正式求婚呢，”塔彭丝指出，“不用像我们的奶奶那辈人说的那样。听过朱利叶斯那种烂求婚后，我想你还是免了吧。”

“你不可能不嫁给我，你想都不要想。”

“多么有趣啊，”塔彭丝回答道，“关于婚姻有各种说法，是避风港和庇护所，是至高无上的荣耀，是围城，还有很多很多。但是，你知道我认为它是什么吗？”

“是什么？”

“一场冒险！”

“而且是一场棒极了的冒险。”汤米说。

图书在版编目（CIP）数据

暗藏杀机 /（英）阿加莎·克里斯蒂著；黄夏青译．-- 北京：新星出版社，2018.1

ISBN 978-7-5133-2860-9

Ⅰ．①暗… Ⅱ．①阿… ②黄… Ⅲ．①中篇小说－英国－现代 Ⅳ．① I561.45

中国版本图书馆 CIP 数据核字（2018）第 284192 号

午夜文库
谢刚 主持

暗藏杀机

（英）阿加莎·克里斯蒂 著；黄夏青 译

责任编辑：王 欢
特约编辑：赵笑笑
责任印制：李珊珊
封面插图：宣 和
装帧设计：周伟伟

出版发行：新星出版社
出 版 人：马汝军
社 址：北京市西城区车公庄大街丙3号楼 100044
网 址：www.newstarpress.com
电 话：010-88310888
传 真：010-65270449
法律顾问：北京市大成律师事务所

读者服务：010-88310811 service@newstarpress.com
邮购地址：北京市西城区车公庄大街丙 3 号楼 100044

印 刷：北京汇林印务有限公司
开 本：910mm × 1230mm 1/32
印 张：9.25
字 数：139千字
版 次：2018年1月第一版 2018年1月第一次印刷
书 号：ISBN 978-7-5133-2860-9
定 价：39.00元